KB104677

프랑스인들이 사랑하는
여우 이야기

프랑스인들이 사랑하는
여우 이야기

초판 1쇄 인쇄 2018년 9월 28일
초판 1쇄 발행 2018년 10월 8일

엮은이 피엘 드 쌩끄르 외
엮고 옮긴이 민희식
그린이 손정민
펴낸이 정중모
편집인 민병일
펴낸곳 문학판

기획 · 편집 · Book Design | Min, Byoung − il
Book Design | Kwon, Soon − young
편집진행 최은숙 | 홍보마케팅 김경훈 김정호 김계향
제작관리 윤준수 김다웅 허유정

등록 1980년 5월 19일(제406 − 2000 − 000204호)
주소 경기도 파주시 회동길 152
전화 031 − 955 − 0700 | 팩스 031 − 955 − 0661~2
홈페이지 www.yolimwon.com | 이메일 editor@yolimwon.com

Printed in Korea

ISBN 979 − 11 − 88047 − 59 − 8 03860

문학판은 열림원의 문학 · 인문 · 예술 책을 전문으로 출판하는 브랜드입니다.

문학판의 심벌인 무당벌레는 유럽에서 신이 주신 좋은 벌레, 아름다운 벌레로
알려져 있으며, 독일인에게 행운을 의미합니다. 문학판은 내면과 외면이 아름다운 책을 통하여
독자들께 고귀한 미와 고요한 즐거움을 드리고자 합니다.

이 도서의 국립중앙도서관 출판예정도서목록(CIP)은 서지정보유통지원시스템 홈페이지(seoji.nl.go.kr)와
국가자료공동목록시스템(nl.go.kr/kolisnet)에서 이용하실 수 있습니다. (CIP제어번호: CIP2018028573)

|참고|

Lucien Foulet, *Le roman de Renard* (Bibliothèque de l'Ecole des Hautes Etudes 1914).

Robert Bossuat, *Le roman de Renard* (Connaissance des lettres 1957).

John Flinn *Le roman de Renard dans la littérature française et dans les littératures étrangères au moyen-âge* (P.U.F 1963).

프랑스인들이 사랑하는
여우 이야기

피엘 드 쌩끄르 외 엮음
민희식 엮고 옮김

문학판

모든 것을 원하는 자는 모든 것을 다 잃는다.

-늑대처럼

차
례

II 필요는 늙은이라도 움직이게 한다

III 모든 것을 원하는 자 모든 것을 잃는다

프롤로그

우리의 조상 아담과 이브는 금단의 나무 열매를 먹고 바로 나체에 대한 추위와 부끄러움을 느꼈다. 그들은 신(神)에게서 추방되었다. 하지만 처음에는 그렇게 곤란하다고 생각하지는 않았다. 낙원에도 평범한 날이 계속되고 하루를 보내는 일이 매우 권태로웠다. 게다가 그 나무 열매는 먹으려고만 하면 언제나 손 닿는 곳에 있었지만 하루를 보내는 데 진력이 났다. 하지만 그것도 잠깐 동안의 일이고 세월이 감에 따라 이 지상의 추위, 굶주림, 특히 나뭇잎으로 덮은 것만으로는 부끄러움을 면할 길 없어 결국 옛날의 낙원의 단조로움을 잊고서 마음껏 마시고 먹던 시절이 그리워졌다. 노동에도 바로 진력이 났다. 일을 잘할 수도 없었다. 왜냐면 일을 가르쳐주는 이도, 도와주는 이도 없었기 때문이다.

어느 날 둘은 파도치는 곳에 앉아 있었다. 거기에는 먹다 남은 조가비가 있었다. 배가 고팠으나 밀물이 몰려와서 먹을 것을 찾을 수가 없었다.

두 사람의 모습을 본 신은 불쌍하게 여겼다. 신은 이전에 낙원에서 두 사람 앞에 나타날 때 했던 인간의 모습으로 분장하고 백발이 축 늘어진 노인의 모습이 되어 두 사람 앞에 나타났다.

두 사람은 별로 신을 보고 싶지 않았다. 신이 두렵기도 하고 원망스럽기도 했다. 특히 이브는 낙원의 단조로움과 권태를 잊고 편안하고 느긋한 생활을 원했기에 더욱이 지금 신세가 원망스러웠다.

신은 아담에게 나무 지팡이를 주고 "이것을 가져라, 이 지팡이로 바닷물을 휘저으면 그때마다 도움이 되는 생물이 나타날 것이다. 그렇지만 이브는 이 지팡이를 만지면 안 된다."

아담은 지팡이를 손에 들고 정신 나간 사람처럼 서 있었다. 신의 모습은 보이지 않았으나 인간의 눈에만 보이지 않을 뿐 그 존재와 힘은 도처에 넘쳐 있었다. 이브는 웃으며 말했다.

"한번 해봐요, 물을 휘저어봐요. 도대체 뭐가 나오는 거죠? 빨리요."

아담은 바닷속에 들어가 물을 휘저었다. 그러자 바로 그 휘저은 장소에서 구름 같은 연기가 피어오르더니 숫양의 모습이 되었다. 뭉실뭉실 털 많은 흰 양이었다. 양은 매애 하고 울며 아담에게 거품을 튕기며 뛰어와 또 매애 하고 울면서 이브의 무릎을 핥으려 했다. 이브가 말했다.

"참 따뜻한 털이 되겠군. 추운 겨울날 입기 좋겠어. 게다가 우유도 먹게 되고 고기도 먹게 되었군." 그리고 손뼉 치며 춤을 추었기 때문에 양은 놀라서 아담 곁으로 왔다. 아담은 온순하게 양을 쓰다듬으며 달랬다.

"이번에는 내가 휘저을 테니 지팡이를 주어요. 이번엔 더 예쁜 양이 나오겠죠. 아무에게도 줄 수 없는 아름다운 양이 되겠죠."

신은 아담에게 이브더러 휘저어도 좋다는 말은 하지 않았다. "만일 말을 거역했다간 일이 벌어질 거야. 금단의 나무 열매를 먹었을 때도 그랬으니까"라고 아담은 말했다. 하지만 그녀는 아담을 설득했다.

"걱정 마세요. 신도 언제까지나 괴롭히지만은 않을 거예요."

이브의 말에 결국 아담은 지팡이를 주었다.

그래서 그녀는 지팡이를 휘젓게 되었다.

늑대 같은 모습이 나타나더니 정말 큰 늑대가 되어 이브를 보고 이를 내밀며 양에게 달려들었다. 양은 늑대에 쫓겨 도망갔다.

"살려주시오, 내 양이 죽겠네."

아담은 울며 이브에게서 지팡이를 뺏었다. 그리고 바닷물을 휘젓자 늑대와 닮은 동물이 나타났다.

"그것 봐요. 당신도 나처럼 서투르잖아요."

이브는 비웃었다. 그들은 늑대와 닮은 짐승이 개라는 것을 알지 못했다. 개는 짖어대며 이브의 주위를 뛰어다녔기 때문에 이브는 무서워서 아담의 팔 밑으로 도망갔다. 그러자 개는 양에게 덤벼들려는 늑대에게 달려갔다. 개는 늑대의 귀를 물고 잡아당겼기 때문에 늑대는 비명을 지르고 그 근처의 관목을 새빨갛게 물들이며 숲속으로 숨어버렸다. 개는 붉게 젖은 혀를 늘어뜨리고 양을 아담과 이브 곁으로 데려왔다.

두 사람은 양모와 젖과 장래의 양고기가 되돌아온 것을 기뻐했다. 그 후 아담은 결코 지팡이를 놓지 않았다. 하지만 자기가 자고 있는 사이에 이브가 지팡이를 훔쳐서 바닷물을 휘저으리라고는 생각 못했다.

밤에 아담이 자는 사이에 이브가 지팡이를 휘젓자 여우가 나타났다. 이 여우야말로 후세의 여우의 조상이며 대대로 교활함과 영리함에 있어 천하에 이름을 떨쳤다.

아담은 또 바닷물을 휘저었다. 그럴 적마다 그의 자손에게 유용한 동물이 태어났다. 이와 같이 하여 아담이 끄집어낸 동물은 암소, 암산양, 말, 닭, 칠면조, 오리, 거위 등과 같은 가축류였다.

도대체 고양이는 아담이 끄집어냈는지 이브가 끄집어냈는

지 모른다. 고양이가 좋은 동물인지 나쁜 동물인지에 대해서는 사람마다 의견이 달랐다. 여우는 약하지만 세상을 영리하고 지혜롭게 살아간다.

우리의 조모 이브에게 영광 있으라! 그녀는 지금도 여우를 태어나게 하고 있으며 지금부터 말하고자 하는 이야기의 근원을 만들어주었으니까. 또한 이브와 더불어 자손들에게 영광 있으라. 그녀가 낳은 여자야말로 지금도 이 세상에 어머니로 존재하며 사랑의 씨앗을 잉태하고 남성으로 하여금 파멸당하지 않을 용기를 주고 있으니까.

I

여우와 늑대의 전쟁

-오늘은 무엇을 먹지?

1. 여우는 풀 위에서 쉬었다 경치도 좋고 기분도 좋은데 어떻게 먹고 사느냐가 문제다

늑대 이장그랭은 우수하고 용맹하며 권력을 가진 잘난 나리이지만 딱하게도 별로 영리하지는 못했다. 그는 여우와 오랫동안 사이좋게 지냈다. 이장그랭은 여우를 조카라고 부르고, 여우는 이장그랭을 아저씨라고 불렀다. 사실은 아저씨도 조카도 아니었지만 아마도 이장그랭은 그 조카의 허풍을 충분히 깨달을 만한 예민한 신경을 갖지 못했기 때문에 그처럼 오랫동안 교제할 수 있었던 것 같다. 하지만 결국에 가서 제아무리 그가 미련해도 여우의 교활성을 인정하지 않을 수 없는 날이 오고야 말았다. 그날이야말로 오랜 우정과 옛날의 아저씨와 조카의 관계는 끊어지고 늑대의 완력과 여우의 교활성의 전투가 시작되었다.

이장그랭과 부인 에르상과 그의 아이들은 한 마리의 양을 요리하여 저녁 식사를 마친 참이었다. 그들은 양고기를 뼈까지 씹어서 남기지 않고 먹어치웠다. 부인 에르상은 이튿날 아침 사냥하러 나가는 남편에게 주려고 양의 콩팥과 비장을 따로 떼어 보관해두었다. 그때 누가 문을 두드리는 것 같았다. 이장그랭은 귀를 기울였다.

"저녁을 마치고 막 자려고 하는 시간에 나를 방문하다니 반갑지 않군."

이장그랭은 얼굴을 찡그리고 중얼거리면서 문을 열었다. 그러나 순간 그의 얼굴은 기쁨에 넘쳤다. 찾아온 것은 여우였기 때문이다. 그런데 여우는 너무나도 처량한 꼴을 하고 있었다. 머리털은 산발하고 눈은 푹 들어가고 귀는 축 늘어져 있지 않은가! 이장그랭은 갑자기 동정심에 사로잡혔다.

"야! 조카! 웬일인가? 병이라도 들었는가? 빨리 말해보게."

"아저씨! 병이 들어 아침부터 아무것도 먹지 못했어요."

"여보! 에르상, 내가 내일 아침 먹으려고 남겨둔 저 콩팥과 비장을 빨리 이 조카에게 줘요."

"아니요, 저는 배고프지 않아요."

그러면서 여우는 천장에 늘어져 있는 세 봉지의 소금에 절인 돼지고기 햄을 노려보았다. 그 냄새를 맡기만 해도 어제부터 굶은 빈속이 견딜 수 없었다. 그날도 하루 종일 숲과 들을 뛰어다녔으나 먹을 것이라고는 하나도 발견하지 못했다. 피곤에 지친 채 배가 몹시 고픈 여우는 양의 내장보다는 햄이 더 먹고 싶었지만 이장그랭은 햄에 대해서는 한마디도 하지 않는다.

에르상은 급히 콩팥 요리를 만들었다. 여우는 그것을 먹고 나서도 여전히 천장에 걸린 햄이 탐나서 방금 그것을 본 것처럼 말했다.

"아저씨. 참 멋진 햄이군요. 저렇게 누구나 다 볼 수 있는 곳에 걸어두어서야 되겠어요? 도둑이 들어와서 곧 집어 가겠어요. 그뿐만이 아니지요. 누가 와서 한 조각 달래면 주어야 되겠지요. 만약 저라면 아무에게도 주지 않기 위해서 감추어 두고 누가 물어보면 도둑맞았다고 하겠어요."

"나한테서 저 햄을 훔칠 생각을 하는 자는 아주 나쁜 놈이지. 그런 놈의 말은 듣기 싫어. 아버지이든 어머니이든, 형이나 누이가 굶어죽어도 저 햄만은 줄 수 없지."

"물론이죠. 하지만 저렇게 매달아두면 조금씩이라도 먹게 되고 결국은 다 없어져버릴 거예요. 만일 제가 아저씨라면 도둑맞았다고 말하고 나만 아는 장소에 감춰놓고 먹고 싶을 때만 몰래 먹겠어요. 하지만 아저씨 좋을 대로 하세요. 저 같은 여우와 달리 머리가 좋으실 테니까요."

그러고 나서 여우는 가버렸다. 그러나 그는 멀리 가지 않고 근처의 관목 숲에 숨어 어두워지기를 기다렸다.

해가 지고 컴컴해진 다음 그는 몰래 나와 늑대의 집 문을 엿보고 집 안에서 코 고는 소리가 들리자 살살 지붕으로 올라갔다. 그는 저녁에 본 햄이 걸린 곳의 짚을 헤치고 햄을 훔쳐 가지고 집으로 돌아갔다.

여우의 아름다운 부인 에르믈린과 그의 어린애들은 뜻하지 않은 양식을 가지고 온 아버지를 기꺼이 맞이했다. 모두 몰려와서 맛있게 햄을 먹고 나머지는 짚더미 사이에 감춰 두고 다음 날 배고플 때 먹기로 했다.

새벽녘에 이장그랭은 잠에서 깨었을 때 지붕이 헤쳐지고 햄이 없어진 것을 보았다. 혹시 잘못 본 것이 아닌가 해서 눈을 비비고 다시 보았으나 지붕은 헤쳐지고 햄은 보이지 않았다. 그는 놀라고 슬퍼서 울음을 터트렸고 부인도 어린애들도 같이 울었다.

그때 여우가 와서 무슨 불길한 일이라도 일어났는지 혹은 친척이 죽었는지, 왜 이렇게 우느냐고 물었다.

"햄 때문이지" 하고 이장그랭이 외쳤다.

여우는 지붕이 헤쳐지고 햄이 없어진 것을 그제서야 아는 것처럼 웃었다.

"그러니까 아저씨, 제가 뭐라고 했어요."

"내 햄! 내 햄!"

이장그랭은 계속해서 외쳤다.

"정말 아저씨는 교활하군요. 제가 정말 도둑맞은 것으로 생각할까요? 누가 달라고 할까봐, 아저씨네 식구들끼리만 먹으려는 거겠지요."

"아니야, 정말 도둑맞았어."

"그렇고말고요. 아저씨는 뭐 말솜씨가 좋으시니까. 그걸 믿어볼까요."

"하지만 지붕의 저 큰 구멍이 안 보이니? 거기로 들어와 훔쳐 갔다니까."

에르상 부인이 말했다.

"그래요. 정말 도둑이 뚫은 것처럼 보이는군요. 그런데 조금 더 작게 뚫어놓을 걸 그랬지요. 저렇게 크게 뚫어놓으면 고치는 데 비용이 들 텐데요."

"자, 이젠 햄을 안전한 곳에 감춰두었으니 안심이 되겠지요."

"이봐 조카야, 그런 소리 하면 화낼 테야. 내 말을 믿지 않다니."

"아저씨, 나까지 그것을 믿게 하려고 드니 대단하군요. 자, 감췄다는 말은 아무에게도 하지 마세요. 그럼 안녕히 계세요."

이렇게 말한 여우는 이장그랭을 속이고 햄을 뺏고 그를 조롱한 것이 기뻐서 춤을 추며 그곳을 떠났다.

2. 필요는 늙은이라도 달리게 한다

5월이 되어 들장미의 싹이 트고 들과 산은 녹색으로 물들었다. 밤낮을 가리지 않고 새가 지저귀는 계절이다. 여우는 사랑하는 아내가 임신한 채 배를 주리고 아이들은 배고프다고 울고 있는데도 먹을 것이 없어 무척 슬퍼하고 있었다. 마침내 그는 사냥을 하기로 결심하고 준비를 한 다음 숲속 깊이 들어갔다. 숲속의 어느 오솔길이나 샛길도 그는 잘 알고 있었다. 이것저것 찾아보아도 아무것도 눈에 띄지 않았다. 그러는 동안에 그는 한 번도 온 적이 없는 장소에 오고 말았다.

"아! 여기는 멋진 곳이로구나. 이것을 두고 지상의 낙원이라 부르는 것이겠지. 숲도 개울도 아름답고 특히 꽃이 활짝 핀 들판이야말로 별천지로구나. 이렇게 좋은 경치는 평생 처음 보는구나. 먹을 것만 있으면 여기서 살고 싶네……" 하고 그는 중얼거렸다.

필요는 늙은이라도 달리도록 한다는 말이 있지만 그도 배고픔에 못 견디어 이리저리 뛰었으나 새 한 마리, 토끼 한 마리도 볼 수가 없었다. 그는 농가가 있는 언덕길로 내려갔다. 농가가 가까워오자 누가 볼까봐 무서워서 큰길을 피하고 울타리를 넘겨다보면서 잡히지 않고 좋은 먹이가 손에 들어와 처자가 기뻐할 수 있도록 하느님에게 기도했다.

이 농가는 부자인 베르또라는 사람의 집이다. 그의 집은 넓은 뜰 복판에 있었다. 뜰에는 소와 양, 말 가축이 있고 수많은 종류의 과일나무가 심어져 있었다.

'아! 저 속에만 들어가면 무엇이든지 손에 넣으련만……' 하고 그는 생각했다.

그러나 끝을 뾰족하게 깎은 나무 울타리가 집과 뜰을 높이 둘러싸고 있고 게다가 주위에는 개울이 흐르고 있었다. 베르또는 부자지만 인색하여 한번 손에 쥔 것은 놓지 않는 욕심쟁이였다. 그는 자기 집의 닭을 먹기보다는 수염을 한올 한올 뽑는 게 더 낫다고 생각하는 구두쇠였다. 닭을 시장에 가져다가 팔기만 하고 집에서는 한 마리도 먹지 않았다.

그는 그때 마침 집에 있었다. 부인은 실을 팔러 외출하고 다른 식구들은 집 안 어디선가 일하고 있었다. 담 사이로 보니 거세된 닭이 햇볕을 쬐고 있고 수탉 노아레는 눈을 깜박거리고 있으며 영계는 먼지 속에서 휘젓고 있었다. 여우는 담 주위를 한 바퀴 돌았다. 여기저기 엿보고 다닌 그는 한군데 말뚝이 썩어 거기에서 뜰에 괴인 물이 빠져나가게 되어 있는 것을 보았다.

그는 도랑으로 기어들어갔다. 그곳은 채소밭이었다. 그는 양배추 그늘에 숨었다. 그러나 양배추 잎이 바람에 조금 흔들리기만 해도 닭 떼들은 사방으로 도망갔다. 수탉이 당당히 나서서 "왜 도망가느냐"고 물었다. 영리한 영계 팡뜨가 대답했다.

"왜냐고요, 무서우니까요."

"무섭다니…… 아마 바람 소리겠지."

"아녜요, 어디엔가 짐승이 숨어 있어요."

"꿈이라도 꾼 것이겠지. 괜히 놀라지 마. 여기는 안전해."

"위험해요. 어떤 짐승이 채소 그늘에 숨어 있다니까요. 양배추 잎이 아직도 흔들리고 있잖아요."

"걱정 마! 살쾡이건 여우건 겁이 많아서 여긴 못 들어와. 무서운 건 하나도 없어."

이렇게 말하고 노아레는 퇴비더미로 올라갔다. 위험 같은 것은 생각하지도 않고 한 눈은 뜨고 다른 한쪽 눈은 감고서 한쪽 날개를 접고 또 한쪽 날개를 펴고 잠이 들었다. 어리석은 닭이었다.

이윽고 잠이 든 지 얼마 지나지 않아 꿈을 꾸었는데 이상하기도 한 꿈이었다. 마당에서 한 이상한 동물이 잠든 수탉에게로 온 것이다. 뭔지 붉은 망토를 입고 있는데 그 망토를 닭에게 덮어씌우려고 했다. 털 달린 안감에 망토의 목 있는 데는 매우 좁고 뼈로서 닫도록 되어 있었다. 노아레는 머리부터 거꾸로 그 속으로 처박히고 꼬리만이 망토 밖으로 나왔다. 수탉 노아레는 몹시 숨이 막혔다. 무서움과 아픔을 못 이겨 수탉은 눈을 뜨고 외쳤다.

"오! 하느님. 이 가련한 동물을 살려주세요. 팡뜨야! 아무래도 뭔지 무시무시한 동물이 이 근처에 있는 것 같아. 무서운 새인지 맹수인지 모르지만."

"개가 짖고 있을 뿐이에요. 하지만 무섭긴 해요. 얼굴이 어째 창백하군요!"

팡뜨가 대답했다.

"꿈을 꾸었지. 그것도 불길한 꿈을."

노아레는 팡뜨에게 꿈 이야기를 했다.

"매듭이 없고 목이 좁고 가느다란 뼈가 붙은 털 달린 망토지. 팡뜨야! 너는 이 꿈을 해몽할 수 있겠니?"

팡뜨는 곧 설명하기 시작했다.

"붉은 망토를 입은 이상한 동물은 여우예요. 왜냐하면 털이 있으니까요. 여우는 매듭 없는 목이 좁은 망토로 닭을 덮어 싸버리는 거예요. 뼈로 된 것은 이빨이에요. 먹이를 머리에서부터 거꾸로 먹어버리는 거지요. 노아레 정신 차리세요.

여우를 조심해야 돼요. 그 꿈은 올바른 꿈이에요. 정오에는 진짜 그런 일이 일어날 거예요. 내 말을 믿으세요. 여우는 양배추 뒤에 있단 말이에요. 빨리 닭장으로 들어가세요."

"팡뜨야! 바보 같은 소리 마라. 그건 한낱 꿈이야. 거짓말이라고. 정원 안에 짐승이 들어오다니 바보 같은 꿈이었지."

이렇게 말한 노아레는 다시 퇴비더미로 올라가 낮 동안만 눈을 감고 또 잠을 청했다. 여우는 조용히 다가가 옆눈으로 노려보기가 무섭게 큰 입을 벌리고 덤벼들었다. 노아레가 옆으로 뛰자 여우는 실수하여 퇴비더미 속으로 쓰러졌다. 여우는 이번에는 수단을 바꿔야겠다고 생각했다.

"닭 나리, 참 잘 나시는군요. 그렇게 도망갈 필요가 있습니까? 여우와 닭은 옛날부터 사촌 형제간이 아닙니까."

수탉은 조금 신뢰하게 된 듯 느껴져 기꺼이 노래를 불렀다. 그러자 여우가 계속 말했다.

"당신도 정말 아저씨를 닮았군요. 아저씨는 불쌍했죠. 노래도 잘 부르고 나팔소리처럼 멀리까지 울렸는데 지금은 무덤에 계시니 그 기술을 알 수가 없지."

"기술이라니요?"

"그렇지요. 두 눈을 감고 이렇게 노래하지요. 지금 생각해도 멋진 일이지요."

"여우 사촌형님 그런 말로 나를 속이려는 것이지요?"

"아니. 여우가 친척을 속이다니? 그럴 바에는 내가 올가미에 걸리는 게 낫지. 나는 돌아가신 아저씨 아드님의 노래를 듣고 싶은 것뿐인데."

"노래가 듣고 싶다면 조금 불러드리죠."

여우는 기뻐서 약간 물러났다.

"듣고말고요. 사촌동생. 노래 솜씨가 대음악가의 아들다운지 어떤지 보아야지."

그러나 노아레는 아직도 여우에 대한 의심이 남아 있어 한쪽 눈만 감고 노래를 불렀다. 여우는 말했다.

"그게 무슨 노래람! 아저씨의 목소리가 그립군! 두 눈을 감고 길게 뽑는 아름다운 그 소리."

그래서 노아레는 두 눈을 감고 노래를 불렀다. 여우는 달려들어 닭을 물고 달아나려 했다. 그것을 보자 팡뜨가 울며 소리쳤다.

"큰일 났어요, 여우가 노아레를 물어가요. 하느님! 왜 이 가련한 팡뜨를 괴롭히시나요? 저는 걱정되어 죽을 것 같아요."

저녁이 되었다. 농가의 딸이 닭을 부르러 왔다.

"자! 팡뜨, 삐즈, 루세뜨 다 닭장으로 들어가."

그녀는 여기저기 찾아다녔다.

"어디에 갔을까?"

마침내 그녀는 한 마리의 갈색 동물이 수탉을 입에 물고 웅

크리고 있는 것을 보았다. 그녀는 크게 소리를 질렀다.

"여우다! 여우다."

베르또가 큰 소리로 외쳤다.

"시끄럽다. 그러면 도망갈 거 아냐? 조용히 보아야지."

과연 여우는 도망쳤다. 개울을 넘고 도랑을 건너 사라졌다. 농부는 당황하여 제일 힘센 개 모바쌍을 비롯하여 여러 개를 불렀다.

"여우. 여우."

노아레가 소리쳤다.

"꼬끼요, 꼬끼요. 사람이 여우에게 업신당하는군. 내가 닭을 물고 가는 것도 모르니까."

"정말 사람은 바보야. 꼬끼요" 하고 여우는 재미있어서 흉내를 냈다.

"사람은 바보야. 꼬끼요."

이 말을 하는 순간에 여우의 입이 느슨해졌고 닭은 날개를 치며 사과나무 위로 날아갔다. 그리고 거기서 여우를 비웃었다.

"멋진 농담이지요."

여우는 도리어 속은 것이 분해서 말했다.

"이 말 많은 녀석아."

"이 가짜 사촌형님."

그러는 동안에 개가 달려왔다. 여우는 계속 떠들 새도 없었다. 배가 고파 괴로워하면서 다른 먹이를 찾아 도망쳤다.

3. 수탉에게 배운 책략

산폭의 들가를 흐르는 개울가에 한 그루의 너도밤나무가
있었다. 주위에는 아무도 없었다. 여우는 풀 위에서 쉬었다.
경치도 좋고 기분도 좋은데 어떻게 먹고사느냐가 문제였다.
그때 근처에 사는 까마귀 체르슬랭이 숲에서 나왔다. 까마귀
는 농가 쪽으로 날아가 햇볕에 말리고 있는 치즈를 훔쳤다.
치즈를 지키던 노파는 그때 집 안에 있었다. 체르슬랭은 급히
치즈를 물고 달아나려 했다. 집에서 나온 노파가 놀라서 돌과
모래를 던지며 얼굴이 새빨개지도록 화를 냈다.

"이놈아, 치즈를 놓고 가라!"

"할머니, 영감님이 치즈가 어디 있느냐고 물으면 까마귀가
가지고 갔다고 하세요. 나쁜 교도관은 늑대를 기른다는 말도
있으니 나머지 물건이나 잘 지키세요. 그리고 이 치즈는 포기
하시는 게 좋겠어요. 나는 이 맛있는 음식을 먹고 수염이라도
기를 생각이니까요."

까마귀는 여우가 휴식하는 나뭇가지 위로 날아왔다. 서로 같은 나무의 위와 아래에 자리를 잡았는데 한쪽은 먹을 것을 물고 다른 쪽은 배가 고파서 입을 열고 있으니 그 처지는 같지 않다. 치즈는 보드라웠다. 체르슬랭이 학처럼 주둥이로 씹자 한 조각이 여우 앞에 떨어졌다. 여우가 무엇인가 하고 눈을 들어 보니 나무 위에 체르슬랭이 있었다. 여우는 체르슬랭이 발에 쥐고 있는 멋진 치즈를 잠시 바라보았다. 그러자 수탉에게 배운 책략이 생각났다.

"아! 거기에 계셨구면요. 실례했습니다. 하지만 왜 그렇게 잠자코 계십니까. 어렸을 때는 음악의 천재라고들 했는데 이제 노래를 못 부르시나보군요. 노래를 좀 불러보세요."

체르슬랭은 입을 꼭 다물고 있었다.

"정말이지 지금은 옛날보다 더 잘 부를 거예요. 한번 멋지게 불러보세요."

너무나 칭찬을 받자 체르슬랭은 노래를 좀 부르고 싶어졌다. 그래서 소리를 두서너 번 질렀다.

"멋지군요! 당신의 목소리는 맑고 아름답군요. 하지만 호두를 너무 드시지는 마세요. 호두는 소리 내는 데 해로우니까 조금만 더 노래해보세요."

까마귀는 열심히 울어댔다. 치즈 같은 것은 생각조차도 하지 않았다. 그러는 동안 차츰 왼쪽 발의 긴장이 풀려 치즈는 여우의 눈앞에 떨어졌다. 교활한 여우는 그렇게도 먹고 싶어 하던 치즈를 먹으려 하지 않았다. 까마귀까지 마저 잡고 싶었던 것이다. 그는 한쪽 발을 들고 부상당한 것처럼 쩔뚝거렸다.

"아 가련토다! 그놈의 치즈 냄새를 맡으니 죽을 것 같군, 치즈 냄새는 상처에 나쁘니까, 치즈에 손대지 말라고 의사도 말했지. 체르슬랭 나리, 치즈를 어디로 치워주시면 좋겠어요. 그저께 다리를 다쳤지요. 올가미에 걸렸었지요. 지금도 연고를 발라 움직일 수가 없지요."

무엇이든지 쉽게 믿어버리는 체르슬랭은 나무 위에서 뛰어내렸다. 그리고 치즈를 물고 여우 곁을 피해 멀리 갔다. 결코 여우 근처에는 다가가지 않았다.

"아니 웬일이세요. 다친 사람을 무서워할 필요는 없지 않아요?" 하고 여우는 말했다. 그리고 까마귀를 향해 힘차게 덤벼들었다. 까마귀는 용케 몸을 피해 겨우 털 네 개만 여우의 입에 남겨놓았다.

놀란 체르슬랭은 재빨리 먼젓번의 나무 위로 날아가 사방을 바라보며 여우에게 외쳤다.

"이 사기꾼아! 하마터면 큰일날 뻔했군! 내 오른쪽 날개 털 둘과 꼬리 털 둘이 뽑혔어."

"치즈는 할 수 없이 주지만 너무 욕심 부리지 마!"

여우는 한마디도 대답할 수가 없었다. 그는 치즈를 다 먹어
버렸다. 그것은 정말 맛이 좋았다. 상처에도 잘 들었으리라.
상처가 곧 나았으니 말이다. 여우는 치즈를 먹고 나서 개울에
가서 물을 마시고는 마르베르띠의 집으로 갔다.

4. 여우는 죽은 척하고 길가에 누웠다

겨울이 왔다. 올해는 유난히 춥다. 마르베르띠의 여우 집에는 생선이 없다. 그 집은 저택이라고는 하지만 많은 백성을 거느린 사람이 사는 것 같은 탑을 세우고 홈을 파고 다리를 놓은 그런 큰 저택은 아니다. 마르베르띠는 여우가 자기 손으로 판 좁고 어두운 구멍이다. 하지만 그곳은 따뜻하고 아늑하고 안전한 집으로, 출입구도 많아 누가 쫓아올 때는 어느 한쪽으로 도망갈 수 있게 되어 있다.

부인 에르믈린은 두 아들 페르세이유와 말브랑슈를 기르기 위해서 집에 남아 있어야 한다. 두 아들은 이미 젖을 뗐지만 아직 사냥 나갈 나이는 아니다. 그 애들이 갑자기 울어댔으나 여우는 제 배가 고파서 상관하지 않았다. 여우는 밖으로 나와 길가에 앉았다. 미풍에 털이 흔들리고 머리를 좌우로 돌려 찬 공기를 마시니 여러 가지 냄새가 코를 스치고 어디서 생선 냄새가 스며들어왔다. 그는 멀리서 생선을 실은 짐차 한

대가 이리로 오고 있는 것을 알게 되었다.

그 차는 생선 가게 차였는데 오늘 시장으로 가져가기 위해서 청어 따위의 해산물이 가득 들어 있는 광주리와 도중에서 산 뱀장어가 가득 들어 있는 광주리를 싣고 있었다. 생선 장수는 이것을 다음 금요일까지 이웃 마을에서 팔 생각이었다. 누구나 알고 있는 바와 같이 금요일은 생선을 팔기에 가장 좋은 날이다.

여우는 죽은 척하고 길가에 누웠다. 온몸은 메마른 듯 축 늘어져 있고 입은 반쯤 열리고 혀는 늘어뜨리고 눈은 감고 있었다. 앞에서 온 짐꾼이 이것을 보고 멈추고는 말고삐를 잡고 있는 남자에게 신호했다. 남자는 말을 멈추고 급히 가까이 가 속삭였다.

"여우인가? 곰인가? 잠들고 있는 듯하니 몰래 잡아버려야지."

둘이서 가까이 갔으나 여우는 꼼짝도 않는다. 배를 발로 차도 꼼짝 않는다.

"여우야. 죽었는데!" 하고 한 사람이 말했다.

"그러면 잡아도 물지 않겠군. 이가 꽤 날카롭겠는데."

그리고 그는 손가락으로 여우의 입술을 뒤집어봤으나 여우는 까딱도 하지 않았다.

"아주 죽었구먼."

첫 사나이가 말했다.

"멋진 여우군! 참 털도 두둑하고 특히 목 근처가 멋있군. 싸게 팔아도 4수는 받을 거야."

"당치도 않지. 나는 5수라도 팔지 않겠네."

"4수가 될지 5수가 될지 6수가 될지는 내일 털 가게에 가지고 가면 알겠지. 지금 할 일은 죽은 여우를 광주리 안에 넣기만 하면 돼. 오늘 밤에 껍질을 벗기지 않으면 못쓰게 될 거야."

여우는 차에 실렸다. 먹이 옆에 놓이기를 은근히 바랐는데 다행히 그렇게 되었다. 그는 광주리를 물어뜯고는 청어건, 칠성장어건, 숭어건, 가자미건, 무엇이건 닥치는 대로 먹었다. 광주리 속에는 찌꺼기만 남았다. 배가 불러오자 이번에는 처자 생각이 나서 또 다른 광주리를 열었더니 장어가 가득 들어 있었다.

탐식가라 먹어보지 않으면 못 견디기 때문에 한 마리를 먹어보았다. 그러고 나서 두 마리쯤 큰 것을 골라 차 속에 있는 버드나무 가지로 뚫고 끼웠다. 여우가 뛰어내리자 그 소리에 상인들은 뒤를 돌아보았다.

"안녕히 계세요. 즐거운 여행을 하세요. 큰 뱀장어 두 마리만 가져갑니다. 저의 가죽을 드리지 못해서 유감이군요. 4수나 5수 기껏해야 6수 정도밖에 안 될 테니 너무 싸서 그냥 제가 가져가야 되겠어요."

　　상인들은 뒤를 쫓아오면서 "이놈 거기 있거라!" 하고 외쳤
으나 여우는 숲속으로 단숨에 달려가 사라져버렸다.

5. 여우, 이장그랭의 동생 프리모를 매맞힌 일

이리하여 여우는 목에 건 뱀장어 두 마리와 실컷 먹은 고기로 불룩해진 무거운 배를 끌고 갔다. 반대쪽 같은 길에서 늑대 이장그랭과 그의 동생인 프리모가 왔다. 그들은 바로 앞에서 딱 마주쳤다. 프리모의 코는 뱀장어의 냄새 때문에 씰룩거렸다. 그는 염치없이 물었다.

"어디로 가는 길이지? 지금 어디서 오는 거야? 목에 멘 것은 뭐야? 뱀장어 같은데…… 그 맛 참 좋지. 좀 내놓게."

여우는 대답했다.

"이렇게 더러운 것은 아저씨가 드실 물건이 아니죠. 이 두 마리의 뱀장어는 내가 이로 씹고 몸으로 비벼서 이상한 냄새가 배었고 땅에 끌려서 더러운 것이 묻었어요. 그러니 제가 이것을 얻은 장소를 알려드리죠. 거기에 가시면 이것보다 더 싱싱하고 훌륭하고 아저씨 같은 나리가 드시기에 적당한 것이 광주리에 가득 있으니까요."

프리모는 광주리에 가득 있다는 말을 듣자 못 견디겠는 듯 물었다.

"그 광주리는 어디에 있지?"

"이리 와서 보세요. 여기서는 잘 보이니까. 저기 저 속에 가득 있어요. 수레보다 먼저 빨리 가서서 제가 한 것처럼 죽은 척하세요. 손발이나 귀를 움직이면 안 됩니다. 숨도 쉬면 안 되죠. 그러면 저의 경우와 마찬가지로 오늘 밤에 가죽을 벗겨서 내일 장에 나가 팔려고 나리를 수레 위에 실을 거예요. 다음에 기회를 엿보아 실컷 먹고 저처럼 필요한 만큼 목에 걸고 숲속으로 도망치세요. 하지만 저처럼 많이 먹지 마세요. 뛰지 못할 테니까요. 요렇게 조그만 뱀장어도 걸고 보니 마르베르띠 집까지 가기 어려우니 만약 큰 것을 걸었다가는 큰일날 뻔 했죠. 자 빨리 가보세요. 수레가 마을에 들어가기 전에요. 그럼 안녕히 가세요."

프리모는 아직 여우가 얼마나 교활한지에 대해서 알지 못했다. 그는 여우에게 인사도 않고 급히 달려가 길가에서 죽은 척했다. 그것을 본 먼젓번 상인이 외쳤다.

"이번엔 늑대로군! 아까 여우의 경우처럼 당하지 않기 위해서 정말 죽었나 조사해보아야지."

두 상인은 교대로 주먹으로 프리모를 쳤다. 늑대는 아파서 견딜 수가 없었으나 그것을 참아야만 뱀장어를 먹을 수 있다고 생각하고 끝까지 참으려 했다. 그러나 상인이 너무나 오랫동안 때리기 때문에 참다못해 큰 한숨을 쉬었다.

"아, 살아 있군! 죽여버리자. 이놈 네가 쉽게 우리 뱀장어를 먹으려고. 죽어봐라."

프리모는 도망쳐 겨우 목숨은 건질 수 있었다. 그러나 배는 고프고 몸은 아파 숲까지 가는 일이 보통 힘든 일이 아니었다.

6. 사제가 된 늑대 이장그랭

여우는 마르베르띠 집으로 돌아갔다. 그의 아내와 아들들은 그를 반갑게 맞이했다. 아내는 뱀장어 냄새가 밖으로 새어나가 다른 동물들이 달려오면 안 되기 때문에 급히 문을 닫았다. 에르믈린은 도중에서 먼지에 쌓이고 더럽혀진 남편의 다리를 씻어주었다. 어린애들은 불을 피우고 장어를 잘라 버드나무 가지에 끼우고 불에 구웠다.

근처에서 사냥을 하던 이장그랭은 아무것도 잡지 못했다. 그는 여우 집 굴뚝에서 연기가 나는 것을 보고 그리로 갔다. 그것은 무엇을 요리하는지 알고 싶은 호기심 때문이라기보다 구운 뱀장어 냄새가 그의 위를 자극했기 때문이다. 그는 집 앞에 와서 왔다 갔다, 앉았다 섰다 하면서 문 열쇠구멍으로 코를 움직여댔다. 안으로 들어갈 수 없는 것은 알고 있었지만 창문으로 들여다보니 불에 굽는 장어를 낀 산꽂이가 눈을 찌르는 듯했다. 그는 혀를 날름거리며 털을 세우고 울렁댔으나 참을 수 없어 문을 치며 소리쳤다.

"조카, 조카, 문 좀 열게, 좋은 소식이 있으니 문 좀 열게!"

여우는 늑대가 문 앞에 온 것을 그 거친 입김 소리를 듣고 알았지만 딴전을 피우며 물었다.

"누구세요?"

"나야."

"나라니, 누구죠?"

"아저씨 이장그랭이지."

"아! 그래요. 나는 도둑놈인 줄 알았죠."

"아니지, 아니지. 아냐. 아저씨야, 좋은 소식이 있으니 빨리 열게!"

"잠깐만 기다리세요. 사제님의 식사가 끝나기 전에는 들어오면 안 돼요."

"뭐, 어디 사제 말이야?"

"띠롱의 사교회원들과 수도사들이죠. 나도 그 교회에 들어갔는데 이 집은 그 수도원의 분원이에요."

"오! 하느님 그럼 나도 들어가서 그 냄새 좋은 고기를 먹게 해주게."

"고기라뇨. 무슨 고기요? 우리 수도사들은 고기를 안 먹죠."

"그러면 무엇을 먹지?"

"우리의 수호신 성 베네딕틴이 명한 기름이 많고 맛있는 생선이지 고기가 아니죠. 결코 고기는 아녜요."

"제발 그 생선 좀 맛보게 해주게. 냄새가 너무 좋군. 배가 고파 죽겠어."

"안 돼요. 수도사가 아니면 집에 못 들어와요. 적어도 은자 는 되어야죠. 자, 오늘은 돌아가세요."

"그러지 말고 제발 한 입만 먹게 해주게."

"할 수 없군요. 곤란하지만 신성한 계율을 깨트리고 조금 만 드리죠."

여우는 불가에 가서 잘 익은 두 조각의 뱀장어를 꺼내서 큰 것은 자기가 먹고 작은 것을 이장그랭에게 주었다. 그것을 먹 고 난 늑대는 너무나 맛이 있어서 한 번만 더 달라고 했다.

"안 되죠, 수도사가 돼야만 하니까요. 아저씨는 귀하신 몸 이고 풍채도 좋으시고 세력도 있으니 다음 부활제까지는 신 부나 수도원장이 되겠죠. 그 회색 옷 위에 긴 외투를 입으면 멋지겠어요."

"그러면 맛있는 생선을 많이 주겠지."

"드시고 싶은 만큼은 드리죠."

"그러면 나도 사제가 돼야겠어, 빨리 머리를 깎아주게."

"깎는 게 아니고 면도질하는 거죠. 머리 주위를 면도질하 고 꼭대기만 둥글게 남겨놓는 거죠."

"그럼 빨리 면도질하게."

"물이 끓을 때까지 기다리세요. 깨끗이 면도를 해드릴 테니까."

여우는 물을 데우고 물이 끓기 시작하자 잠깐 문을 열고 늑대에게 문으로 목만 내놓으라고 했다.

이장그랭이 목을 내놓자 여우는 냄비에서 끓는 물을 늑대에게 부어버렸다.

"여우야! 나 죽겠다."

이렇게 외치며 늑대는 머리를 빼려 했으나 귀가 걸려서 나오지 않았다. 겨우 목을 뺐을 때 얼굴은 처참하게 데어 있었다. 이장그랭이 고통으로 신음하는 동안 여우는 보이지 않는 곳에서 혀를 내놓고 웃었다.

"자, 이제 사제가 되셨어요. 수도원의 규칙은 첫날밤은 밖에서 지내기로 되어 있으니 오늘은 들어올 수 없죠. 내일부터는 이곳에 들어와 생선을 마음껏 먹을 수 있죠. 오늘 밤은 저도 아저씨와 함께 밖에 있겠어요. 그래야 시간이 빨리 지나니까요. 곧 갈 테니 기다려주세요."

이렇게 말한 여우는 뒷문으로 나와 아저씨 곁으로 갔다.

7. 어떻게 여우는 이장그랭에게 뱀장어를 낚도록 하였는가

그날은 크리스마스 전날 밤. 돼지고기를 소금에 절이는 계절의 추운 밤이었다. 하늘은 맑고 아름다운 별이 가득 차 있었다. 끓는 물에 머리를 데인 이장그랭은 여우가 가까이 오는 것을 보고 골탕 먹이려고 이를 갈며 기다리고 있었다. 여우는 말했다.

"아저씨, 아저씨도 우리들처럼 수도사가 되었으니 좋아하는 뱀장어를 잡는 곳을 가르쳐드리죠. 아무에게도 말하지 마세요. 가르쳐주라는 법은 없지만 특별히 가르쳐드리죠. 저는 아저씨를 좋아하니까요."

뱀장어라는 말을 듣자 이장그랭은 머리가 아픈 것도 잊고 여우를 따라갔다. 이윽고 둘이서 얼어붙은 연못가에 이르렀다. 그 위를 걸을 수 있을 만큼 얼음은 두꺼웠다. 뛰고 달릴 수도 있었다. 농부가 가축에게 물을 주거나 물을 뜰 수 있도록 얼음에는 구멍이 뚫려 있었다. 그리고 곁에는 물통이 놓여 있었다.

"아저씨. 이 구멍 속에 뱀장어가 있죠. 이 속에 물통을 넣고 한두 시간 기다리면 뱀장어가 통 속에 숨으러 와요. 그때 통을 올리면 그 속에 뱀장어뿐 아니라 가물치나 잉어, 칠성장어, 숭어 이런 것들이 가득 들어 있답니다."

"그럼 이 물통을 꼬리에 매서 자네 말대로 이 구멍에다 넣고 기다려보지. 통만 넣어두었다가는 장어를 도둑맞을 테니까."

"좋은 생각이에요, 아저씨도 머리가 좋으시군요. 꼬리에 매드릴 테니까 이리 오세요" 하고 여우는 말했다.

늑대는 구멍 근처에 웅크리고 앉았다. 여우는 이장그랭의 꼬리에 맨 물통을 물속에 넣었다.

"한두 시간 그러고 계세요. 장어 잡기에 알맞은 기구죠. 장어가 가득 차면 무거워질 거예요. 그때 저를 부르면 와서 도울 테니까요."

여우는 검불 속에 쑥 들어가 두 앞다리에 턱을 얹고 이처럼 추운 날씨에는 꼬리 주위가 꽉 얼어붙을 것이라고 속으로 웃었다. 늑대는 추위에 벌벌 떨면서 통 속에 장어가 가득 들어 있으리라는 생각에 꼼짝 않고 참고 있었다. 그러나 한 시간이 지나자 추위를 견딜 수 없게 되었다. 게다가 고기가 많이 잡혔는지 알고 싶어서 몹시 궁금했다. 하지만 통이 너무 무거워서 참을 수가 없었다. 그는 여우를 불렀다.

"여우야! 여우야! 좀 도와줘! 장어가 하도 많이 들어서 통이 올라오지 않으니⋯⋯."

"더 기다리세요. 그래야 많이 잡히죠."

"이만하면 됐어. 좀 도와주게. 새벽이 되면 곤란하니까."

여우는 웃으며 말했다.

"참 해가 뜨는군요. 너무 욕심을 부렸어요. 근처 집에서 사람들이 깨어났나 봐요. 누가 나올지도 모르겠어요."

늑대 아저씨를 올가미에 걸리도록 내버려둔 채 여우는 마르베르띠의 자기 집으로 돌아갔다.

"여우야! 나를 두고 가다니. 나를 살려줘" 하고 이장그랭은 외쳤다. 허나 근처 집에서 사람 소리가 나기 때문에 큰 소리를 지를 수가 없었다. 그사이에 여우는 멀리 가버렸다.

늑대는 계속 자기 꼬리를 잡아당겼으나 꼼짝도 하지 않았다. 그러는 동안에 옆집에서 왕의 신하인 부자 꽁스땅 뒤 그랑주가 나왔다. 그는 말을 타고 주위에는 개를 인솔한 많은 부하들이 따라왔다.

해가 뜨자 꽁스땅은 뿔피리를 불고 개는 짖어대고 닭은 노래했다.

"늑대야! 늑대. 연못에 있어" 하고 한 하인이 소리쳤다.

꽁스땅은 개를 풀었으나 늑대가 도망가지 않는 것을 보고

놀랐다. 도망가지 않을 뿐 아니라 얼음 위에 태연히 앉아서 저항을 하고 있었다. 늑대는 온몸의 털을 세우고 가까이 다가오는 개에게 이를 보이며 싸울 태세를 갖췄다. 꽁스땅은 말에서 내려 늑대에게 가 칼을 뽑아 머리 위로부터 내리치려 했다. 허나 다리가 모래 때문에 미끄러져 자빠지는 바람에 늑대는 칼에 맞지 않았다. 그는 다시 일어나 칼을 휘둘러 늑대의 꼬리를 쳤다. 칼날이 늑대 꼬리의 얼음 위로 나온 부분을 잘라버렸다.

이장그랭은 꼬리가 잘린 것이 애석하기 짝이 없었으나 급히 도망쳤다. 개에게 물린 털과 살덩이가 떨어져나갔다. 이따금 늑대는 멈추어서 목을 돌리고 뒤를 따르는 개에게 결사적으로 덤벼들곤 했기 때문에 개도 결국 자기 집으로 돌아갔다.

이장그랭은 집에 돌아갔으나 어쩐지 여우에게 속은 것 같아 증거만 잡게 되면 복수하겠다고 별렀다.

8. 프리모의 미사

어느 날 한 사제가 들을 지나가고 있었다. 그는 과자가 가득 든 상자를 들고 이웃 마을에 가는 도중이었는데 가는 길에 한군데 담이 있어 그것을 넘다가 그만 상자를 떨어뜨렸다. 그는 그것을 알지 못하고 그냥 가버렸다.

그때 그 근처를 배회하던 여우가 이 상자를 보게 되었다. 여우는 그것을 줍자 아무도 오지 않는 좁은 장소로 가지고 갔다.

"속에 무엇이 있나 봐야지!"

여우는 상자를 열었다. 속에는 백 개도 훨씬 넘을 정도로 많은 과자가 들어 있었다. 그는 그것을 네 개만 남겨놓고 다 먹어버렸다. 남은 네 개는 아내 에르믈린과 아이들을 위해서 둘로 접어서 입에 물고 가기로 했다. 길가에 나오기가 무섭게 늑대 프리모가 갑자기 눈앞에 나타났다. 늑대는 그 사건 이후 처음 여우를 만났기 때문에 몹시 기분이 나빴다. 하지만 프리모는 결국 자기 운이 나빴지 여우의 간계에 속았다고는 생각하지 않았다. 그러기 때문에 모두 잊고 여우에게 인사했다.

"여우로군! 잘 있었나."

"프리모 아저씨, 안녕하세요?"

"어디 갔다 오나? 그렇게 바쁘게 어디로 가는 길인가?"

"숲 저쪽 교회로 노래 부르러 가요."

"아! 나는 배가 고파 못 건니셌는데 네가 가진 것은 무엇이냐?"

"과자예요. 교회의 맛있는 과자죠."

"과자라니, 어디서 얻어 왔지?"

"과자가 있는 곳에서 가져 왔죠."

"나 좀 주겠나."

"네. 아저씨라면 오백 루블의 가치가 있어도 드려야죠."

여우가 급히 과자를 프리모에게 주자 프리모는 맛있게 먹었다.

"여우, 어디서 가져 왔지? 또 남아 있나?"

"근처 교회예요. 이젠 없어요."

"정말 맛있구나? 나는 몹시 배가 고프니 더 있었으면 좋겠는데, 오늘은 아무것도 먹지 못했어. 빵도 고기도 생선도 한 조각도 못 먹었더니 심장이 없어질 것 같다."

"저를 따라오세요. 함께 교회에 가요. 나리, 배불리 먹을 정도로 실컷 먹을 수 있으니까요."

"여우야! 너는 나의 은인이로구나. 그까짓 사제가 별건가."

"교회는 가까우니까 같이 가시죠."

프리모가 앞장서고 여우가 뒤를 따랐다. 그 교회는 과자 상자를 떨어뜨린 사제의 교회였다. 늑대와 여우는 발을 다 사용하여 문 밑에 구멍을 파고는 그리로 뚫고 들어갔다. 과연 흰 식탁 아래에는 과자가 잔뜩 놓여 있어서 프리모는 그것을 전부 먹은 후에 말했다.

"여우야! 나는 아무리 먹어도 점점 더 배가 고프구나. 저기에 상자가 있으니 그것을 열어보면 무엇이 있을 것 같다."

"열어보죠" 하고 여우는 말했다.

프리모가 힘껏 자물쇠를 잡아당기자 속에는 빵과 포도주, 고기, 생선 등 사제가 쌓아둔 식량이 가득 들어 있었다.

"아! 고마운 일이로군. 먹을 만한 음식이야. 제단에 걸린 백포를 여기에 펴고, 그리고 소금을 가져오게. 다 먹어야 갈 테니까. 하느님이 우리에게 준 것이지."

둘은 상자에서 빵, 포도주, 고기를 꺼내어 땅바닥에 앉아 마음껏 먹었다. 음식은 충분히 많았다.

"아저씨. 술 좀 따라주세요. 마시고 싶어요."

"물론이지. 세 명쯤은 마실 수 있겠군."

프리모는 닥치는 대로 마셔 몹시 취했다.

여우는 그에게 말했다.

"더 드세요. 아저씨!"

"그럼! 마셔야지. 너도 좀 마셔!"

"자! 한잔 드세요. 아저씨! 왜 더 안 드세요. 피곤하시죠? 저는 더 마실 수 있는데요."

"술이야 내가 세지."

"저도 센데요. 내기를 해볼까요?"

"여우야, 술 마시기 내기를 하자고? 그래. 자 빨리 마시고 잔을 내놓게나. 내일 아침까지도 끄떡 안 할 테니까."

여우는 마시는 척하며 술을 전부 다리 사이로 흘려버렸다. 곤드레만드레가 된 상대방은 그것을 알 리가 없었다. 여우는 계속 술을 따르고 프리모는 자꾸 마셨다. 프리모의 눈은 번쩍이고 마치 사자라도 된 것 같은 기분이었다. 여우는 시종 즐거운 듯한 얼굴로 잔을 권했다. 늑대는 결국 영문을 모르게 되었다.

"여우야! 이곳에 우리를 안내해준 것은 하느님이로구나. 미사를 올리고 싶군. 자 보게, 제단 위에는 나를 위한 옷과 기도문이 있지 않은가. 나는 어렸을 때부터 노래와 글을 배웠지. 멋지니까 한번 들어보게."

여우는 늑대가 너무나 취했기 때문에 놀랐으나 사실은 그가 그렇게 되기를 바란 것이었다.

"하지만 사제의 자격이 있든가 또는 사제의 두목이 아니고야 제단에서 노래할 수 없지요."

"그건 그렇지! 하지만 상관없어. 누가 내 머리를 깎겠어. 나는 강림식을 하고 기도와 노래를 하기 전에는 이곳을 안 나가겠어. 내 머리를 깎아줄 녀석은 없겠지."

"면도칼만 가져오면 제가 아저씨 머리를 깎아드리죠. 그리고 스톨라를 목에 걸어만 드린다면 노래 부를 자격이 되겠죠. 주교는 없어도 상관없어요. 제가 옛날에 사제였으니까."

프리모는 일어나 교회 안을 거닐었다. 벽에 부딪히고 기둥에 매달리면서도 계속 마시기 시작했다. 여우는 여기저기 찾아보다 결국 성 자끄 나리의 제단 뒤에 있는 장을 발견했다. 그 안에는 예리한 면도칼과 가위 등의 기구가 있었다. 여우는 말했다.

"프리모 아저씨. 오늘은 하느님이 나리 생각을 하시는군요. 도구는 완전히 갖추어져 있어요. 면도칼, 가위, 그릇, 도요, 물만 있으면 되겠어요."

프리모는 여우의 말을 알아들을 수 없었다. 여우는 프리모가 모르게 세례반에 가 뚜껑을 벗기고 그릇에 물을 가득 떠오며 말했다.

"하느님에게서 물을 얻어 왔어요."

"아! 그런가. 하느님은 역시 나에게 봉사를 받고 싶어 하시는군. 그러면 봉사를 해야지. 빨리 깎아주게."

"네. 하느님의 뜻이라니까요."

프리모는 바닥에 앉자 한마디도 없이 가만히 있었다. 여우는 그의 머리에 물을 끼얹고 귀 있는 데까지 깎아 멋진 원형을 만들고 나서 말했다.

"프리모 아저씨. 다 끝났으니 감사하세요."

"고맙네. 정말 둥글게 잘됐다."

"한번 만져보세요."

프리모는 얼굴을 만져보았다. 털이 조금 남아 있긴 했으나 시원하게 깎아진 것 같았다.

"이건 멋진 빡빡머리군. 빨리 미사를 올려야지."

"잠깐만 기다리세요. 우선 종을 울려야죠. 종을 치지 않고 미사하는 법이 있나요."

프리모는 종의 끈을 잡고 힘껏 잡아당겨 합명 종 애도 종을 막 울렸다.

여우는 웃음을 참고 말했다.

"더 치세요."

"치고말고. 나만큼 종 잘 치는 자는 없을 거야."

"끈 둘을 한꺼번에 잡아당기세요. 더 세게."

그 치는 꼴을 본다면 비록 자기 아버지가 관 속에 들어간 것을 보러 온 사람일지라도 웃지 않을 수 없었을 것이다.

여우는 참지 못하고 웃음을 터뜨렸다.

"그만 하세요. 너무 심하군요. 그만 하세요."

"그만둘까?"

그러면서 프리모는 제단을 향해서 돌진했다. 여우는 그를 도와 마로 된 흰 수도복을 입히고 혁대에 완장 스톨라를 입혔다. 결국 프리모는 겉옷까지 갖춰 입고 삭발한 머리를 쓰다듬으며 제단에 올라가 기도서를 들고 페이지를 넘겼다.

여우는 조금씩 무서워져서 더 이상 있고 싶지 않았다. 그는 프리모와 함께 들어온 구멍으로 나와 뒷발로 흙을 차서 그 구멍을 덮어버렸다. 프리모는 예배당 안에서 수도복을 입고 계속 노래하며 외쳤다. 그 소리를 들은 사제는 종이 울리는 게 보통 일이 아니라고 반쯤 깬 눈을 비비며 침대에서 뛰어내렸다. 그는 초에 불을 붙여 부하인 사제 지랑과 자기 부인과 교회의 책임 사제를 불러 일으켜 교회의 열쇠를 손에 들고 어깨에는 곤봉을 메었다. 그의 부인은 계피 나무로 무장하고 교회 책임 사제는 회초리를, 지랑은 철봉을 쥐었다. 모두 대담하게 집을 나와 지렁이처럼 교회로 진군했다. 들어가기 전에 사제가 열쇠 구멍으로 들여다봤다. 그때는 프리모가 제단 위에 서 있을 때였다. 사제는 수도복을 입고 머리를 깎은 녀석이 누구인지 알 수가 없었다. 사제는 문을 열었으나 속에서 큰 소리를 지르는 사제의 소리가 들리기 때문에 급히 문을 닫아버렸

다. 그는 그것이 악마라고 생각하고 현기증이 날 정도로 무서
워서 기절해버렸다. 그의 부인은 남편이 기절한 것을 보고 죽
었다고 생각하고 크게 소리를 질렀다. 사제는 마을을 뛰어다
니며 사람들을 불러 깨웠다.

"자 일어나게. 악마가 교회에 침입하여 우리 사제님을 죽
여 문 밖으로 던졌으니 우리도 죽을 거야."

주민들은 침대에서 뛰어내려 잠옷을 바꾸어 입었다. 어떤
자는 투구를 입고 어떤 자는 철모를 썼다. 지옥에서 가져온
것처럼 새까만 투구였다. 퇴비용 갈퀴를 쥔 자도 있고 개를
데리고 온 자도 있었다. 칼을 든 자도 있었다. 주민은 사백 명
이상이나 모였다. 세력은 충분했다. 그러는 동안에 기절한 사
제는 정신을 차려 많은 사람에게 뛰어오며 외쳤다.

"빨리 오세요. 악마가 교회에 들어왔어요."

주민이 달려가자 사제는 문을 열고 사람들은 서로 다투어
안으로 들어갔다. 그 소리를 들은 프리모는 노래를 멈추고 구
멍으로 도망갔으나 그곳은 흙으로 덮여 있었다. 당황한 늑대
는 교회를 돌다가 다시 제단으로 올라갔다. 사제가 두 손에
곤봉을 들고 내리쳐 숨이 끊어질 듯했다. 격노한 프리모는 사
제에게 달려들었기 때문에 거기에 마을 사람들만 오지 않았
더라면 사제는 어찌 되었을지 모른다. 사람들은 서로 밀며 어
떤 자는 늑대의 등에, 어떤 자는 머리와 다리에 달려들었다.

프리모는 형세가 불리함을 알아차렸다. 그는 저항할 수 없기 때문에 뒷발로 차서 높은 창가로 뛰어올랐다. 밖에 나오자마자 늑대는 숲을 향하여 도망쳤다. 매우 화는 났으나 사제의 옷을 훔쳐왔기 때문에 다소 위안을 받았다. 어두운 밤이라 주민들도 그를 쫓아갈 수가 없어서 각자 자기 집으로 돌아갔다. 숲을 지나가면서 프리모는 사제에게 복수하고 양과 양새끼도 다 훔치겠다고 맹세했다.

그래도 그놈 옷은 훔쳤으니까. 내일 미사 때에는 옷이 없어서 하녀의 치마나 속옷을 빌리겠지. 만일 들에서 그 녀석을 만나면 혼내주어야지. 게다가 저 여우 녀석 사람 소리를 듣고 나에게 알려주지 않고 혼자 도망가면서 출구까지 막아버리다니, 앞으로 골탕을 먹여 단단히 복수해줘야지. 그놈은 나의 형님 이장그랭까지 속였으니 형의 보복도 해야지. 이렇게 생각하며 새벽녘에 숲을 나왔다. 그러자 참나무 밑에서 자고 있던 여우가 그를 보자 급히 일어났다.

"오! 나리 안녕하세요."

프리모는 격노해서 소리쳤다.

"이 개 같은 놈아!"

"왜요, 제가 무슨 잘못을 했나요?"

"너 혼자 도망가다니. 게다가 출구까지 막아놓고. 너는 나뿐만 아니라 모든 사람을 속이니까 혼 좀 나야 돼. 너는 너무 머리를 굴렸어. 그러니까 이제는 혼을 좀 내야겠다."

여우는 무서워서 못 견디겠다는 듯 몸을 흔들었다.

"나리 여긴 우리 둘뿐이죠. 나를 멋대로 처치하는 것도 자유겠지만 저는 아무것도 잘못한 게 없어요. 성모 마리아가 알고 계시지만 그 구멍도 제가 막은 것은 아니에요. 사제가 막았어요. 제가 봤어요. 저는 그곳을 막지 말라고 했는데 듣지 않고 내 배를 도려내겠다고 협박했죠. 칼을 가지고 있기 때문에 저는 나리를 염려하고 더군다나 수많은 주민과 싸우는 것이 위험한가 생각하며 여기 와서 울면서 기다리고 있는 것이에요. 거짓말이 아니에요. 나리가 붙들리지 않고 저 창으로라도 도망쳤으면 했죠."

프리모는 여우가 우는 것을 보자 갑자기 불쌍해졌다.

"여우야, 나는 너를 믿는다. 겁내지 마라. 아무 일도 안 할 테니까 걱정 마라. 사제에게도 복수를 해야지. 우선 그 녀석의 옷을 훔쳐 왔지. 미사를 올리려면 어디서 빌려 와야 할 거야."

"나리, 그 의상은 어떻게 할 생각입니까? 내 생각으로는 내일 시장에 가서 팔았으면 하는데요."

"그건 좋은 생각이야. 오늘은 하도 매를 얻어맞아서 살과 뼈가 엉망이지. 좀 쉬어야겠어. 오늘 밤은 여기서 밤을 새우고 내일 아침 일찍 시장에 가야겠다. 옷값은 둘이서 반씩 나누세.”

　그러고 나서 둘은 나무 밑에서 잠이 들었다.

9. 모든 것을 원하는 자는
모든 것을 다 잃는다

이튿날 아침 해가 뜰 무렵 늑대와 여우는 눈을 떴다. 상인
처럼 사제의 옷을 싸서 프리모가 끈으로 그것을 몸에 매고 둘
이서 즐겁게 그곳을 떠났다. 큰 거리에 나가자 그들은 저쪽에
서 한 사제가 마을 쪽으로 오는 것을 보았다. 그 사제는 마을
에 오는 도중 동료인 다른 사제의 집에 들러 식사를 같이 할
생각으로 새끼 거위 한 마리를 들고 있었다.

"프리모 나리!" 하고 여우는 말했다.

"잘됐군요. 저분이 가진 거위 새끼와 이 옷을 바꾸면 좋겠
어요. 시장에 가는 것은 위험하니까요."

"그렇지. 가능하면 그렇게 하는 게 좋을 거야."

사제는 지나가다 외투의 소매를 어깨에 걷어 올리고 그들
에게 인사를 했다.

"하느님의 축복이 있기를……."

여우는 거위를 보며 말했다.

"안녕하십니까? 나리!"

사제는 걸음을 멈추며 말했다.

"웬일이죠. 어디서 오나요?"

여우는 대답했다.

"우리는 상인입니다. 영국에서 와서 시장에 가는 길입니다."

"무엇을 팔러 갑니까?"

"사제의 옷과 겉옷, 외투, 완장, 스톨라, 혁대, 그런 것이죠. 혹시 필요하시면 싸게 해드리죠."

"거기 가지고 있나요?"

"네, 이 보따리 안에 있습니다."

"좀 보여주세요. 그러지 않아도 시장에 가서 하나 사려고 했는데 그 물건이 좋으면 그걸 사야지."

프리모는 보따리를 끌러 보여주었다.

사제는 말했다.

"얼마에 팔겠소?"

"그 거위를 주면 다 드리죠."

"그럼 드리죠."

사제는 거위를 주었다.

프리모는 그것을 받자 무게를 재보고 급히 걸어갔다.

여우는 자기 몫을 위해서 뒤를 따라갔다. 이리하여 늑대와 여우는 남 보기에 아주 친한 친구처럼 거위 새끼를 옷 몇 가지와 바꾸다니 참 사제란 바보라고 생각하고 웃으면서 갔다.

프리모는 숲속의 참나무 밑에서 쉬려고 거위 새끼를 내려놓고 말했다.

"두 마리 달랠 걸 그랬군. 그래야 너도 한 마리 줄 텐데. 이건 내가 먹어야겠으니."

"안 돼요! 그건 너무하군요. 그러면 죄를 짓는 거예요."

"여우야! 농담 마라. 너도 갖고 싶거든 숲에 가서 사냥을 하면 될 거 아니냐."

여우는 싸우고 싶지 않았다. 프리모는 몸도 크고 힘도 세기 때문에 당해낼 수 없기 때문이다.

"프리모 나리. 꽤 성실한 분이시군요. 저는 결국 속고 말았군요. 저는 나리에게 충성을 다했는데 이렇게 한다는 것은 정말 배반하는 거예요."

그러고는 속으로 두고 보자고 외치며 가버렸다. 이윽고 그는 독수리 무후라르가 하늘을 저공으로 날면서 먹이를 찾는 것을 보았다.

"무후라르 씨! 좋은 먹이를 찾고 있죠. 그렇다면 숲 저쪽 참나무 밑에서 늑대 프리모가 거위 새끼를 잡았으니 가보세요. 쉽게 빼앗을 거예요."

"그럼 가볼까" 하고 무후라르가 대답했다.

여우는 말없이 뒤를 따라가며 풀 속에 몸을 감추고 엿보았다.

프리모는 거위를 두 발로 누르고 있어 누가 그것을 채 가리라고는 생각도 하지 않았다. 입을 크게 벌려 막 먹으려고 하는데 갑자기 독수리가 그의 머리 위에 나타나 삽시간에 거위를 빼앗아 하늘 높이 날아갔다.

하늘로 오른 독수리는 프리모의 머리 바로 위 나뭇가지에 내려앉았다.

프리모는 화가 나서 몸을 부들부들 떨며 말했다.

"무후라르 씨, 너무 심하군요. 저는 당신에게 원한을 진 적이 없는데요. 사이좋게 지냅시다. 내려와서 그것을 나누어 반씩 먹죠. 저는 배가 몹시 고프니 동정해주세요."

"농담 말게! 이 거위는 내 것이니까 다음번에 잡을 때에는 자네 혼자 잘 먹게. 내가 하느님에게 부탁해놓을 테니까. 이렇게 살찐 거위를 주어 고맙기 짝이 없군."

"무후라르 씨, 그러면 넓적다리 하나만 주세요."

"이런 새는 얼마든지 있어. 게다가 나는 피곤해서 오늘은 도저히 자네 곁까지 날아갈 수가 없네. 하지만 나는 고기만 먹으면 족하니 기름기 있는 뼈다귀를 던져주지."

프리모는 하는 수 없다고 생각했다. 그는 나무 밑에서 멍하니 뼈다귀를 기다렸다. 여우에게 잘못한 것이 후회가 되었

다. 여우와 반 나눌 것을 그랬다고 생각했다. 그는 '모든 것을 원하는 자는 모든 것을 다 잃는다'라는 격언대로 되어버린 것이다.

10. 여우와 프리모, 영원한 우정을 맹세하다

여우는 풀 속에서 그 광경을 보고 있었다. 그는 프리모가 거위를 빼앗긴 것을 보고 만족했다.

무후라르가 프리모의 면전에서 맛있게 그것을 먹는 것을 보자 자기가 먹는 것 이상으로 기분이 좋았다. 무후라르는 다 먹자 무거운 날개를 치며 자기 집으로 날아갔다. 그러자 여우는 은신처에서 나왔다. 프리모는 무후라르가 던져준 뼈다귀를 씹다가 여우를 보자 그를 속인 것이 후회가 되어 엉엉 울었다. 여우는 본체만체했다. 프리모는 여우 옆에 와서 말했다.

"여우야! 용서해다오. 미안하다."

"농담 마세요! 거위는 혼자 다 먹고서 그래 맛이 좋았어요?"

"여우야, 내 잘못이다. 내가 거위를 먹으려고 하니까 무후라르가 와서 채 갔지. 나는 뼈다귀만 먹었어. 너를 속인 죄이니 용서해다오."

"용서해드리죠. 너무 심한 분이라고 생각했지만 상관없
어요. 저는 배고프지 않으니까요. 거위에 대한 건 잊어버렸
어요."

그래서 그들은 영원한 우정을 맹세했다.

프리모가 물었다.

"배가 고프지 않은데 이딜 가려고 하니?"

"근처에 있는 농가로요. 무후라르가 거위를 먹는 것을 나
리가 바라다보는 동안에 저는 어떤 농가에 갔어요. 그 집에
는 광에 멋진 햄이 있더군요. 저는 배가 고파서 잔뜩 먹었지
만 더 먹고 싶어요. 만일 아저씨도 같이 간다면 실컷 먹을 수
있죠."

"그럼 가고 싶고말고. 나도 그것 좀 실컷 먹었으면 좋
겠네."

"실컷 먹을 수 있으니 오세요" 하고 말하며 여우는 농가를
향해서 급히 갔다.

여우는 우선 창을 살펴보았다. 어느 창이나 격자가 붙어 있
고 문은 꽉 닫혀 있었다. 안에서 사람들은 잠자고 있었다. 여
기저기 찾은 결과 마침내 안뜰 문 옆에 구멍이 있는 것을 발
견했다. 그 구멍은 너무나 좁아서 프리모의 주린 배도 겨우
빠져나갈 정도였다. 여우는 광으로 갔다. 프리모도 따라갔다.

상자가 있는 곳에 오자 여우는 말했다.

"프리모 나리, 실컷 드세요. 약속대로 마음껏 드세요."

배가 고파 죽을 지경인 그는 상자 속에 목을 처박고 미친 듯 먹었다. 여우도 먹기 시작했다. 둘이서 실컷 먹었지만 여우는 결코 방심하지 않고 귀를 곤두세우고 있었다. 한편 프리모는 생각 없이 처먹기만 했다. 그는 너무 먹어서 배가 뚱뚱해졌다.

"여우야!" 하고 마침내 그는 말했다.

"자, 이제 나는 더 이상 먹을 수 없으니 가는 게 어때."

둘이서 구멍 쪽으로 가자 여우는 쉽게 빠져나왔다. 하지만 프리모는 배가 너무 커져서 빠져나갈 수가 없었다.

"아, 이거 큰일 났다. 어떡하면 좋아?"

프리모가 외쳤다.

"왜 그러세요?"

"빠져나갈 수가 없다니까."

"그럴 리가 있나요. 이리로 머리를 내놔보세요."

프리모는 여우의 악의를 모르고 머리를 내놨다.

여우는 이를 악물고 그 귀를 힘껏 잡아당겼다. 가죽이 벗겨졌다.

"여우야! 잡아당겨라. 빠져나가야 하니까. 이 집 사람들이 잠이 깨면 큰일 나니까."

"걱정 마세요. 곧 나갈 수 있으니 좀 기다리세요."

여우는 숲에 가서 연한 나뭇가지를 둥글게 하여 프리모의 목에다 끼웠다.

"프리모 나리! 나리를 두고 그냥 가진 않을게요."

"고맙네. 빨리 좀 끌어내주게."

여우는 두 다리를 담 토대에 놓고 있는 힘을 다하여 잡아당겼다. 허나 프리모는 꼼짝도 않았다. 여우는 계속 잡아당겼다.

"나리만을 여기에 두고 갈 수는 없죠."

너무 잡아당겨 프리모의 목 아래의 피부가 다 벗겨졌다.

프리모는 신음 소리를 냈다. 그 바람에 그 집 주인이 잠에서 깨어 침대에서 뛰어내렸다. 그러고는 부엌에서 촛불을 켜고 몽둥이를 들고 나왔다.

프리모는 여우에게 말했다.

"빨리 놓아라. 집 주인이 오니 나는 숨어야겠다."

여우는 좋아서 그를 놓고 도망쳤다.

"나만 안전하면 되지 남이야 상관있나."

집 주인은 프리모를 향해서 몽둥이를 휘둘렀다. 프리모는 옆으로 피했다. 그러자 이번엔 주인이 몽둥이를 던졌다. 그때 촛불이 꺼졌기 때문에 주인이 다시 불을 붙이기 위해서 몸을 오그렸을 때 프리모는 주인의 엉덩이를 물었다.

"사람 살려! 사람 살려!" 하고 주인이 소리쳤다.

그 부인이 장대를 들고 뛰어와 힘껏 프리모를 쳤으나 프리모는 문 것을 놓으려 하지 않았다.

"나는 참을 수 없어. 빨리 사람들을 불러와!" 하고 주인이 외쳤다. 부인은 문을 열고 소리쳤다.

"사람 살류! 악마가 왔어요. 남편이 죽겠어요!"

프리모는 이를 악문 채 주인의 살을 뜯고 그 부인을 문 앞 진창에 자빠트린 채 도망쳤다. 그는 숲에서 기다리는 여우를 만났다.

"여우야 더 먹고 싶지 않니?"

"실컷 먹지 않았나요. 그 주인이 무슨 짓을 하지 않았나요?"

"응, 나도 혼내주었지. 그놈 엉덩이를 물어 고기를 가져왔지. 자, 사람 고기는 맛있으니 먹어보게."

"사람 고기는 검건 희건 맛이 없어요. 거위 고기가 좋지요. 사람 고기는 손대고 싶지도 않아요."

밤이 되자 그들은 숲속에서 잠이 들어버렸다.

11. 늑대 프리모의 죽음

이튿날까지 둘은 늦잠을 잤다. 해가 중천에 뜰 무렵에 그들은 깨어났다. 프리모는 몹시 배가 고팠다.

"여우야 오늘은 무엇을 먹지?"

"저는 아무것도 먹고 싶지 않아요. 어제 그 집에서 며칠 분양식을 먹었으니까요. 잠이나 더 자고 싶군요. 하지만 배가 고프면 저기를 보세요. 저기 골짜기에는 거위를 기르는 데가 있어요. 저는 어제 보았는데 거위는 어느 놈이나 살이 찌고 게다가 지키는 사람도, 개도 없으니 거기에 가보세요."

"그럼 가볼까! 두세 마리 훔쳐서 둘이서 나누어 먹자. 기다리고 있게."

프리모는 거위 떼 근처로 갔다. 재빨리 덤벼들어 한 마리 잡았으나 그 소리에 거위를 지키던 거위 치기가 깨어나 두 마리의 개를 풀어놓았다. 프리모는 도망쳤지만 개가 더 빨라 이내 뒤를 따라왔다. 훔친 거위를 놓지 않고서는 자기의 살이 찢길 지경에 다다랐으므로 하는 수 없어 거위를 버리고 겨우 개로부터 도망쳐 달아났다. 프리모는 숲에 이르자 여우에게 말했다.

"여우야 너는 나를 개한테 혼나게 만들었구나. 도대체 너는 너무 교활해. 가만두지 않을 테야. 거위를 기르는 곳에 개가 있는 것을 알면서 나를 속여 개한테 물리게 했지."

그러면서 앞발로 여우의 얼굴을 쳤다. 여우는 반항하며 말했다.

"저를 치다니 미쳤군요. 제가 약하다고 이렇게 학대하는군요. 그러면 왕에게 고소하겠어요. 그런데 왜 이렇게 화가 났죠? 제가 무엇을 했기에."

"너는 오늘까지 나를 얕잡아보고 골탕 먹였지. 이번에는 죽여버려야겠어."

"프리모 나리, 저를 죽이는 것은 잘못이에요. 그럴 만한 이유가 있나요? 저에게도 어린 자식이 있으니 그런 짓을 하면 당신이 이 땅에서 도망가지 않는 한 복수하겠어요. 언제고 목숨이 위험하다는 것을 각오하세요."

협박을 듣자 프리모는 점점 화가 났다. 그는 여우를 자빠뜨리고 발로 차고 배를 밟고 때렸다.

"이 녀석! 너는 나를 생선 장수에게 매맞게 하고 교회당에 가두고 또 어제는 그 농가의 주인이 나를 죽이게 하려고 했고 지금은 개가 있는 것을 뻔히 알면서 거짓말로 나를 골탕 먹였지!"

"천만에요! 이것 보세요, 나리. 생선 장수의 경우는 방법이 서툴렀죠. 끝까지 죽은 시늉을 하면 나처럼 많은 생선을 손에 넣었을 거예요. 교회에 갔을 때에도 너무 많이 마셔서 출구의 구멍을 못 찾은 것이죠. 농가의 경우도 마찬가지예요. 너무 먹었기 때문에 빠져나오지 못한 것이죠. 저는 쉽게 나왔잖아요. 오늘 아침만 해도 거위를 지키는 곳에 개가 있는 줄은 저도 몰랐어요. 지금 나리가 나를 죽이면 내 자식이 복수할 것이며 죽이지 않으면 왕과 왕비에게 가서 고소하겠어요."

프리모는 여우가 왕에게 고소하러 간다는 말을 듣고 무서워졌다. 또 아들의 복수라는 말도 무서웠다.

"여우야, 너를 용서해주겠다. 그러니 어디고 안 보이는 데로 가버려라."

"용서해준다면 저도 불평하지 않겠어요. 저를 괴롭히지만 않는다면 언제까지나 친구로 생각할게요."

"그건 나도 그렇게 생각해. 이제는 네게 아무 짓도 안 할 테니까."

"그렇게 맹세해주시면 영원한 친구가 되겠어요."

"무엇에 걸고 맹세할까?"

"마침 저기에 성인(聖人)의 묘지가 있으니 거기에 걸고서 맹세하죠. 지금 그리로 갈까요?"

그 성인의 묘지라는 것은 실은 여우가 미리부터 알고 있던 숲속의 올가미였다. 길을 가면서 여우는 프리모에게 말했다.

"이렇게 화해를 하다니 정말 기쁘군요."

"나도 빨리 맹세하고 싶군!"

"그럼 이 숲으로 들어갑시다."

올가미 앞에 이르렀을 때 여우가 말했다.

"앞으로 나아가세요. 여기가 바로 성인의 시체가 묻힌 곳이에요. 순교한 사제죠. 시체는 여기에 있어도 영혼은 천국으로 갔지요. 사제는 신을 공경하고 사랑하며 진심으로 신에게 봉사하고 오랫동안 은자의 생활을 보낸 후 마침내 그 성스러운 일생을 마쳤어요. 그래서 사람들은 그를 여기에 묻은 것이에요. 이 묘지 위에서 나를 다시는 때리지 않고 앞으로 영원히 친구이며 보호자라고 맹세해주세요."

"네가 걱정 않도록 맹세하지."

"그럼 무릎을 꿇고 손을 뻗치세요."

프리모는 무릎을 꿇고 올가미 위에 손을 내밀었다.

"천국에 있는 모든 성인과 여기에 잠드신 성인에 의해서 나는 앞으로 여우의 가족에게 피해를 끼치지 않기로 맹세합니다. 나는 영원히 여우를 사랑한다고 맹세합니다."

이렇게 말하고 프리모가 일어나려고 하다가 올가미 위에

그만 한쪽 발이 걸려버렸다.

"아이고. 아이고, 살려주게. 여우, 나 좀 살려주게."

"나리는 위선자예요. 자기의 맹세를 지킬 생각이 없군요. 성인의 유해가 당신에게 달라붙었죠. 하느님이 나리를 골탕 먹이려고 하는데 저 혼자서 구원할 수는 없죠. 저도 모르겠어요."

프리모는 그저 울부짖을 뿐이었다.

"아이고 다리가 부러지네. 살려주게!"

"맘대로 우세요. 저는 가겠어요. 잘됐군요. 어찌 되었든 내 잘못은 아니니까요."

여우는 사랑하는 아내 에르믈린과 어린애들의 선물로 도중에서 한 마리의 거위를 잡아가지고 마르베르띠의 집으로 돌아왔다. 아내와 아이들은 모두 무사했다. 그는 프리모에게 복수한 과정을 자세히 설명했다. 에르믈린은 남편이 곁에 있는 것만이 무엇보다 행복했다. 한편 프리모는 올가미 속에서 고생하다가 죽어버렸다.

12. 여우와 이장그랭, 속죄의 두레박에 올라타다

여우는 며칠 동안 먹지 못했다. 사냥도 뜻대로 안 되고 산과 들을 뛰어다녀도 흙 속의 구더기나 벌레, 달팽이밖에 없었다. 그것만으로는 배를 채울 수가 없다. 게다가 전에 몹시 모욕을 준 이장그랭을 만나게 되지나 않을까 염려가 되었다.

여우는 몸이 마르고 힘이 빠진 채 숲 입구에서 멍하니 쉬고 있었다. 하지만 배가 고파서 잠시도 가만히 있을 수가 없었다. 섰다 앉았다, 하품하다 짖어대다가 다시 숲에 들어가 여기저기 찾아봤으나 먹이는 눈에 띄지 않고 숲 저쪽 무르익은 보리밭 너머에 있는 수도원이 눈에 띄었다. 거기는 속세를 떠난 견고한 울타리처럼 신앙심 굳은 수도승의 수도원으로, 둘레에는 도랑을 파놓고 담을 높이 쌓은 석조로 된 튼튼한 곡식 창고가 있었다. 그곳이야말로 여우가 좋아하는 모든 물건이 있는 곳이다. 수도승은 굶는 일은 못 견딘다.

여우는 암탉이 울어대고 수탉이 "꼬끼요!" 하며 오리가 우는 소리를 들었다.

한데 문이 빗장으로 꽉 닫혀 있었다. 도랑의 주위를 한 바퀴 돌아보았으나 다리도 없고 널빤지 조각도 없었다. 그는 들어가는 것을 단념했다. 그러나 혹시나 하고 다시 문가에 가서 웅크리고 보니 고양이가 지나갈 만한 조그만 구멍이 있었다. 반쯤 닫혀 있는데 코끝으로 밀어보니 크게 열리기에 만족해서 뛰어들어갔다. 건물 안뜰은 너무 넓어서 좀 무시워졌다. 수도승이란 만만치가 않다. 만약에 갑자기 나타나 그 구멍만 막아버린다면 꼼짝없이 붙들려 가죽이 벗겨질 것이다.

그러나 배고픔을 견딜 수 없어서 우선 닭장으로 달려갔다. 냄새나 움직이는 모습은 느낄 수 있으나 닭의 모습은 보이지 않았다. 그가 안뜰 중간쯤 왔을 때에 지붕에 있던 닭이 이상한 소리를 냈다. 여우는 놀라서 고양이 구멍으로 다시 도망갔다. 그러나 배가 고파서 견딜 수가 없어 다시 닭장으로 왔다. 닭장 안에는 세 마리의 암탉이 횡목에 걸쳐 잠자고 있었다.

여우는 소리를 내지 않고 가까이 갔으나 근처에서 검불더미 위로 올라가야만 했다. 검불이 무너지는 소리에 세 마리의 암탉이 놀라 눈을 뜨고 울음소리를 내려고 하자 여우는 암탉들이 눈도 뜨기 전에 달려들어 세 마리를 죽여버렸다. 그중두 마리를 천천히 먹은 후 나머지 한 마리를 처자식을 위해서 가지고 가려고 했다. 그러나 배가 불러서 고양이 구멍을 빠져나갈 수가 없었다. 하지만 한편으로는 배가 불러오자 대담해져서 수도승을 두려워하지 않게 되었다. 고양이 구멍을 빠져나오자 갑자기 목이 말랐다. 물도 안 마시고 닭을 두 마리나 먹었으니 위가 꽤 무거운 것은 당연한 일이었다.

문 앞에는 우물이 있었다. 그는 그 우물 위로 뛰어올라갔다. 그러나 내려올 때에 목뼈가 부러져서 다시 올라오지나 못할까 걱정되어 뛰어내릴 수가 없었다.

그런데 이 우물에는 두 개의 두레박이 있어 한쪽이 내려가면 다른 한쪽이 올라가게 되어 있었다. 여우는 우물 속을 들여다보았다. 그 속에는 자기 얼굴이 비치고 사랑하는 아내 에르믈린의 모습도 보이는 것처럼 느껴져 놀라서 말을 걸었다.

"에르믈린. 그 속에서 무얼 하지?"

우물 속에서 메아리가 들려왔다. 그는 에르믈린이 대답한 걸로 생각했으나 그 뜻을 알 수 없었다. 이처럼 텅 비고 깊숙한 곳에서 울리는 소리는 들어본 적이 없기 때문에 다시 불러보았다. 그러나 그 대답 소리는 여전히 알아들을 수 없었다. 그래서 더 잘 보려고 몸을 오그리고 두레박 위에 한쪽 발을 올려놓았다. 그 순간에 두레박이 다리와 함께 미끄러져 다른 두레박을 올리는 동시에 그는 우물 밑으로 내려갔다. 배까지 전부 물에 젖었으나 에르믈린은 거기에 없었다. 절망하여 지친 그는 옆의 돌에 기대고 있었다. 마음은 괴롭고 몸은 젖고 으스스 추웠으나 목은 타지 않았다. 다만 악마에게 불리어 빠진 채 영원히 나올 수 없는 이 저주스러운 우물 속에서 죽을 일만을 생각했다. 불행하게도 이런 우물에 빠져버린 것이 울화가 치밀고 부끄러웠으며 그보다는 죽어서 묘지에 묻히는 것이 낫다고 생각했다.

한편 이장그랭은 그날따라 굶주림에 못 견뎌 숲에서 나왔다. 여기저기 돌아다니다 마침내 그 수도원 창고 앞에 이르렀는데 안에 들어갈 만큼 영리하지는 못해서 슬픔에 잠긴 그는 굶주린 배를 쥐고 연못가에 앉아서 목을 쭉 빼고 있는데 물속에 자신의 모습이 비쳤다. 허나 잘 보니 그것은 여우였다. 그는 자기의 영상을 자기 아내 에르상이라고 생각했다.

"요놈의 여편네가 남편 몰래 여우와 만나는구나! 이 뻔뻔스러운 여우가 나를 망신시키는군. 이건 정말 이만저만한 창피가 아니야."

그렇게 중얼거리며 한참 동안 괴로워하다가 마침내 미친놈처럼 소리쳤다.

"이 더러운 년아! 뻔뻔스러운 여우와 같이 있는 것을 봤어!"

메아리가 울려왔다.

"여우 녀석!" 하고 이장그랭이 또 한번 소리치자 우물은 "여우 녀석" 하고 대답했다. 이장그랭이 말을 멈추자 여우가 말을 걸었다.

"높은 곳에서 말씀하신 분이 누구신지요?"

"너는 누구야?" 하고 이장그랭이 물었다.

"아, 아저씨군요. 저는 나리의 이웃으로 나리가 형제처럼 귀여워해주는 여우예요. 지금은 죽었죠. 하느님에게 감사하게 생각해요. 저는 죽었으니까요."

"그거 잘됐구나. 그런데 언제 죽었지?" 하고 이장그랭이 물었다.

"그저께 죽었어요. 모든 생물은 다 죽는 법입니다. 하느님이 부르시는 날에 세상을 떠나야죠. 하느님이 저를 부르시듯 나리를 부르시기를. 저의 인자하신 아저씨, 저는 죽었어요. 지금까지 아저씨를 몹시 화나게 했지만 용서해주세요."

"네가 정말 죽었다면 하느님 앞에서 내가 너를 용서하지. 나는 네가 죽은 것을 슬퍼한다."

"저는 매우 즐거운데요."

"즐겁다니 뭐가 즐거워?"

"그것은요, 이 몸은 마르베르띠의 에르믈린의 곁에서는 관 속에 들어 있지만 나의 영혼은 이 천국에 예수님의 발밑에 앉아 있기 때문이죠. 나리는 제가 기뻐하는 이유를 아시겠죠. 저는 지금 나리가 전에 저를 충분히 사랑해주지 않은 것을 알게 되었어요. 저는 단 한 번도 나리에게 나쁜 짓을 한 일이 없죠. 나리는 제 덕만 봤으니까요. 저는 지금 천국에서 보상을 받고 있어요. 저는 나리에게 속죄와 후회를 하게끔 이 낙원에 불러들이고 싶습니다. 정말 여기는 비옥한 밭이 많고 암소, 수소, 암양, 숫양, 그밖에도 지상에서 볼 수 없는 맛있는 동물들이 많이 있습니다."

"모든 성인에게 맹세하고 나도 그 속으로 들어갔으면 좋겠네" 하고 이장그랭은 말했다.

"그런 말씀 마세요. 나리는 안 돼요. 낙원은 아무나 들어오는 데가 아니죠. 나리는 언제나 배반자 반역자 악한이었어요. 나리는 나리를 사랑한 조카인 저나 나리의 정숙한 부인을 조금도 믿지 않았어요. 하느님과 그의 위대한 덕(德)에 걸고 맹세해도 저는 나리에게 존경을 표시 안 한 적이 없죠. 나리의 아이에게 제가 때렸다든가 욕을 했다든가 더러운 물건을 던졌다고 하지만 그것은 사실이 아님을 말씀드립니다."

"그럼 네 말을 듣겠으니 제발 좀 들어가게 해줘!"

"나리 눈앞에 있는 두레박을 보세요. 그것은 속죄의 저울입니다. 영혼이 육체를 떠날 때 선한 자건 악한 자건 한 번은 그 통 위에 앉는 법이죠. 그리고 사실을 고백하고 죄를 뉘우치면 이리로 올 수가 있어요. 하지만 충분한 고백과 회개를 하지 않으면 내려오지 못해요."

"조카야 너는 내려오기 전에 죄를 고백했니?"

"물론이죠, 아저씨, 늙은 암양과 털 난 산양 앞에서 신성한 고백을 했죠. 그래서 저는 속죄의 선언을 받았습니다. 나리도 이곳에 내려오고 싶으면 고백하고 회개하세요."

"조카야, 나는 한시라도 빨리 그곳으로 가고 싶다. 나는 오늘 매 비베루를 만났는데 그가 날아갈 때에 고백을 했지. 둘 다 정지할 수 없었지만 그 새가 나에게 속죄의 선언을 했으니 내 죄는 사라진 셈이지."

"그 말이 사실이라면 저는 천국의 왕에게 나리가 이곳에 올 수 있도록 부탁드리지요."

"빨리 갈 수 있도록 해줘, 나는 정말 사실을 말하니까."

"그러면 특사를 받을 수 있도록 기도하세요. 저도 할 테니까."

이리하여 이장그랭이 우물 곁에서 기도를 드리고 있을 때 여우는 언제고 나갈 수 있도록 두레박 위에 탔다. 이장그랭은 기도가 끝나자 그것을 여우에게 알렸다.

"저도 하느님에게 부탁했으니 나리는 곧 낙원에 들어올 수 있습니다" 하고 여우는 대답했다.

밤이 되자 하늘에 빛나는 별들이 우물에 비쳤다.

"보세요. 우리 주위에 빛나는 이 멋진 촛불을, 이것은 예수님이 당신을 용서하고 속죄해준 증거입니다. 자, 속죄의 두레박에 올라타세요."

이장그랭은 즐거운 듯 두 발을 맞추어 두레박에 탔다. 두레박이 내려가는 것을 보자 더욱 좋아했다. 우물 한가운데서 둘은 마주쳤다. 이장그랭은 걱정스러워서 물었다.

"조카야, 너는 왜 가니?"

"하나가 오면 하나는 가야죠. 모든 게 그렇게 되어 있으니까요. 저는 저 하늘나라로 갑니다. 나리는 지옥에 떨어지는 거죠. 이 우물 밑에 계세요. 저는 에르상 부인 곁에 가서 나리를 생각하죠."

여우는 이장그랭이 추위와 굶주림과 질투심 때문에 죽을 지경이 되어도 우물에서 나오지는 못할 것이라고 생각하고 가버렸다. 그사이에 사제들은 잠이 들고 사원은 조용해졌다. 취사 당번이 일어나 우물물을 푸기 위해 문을 열었을 때에도 아직 먼동은 트지 않았다. 그는 한 마리의 나귀를 끌고 왔는데 세 사동이 그를 도우러 따라왔다. 그들은 나귀를 두레박 끈에 매어 끈을 잡아당겼다. 나귀가 있는 힘을 다해서 잡아당겨도 두레박이 올라오지 않았다. 우물 속에서 두레박에 타고 있는 늑대가 너무 무거웠던 것이다. 그들은 두레박이 어찌 된 일인가 하고 말하며 우물 밑을 들여다보았다.

"오, 하느님 아버지, 이것은 늑대로군" 하고 그는 소리쳤다. 그들은 그것이 악마인 줄 알고 도망쳤다.

이장그랭은 두레박 위에 머물러 있었다. 나귀는 귀를 축 늘어프리고 눈을 감고 끈에 매인 채 가만히 서 있었다.

이 네 사제의 소동에 다른 사제도 잠이 깨어 급히 일어났다. 승정은 곤봉을 들고 수도원장은 촛대를 들고 문지기는 관수기와 성수를 들고 다른 수도승들도 몽둥이를 들었다. 서로 다투어 모두 우물로 달려갔다. 우선 승정이 성수를 우물에 부으며 악마여 물러가라고 되풀이 말했다. 허나 늑대가 꼼짝도 하지 않으므로 악마가 아닌 것을 알게 되었다. 그러는 중 제일 힘센 사제가 나귀의 등뒤에 있는 끈을 잡아당기며 외쳤다.

"자, 움직여!" 사제들과 나귀가 힘을 합하여 끈을 잡아당겼다. 그 바람에 늑대는 밖으로 나오게 되었다. 그는 단숨에 우물 밖으로 뛰어내려 날쌔게 도망쳤다. 개가 쫓아와 어떤 놈은 귀를 다른 놈은 꼬리와 등을 물었다. 어떤 개는 살을 물어뜯었다. 털이 솜털처럼 날아갔다. 늑대는 용감하게 방어했다. 용감하게 싸운 결과 마침내 개들을 물리칠 수 있었다. 그러자 이번에는 사제들이 늑대에게 달려들었다. 승정은 곤봉으로 치고 수도원장은 촛대로 치고 다른 사제도 닥치는 대로 쳐서 늑대는 거의 죽을 지경이 되어 쓰러졌다. 수도원장은 식칼을 들고 말했다.

"이제는 더 이상 해는 못 끼치겠지. 껍질을 벗겨야지."

"잠깐만요. 이 가죽은 이미 너덜너덜 물어뜯겨서 값이 별로 안 나가겠어요. 어차피 죽었으니 버립시다. 그리고 아침 근무나 합시다" 하고 승정은 말했다.

수도원장은 식칼을 칼집에 넣고 촛대를 손에 쥐었다. 승정은 곤봉을 쥐고 모두들 아침 근무를 하러 갔다.

그제서야 이장그랭은 한쪽 눈을 떴다. 다들 가버린 것을 알게 되자 아픔을 참고 일어나 숲 근처 관목 밭으로 몸을 끌고 갔다. 그는 슬픔과 피로에 지쳐 쓰러졌다. 몸과 마음이 괴로워 견딜 수가 없었다.

정오가 되자 그의 아들이 지나가다가 피에 물든 채 상처 입고 괴로워하는 아버지를 보고 달려와 말했다.

"아버지, 누가 이렇게 했어요?"

"그놈의 여우지. 그놈은 나를 사제의 우물 속에 빠뜨렸어. 그리고 이처럼 가죽과 뼈를 엉망으로 만들어놓았어. 녀석은 저주받아야 해. 두고 봐."

이 말을 듣자 이장그랭의 아들은 분을 참지 못하고 여우에게 잔인하게 복수하기로 맹세했다. 그는 동생들을 데리고 와 아버지를 집으로 모시고 갔다. 늑대는 거기서 여러 의사에게 치료받고 오랫동안 죽음과 삶의 경계에서 헤매지 않으면 안되게 되었다.

13. 여우처럼 지혜로운 새, 산작(山雀)

그날 여우는 아침 일찍 일어났다. 밖에 나가니 몹시 배가 고팠다. 그는 참나무 가지에 앉은 산작(山雀)을 보았는데 그 새는 나무 오목한 곳에 알을 낳아놓았다.

"아. 대모님, 안녕하십니까? 빨리 내려와 입 맞춰 주세요."

"무슨 말씀이에요. 여우님, 당신이 배신자만 아니라면 나의 대부도 될 수 있겠죠. 당신은 새와 짐승을 너무 많이 속여왔기 때문에 당신의 말을 아무도 믿지 않는 것은 나도 알고 있어요."

"산작 부인, 내가 당신 아들의 대부인 것처럼 나는 당신에게 나쁜 짓은 한 적이 없어요. 지금도 그렇죠. 우리 국왕 사자가 평화의 서명을 했지요. 이번의 평화는 그것이 하느님 뜻이라면 영원히 계속될 것이에요. 사자 왕은 모든 나라, 모든 제후에게 평화를 유지하도록 명령을 내렸거든요. 약한 자는 다 그것을 좋아하지요. 평화가 도처에 맺어졌으니 우리도 맘을

놓을 수 있게 되었어요."

"여우 나리, 함부로 놀리지 마세요. 딴 데 가서 입 맞추세요. 저는 그러고 싶지 않으니."

"그럼 당신 대부에게 아무것도 하고 싶지 않은가요. 그렇게 내가 무섭다면 입 맞추는 동안 눈을 감아드리죠."

"그럼 입 맞춰드리죠. 눈을 감으세요."

여우는 눈을 감았다. 산자은 이끼를 입에 물이 그것으로 여우의 입 수염을 간질여주었다. 여우는 급히 그것을 물었으나 자기 생각과는 달리 이끼만이 이에 약간 물렸다.

"그것 보세요. 여우님, 참 멋진 평화군요. 당신은 평화가 이루어졌다고 말하고 방금 그것을 맹세하지 않았나요?"

여우는 웃으며 말했다.

"이번에는 내가 장난을 친 거예요. 당신 놀라는 게 재미있군요. 다시 합시다. 자 눈을 감겠어요."

"그러세요!" 하고 그녀는 대답했다.

그는 눈을 감았다. 산작은 여우 입 근처에 내려와 여우가 그녀를 물려고 하는 순간에 도망쳤다.

"여우님 이게 웬일인가요? 나는 당신 말을 믿기보다는 악마에게 잡혀가는 게 낫겠어요."

"당신은 너무 겁이 많아요. 어느 정도 겁을 내나 한번 보려고 한 것뿐이죠. 악의는 없어요. 자, 다시 합시다. 뭐든지 세

번 하게 되어 있으니까. 도대체 내가 왜 무서운가요? 내가 대부가 되어준 이 나무에서 노래하는 새의 이름에 걸고서 나는 아무 짓도 안 할 텐데."

가지에 앉은 산작은 못 들은 척했다. 갑자기 "여우!" 하고 외치는 소리가 들렸다. 사냥꾼과 개가 여우를 향해 달려왔다. 여우는 개를 좋아하지 않았다. 뿔피리와 나팔이 울리자 그들을 경계하는 여우는 재빨리 도망갔다. 산작은 여우에게 소리쳤다.

"아! 여우님, 평화 선포는 어떻게 된 거죠. 기다리세요. 지금 내려가서 보드랍게 입 맞춰줄 테니까요. 기다리세요. 이리 오세요."

여우는 도망가며 머리를 흔들며 대답했다.

"평화는 이루어졌지. 한데 이 개들은 너무 젊어서 아직 그것을 몰라. 맹세를 한 것은 그 개의 부모니까. 이놈들은 모를 수밖에."

"여우님, 사악한 여우님! 빨리 오세요. 입 맞추게."

산작이 외쳤다.

"지금은 바빠."

멀리 도망가며 여우가 소리쳤다.

그가 숲속으로 정신없이 도망가는 도중 울퉁불퉁한 길가에서 두 마리의 개를 끌고 가는 수도사를 만났다.

"개를 풀어요. 여우예요! 여우!"

사냥개 뒤를 따라온 하인이 멀리서 소리쳤다.

"오, 더러운 놈의 짐승, 놓치지 말아야지."

수도사가 외쳤다.

여우는 붙잡히면 털을 벗긴다는 것을 알고 있었다. 그래서 그는 수도사에게 말했다.

"사제님, 하느님의 사랑으로 살면서 어찌 그런 말을 하십니까? 나리는 성스러운 분이죠. 어찌 남에게 해를 끼칠 수 있습니까? 나리나 나리의 개가 저를 잡는다면 나리는 벌 받아요. 그런 짓을 하면 큰일 나죠. 뒤에서 오는 개와 저와 지금 누가 빨리 가나 경주를 하고 있는 중이죠."

"그렇다면 가게."

수도사가 말했다.

수도사가 개를 풀지 않았기 때문에 여우는 밭과 히스 덤불을 가로질러 달려갔다. 그리고 관목으로 둘러싸인 좁은 길가 도랑을 뛰어넘었다. 개는 그를 따라오지 못했다. 여우는 숲까지 달려 개로부터 안전한 장소에 가서 쉬었다.

14. 여우가 하는 말의 가치

여우는 들에서 고양이 띠베르가 노는 것을 보았다. 띠베르는 꼬리를 감고 놀고 있었는데 꼬리를 물려고 뛰다가 여우를 보았다.

"나리! 안녕하세요."

여우는 기분이 별로 좋지 않아서 "자네에게 인사하고 싶지 않네. 내가 오는 장소에 오다니. 나에게 붙들리면 혼을 낼 거야" 하고 대답했다.

띠베르는 부드럽게 말했다.

"나리가 저 때문에 몹시 화를 내고 있는 듯하니 제가 괴롭군요."

여우는 피곤하고 배도 고팠다. 멋진 흰 수염을 단 띠베르는 태연했다. 그는 입안에 날카로운 이와 두 손에 예리한 손톱을 갖고 있다. 띠베르가 저항하는 것을 잘 알고 있는 여우는 띠베르가 덤벼들지 않았기 때문에 어조를 바꾸어 말했다.

"띠베르, 나는 이장그랭과 매우 귀찮은 전쟁을 시작했지. 아군에는 많은 노병이 있는데 자네도 나의 용병이 되어주게. 평화를 되찾기까지 장기전이 계속될 테니까."

"그거 잘됐군요! 이장그랭이라면 하는 짓이나 말하는 것이나 다 나에게는 화나는 일이니 기꺼이 협력하지요."

그들은 의견의 일치를 보고 서로 서약을 했다. 그들은 서로 맹세를 했으니 한쪽이 다른 한쪽을 배반하는 일밖에는 생각하지 않았다. 숲에서 도로로 나가는 오솔길을 지나갈 때 여우는 한 농부가 참나무를 꺾어 올가미로 만든 함정을 발견했다. 교활한 여우는 이것을 피해서 지나가며 띠베르가 걸리기를 바랐다. 그는 웃으며 말했다.

"띠베르, 자네는 용감하고 잘생겼어. 자네 말은 아주 멋지다는데 한번 달려보게. 이 길로 달려보란 말야. 이렇게 좋은 길은 없으니."

띠베르는 오솔길로 박차를 가해 달렸다. 그러나 올가미 앞에서 여우의 간계를 눈치채고는 중간에서 멈추어 돌아왔다.

"자, 자네 말은 정말 겁쟁이야. 다시 해봐. 저 길 끝까지 가봐. 자 다시!" 하고 여우는 말했다.

띠베르도 이번에는 전속력으로 올가미까지 달려가 그 위를 뛰어넘었다. 여우는 고양이가 간계를 알아차린 줄 알게 되었다.

"띠베르, 너의 말은 못쓰겠네."

띠베르는 자기 말은 좋고 잘 뛰고 전쟁에도 여러 번 나갔다고 말했다. 둘이서 싸우는 동안에 두 마리의 개가 나타나 짖으면서 덤벼들었다. 여우와 고양이는 나란히 오솔길 올가미가 있는 데까지 도망쳤다. 바로 그때에 띠베르가 여우를 밀어서 오른쪽 다리가 올가미에 걸렸다.

띠베르는 말에 박차를 가하며 뒤를 돌아보면서 말했다.

"여우 나리! 당했군요. 저는 가겠어요. 저는 몸은 작지만 당신만큼은 영리하답니다. 안녕. 남을 골탕 먹이려는 자는 당하는 법이죠."

개는 어느새 여우에게 다가가 물어뜯었다. 도끼를 휘두르며 한 농부가 개 뒤에서 뛰어왔다. 도끼를 여우에게 던져서 개는 멀리 갔으나 도끼가 올가미에 떨어져 올가미가 부서졌다.

여우는 자유로워진 것을 알고 다리는 다쳤지만 그래도 잘리지 않은 것을 다행으로 생각하며 절뚝이며 도망갔다.

농부는 여우가 도망가는 것을 보고 큰 소리로 불러댔고 개도 짖으며 쫓아갔다.

여우는 숲속의 길을 잘 알기 때문에 곧 개를 피했다. 그는 아픈 몸을 끌고 쩔뚝거리며 도망쳤다. 다리를 잃을 뻔했을 뿐 아니라 농부에게 죽을 뻔한 것도 다 띠베르의 농간이라고 생각하니 화가 나서 견딜 수가 없었다. 이처럼 띠베르를 저주하고 있을 때 길가에서 띠베르가 불쑥 나타났다. 여우는 노여움으로 몸이 떨렸으나 태연스럽게 피곤한 듯 걷기 시작했다.

띠베르는 그를 보자 도망쳤다.

여우는 소리쳤다.

"띠베르, 도망가지 말고 기다려. 맹세를 잊었나! 나는 지킬 거야."

띠베르는 멈추고 날카로운 발톱을 보이며 이를 내놓고 돌아보았다.

여우는 싸움하기에 불리한 상태였다.

"띠베르! 요즘 세상에는 나쁜 놈이 많지. 모두 동료를 속이려고만 하지. 아무도 진실은 말하지 않으니까. 나는 아무도 속이지 않아. 남을 속이는 자는 반드시 그 벌을 받으니까. 오늘은 네가 내가 죽은 줄 알고 도망쳤지만 살려주지 못하고 버리고 갈 수밖에 없었던 것이 가슴 아프겠지. 괴로웠을 거야. 그렇게 생각하지 않는 자는 화를 입어야지. 나는 올가미에 걸리고 개는 덤벼들고 농부는 도끼를 휘두르니 그것을 보기만 해도 너는 마음이 아팠겠지. 다행히 도끼가 빗나가서 나는 무사히 살가죽을 쓰고 있게 되었네."

"그건 잘됐군요" 하고 띠베르는 말했다.

"그렇지. 하지만 자네는 나를 밀었어. 그런 짓을 해선 못쓰지. 그러나 지난 일은 용서해야 하니 그런 이야기 따위는 집 어치우겠어."

띠베르는 별로 용서할 것이 없기 때문에 적당히 대답했다. 그 둘은 다시 충실한 우정을 맹세했으나 띠베르는 여우의 말의 가치를 잘 알고 있었다. 그는 이 신용할 수 없는 악마를 믿지 않았기 때문에 계속 조심했다.

둘은 배가 몹시 고팠다. 심한 모험을 겪은 뒤에 그들은 밭 가장자리 길에서 크고 멋진 소시지 하나를 발견했다. 여우가 먼저 보고 주웠다. 띠베르는 말했다.

"하느님 도와주소서. 여우 나리, 나도 그 소시지의 반을 나눠 받고 싶은데요."

"물론이지. 네 몫을 빼앗을 수야 있나. 서로 맹세했는데."

불안한 띠베르가 말했다.

"자, 그럼 먹읍시다."

"여기서는 안 돼. 훼방꾼이 오면 안 되니까, 좀 더 저쪽에 가서 먹기로 하지."

여우가 대답했다.

여우는 소시지의 가운데를 물었기 때문에 양쪽 끝이 축 늘어졌다.

띠베르는 걱정이 되었다. 자기가 소시지를 가지고 가고 싶었다. 왜냐하면 여우가 나누어줄 때에는 자기에게 나쁜 쪽을

줄 것이 뻔하기 때문이었다.

"왜 그렇게 물고 가시죠? 때 묻으라고. 양쪽 끝에 흙이 묻고 침이 흐르지 않아요. 그렇게 물고 가려면 혼자 다 드시죠. 나라면 그렇게 물고 가지는 않겠어요."

띠베르가 말했다.

"허, 자네라면 어떻게 물고 가겠나?"

"이리 내놔봐요. 당신이 먼저 그걸 발견하는 수고를 했으나 들고 가는 일은 내가 맡기로 하죠."

여우는 그에게 소시지를 주기가 주저되었으나 이 무거운 걸 가지고 띠베르가 도망갈 수는 없을 것이라고 생각했기 때문에 소시지를 주었다.

띠베르는 한쪽 끝을 물고 다른 쪽 끝은 등 위에 올려놓았다. 그리고 여우에게 말했다.

"당신에게 깨끗이 돌려주기 위해서 이렇게 무는 거예요. 이러면 흙도 안 묻고 침도 안 묻으니까. 자, 그럼 십자가 있는 언덕까지 갑시다. 거기서는 아무 염려 없이 먹을 수 있고 누가 우리를 해치러 오는지도 잘 볼 수 있으니까. 아주 멋진 곳이죠. 멀리 갈 필요가 없겠어요."

띠베르는 급히 십자가 쪽으로 달려갔다. 여우는 큰 소리로 부르면서 그의 뒤를 쫓아갔다.

"기다리게. 기다려!"

고양이는 십자가에 이르자 그 위로 기어올라가 걸터앉았다. 여우는 십자가 밑에서 외쳤다.

"띠베르 웬일이지?"

"아무것도 아녜요."

"이리 오게. 같이 먹어."

여우는 말했다.

"내려와. 내 몫을 던져주게. 내가 그 높은 곳에 올라갈 수 없다는 것을 자네도 알지. 게다가 소시지는 나눠 먹어야 되니까. 자, 약속을 지키기 위해서 내 몫을 주게."

"여우 나리, 무슨 말씀이세요. 취했군요. 이 성스러운 소시지를 땅에서 먹을 수는 없잖아요. 이리 올라오라니까요."

"띠베르야, 그런 것은 걱정 말아. 거기는 좁아서 둘이서 앉을 수가 없어. 너는 나의 친구 아닌가. 두 친구가 발견한 것은 나누어 먹어야지. 그 소시지를 반만 나에게 던져주게. 죄는 나 혼자 받을 테니까."

"아니, 이런 성스러운 물건을 던지다니요. 소돔의 인간도 죄가 많군요. 술에 취한 것도 아닌데 그런 짓은 할 수 없어요. 들어보세요. 우리는 소시지가 하나밖에 없으니까 이렇게 하죠. 즉 이번엔 내가 먹고 다음 것은 당신이 먹기로 하죠. 그때는 내가 달라고 하지 않을 테니까요."

"띠베르, 띠베르, 세상일이란 모르는 법일세. 그러니 조금 던져주게."

"여우 나리, 당신은 더 좋은 것을 갖게 될 때까지 참지 못하나요. 인내력이 없군요."

그렇게 말하고 띠베르는 소시지를 먹기 시작했다. 이것을 본 여우는 눈물이 글썽했다.

띠베르는 말했다.

"여우 나리! 그렇게 죄를 후회하면 하느님도 용서하시겠죠."

"마음대로 지껄여라. 목마르면 네가 안 내려오고 배길 테냐."

"오 당신은 얼마나 하느님이 나를 사랑하는지를 모르는군요. 내 곁에 움푹 팬 곳이 있는데 비가 온 지 얼마 안 돼서 물이 많이 있네요."

"뭐라 해도 언제고 내려와야 할 거야."

"몇 달 후에는요."

"나는 칠 년이라도 기다리겠다."

"칠 년이라고요. 그것을 맹세하겠어요?"

"물론이지. 네가 내려올 때까지 칠 년 동안이라도 한 걸음도 이곳에서 움직이지 않겠다고 십자가에 걸고 맹세하지."

"나는 당신이 몹시 가련하게 생각되는군요. 아무것도 먹지 않은 채 당신이 앞으로도 칠 년간 굶게 될 생각을 하니. 어디 그렇게 오랫동안 참을 수 있나요. 할 수 없겠군요. 약속은 지켜야 하겠으니."

"쓸데없는 걱정은 말게."

"그럼 말 안 하고 가만히 있겠어요. 당신도 거기 그냥 계세요."

띠베르는 맛있게 먹었다. 여우는 분노로 몸을 부들부들 떨면서 쳐다보았는데 그때 멀리서 소리가 들렸다.

"띠베르, 저게 무슨 소리지."

띠베르는 대답했다.

"좋은 소리군요. 시골길로 미사를 올리러 가는 사람이군요. 미사가 끝나면 사람들은 좋은 사람을 위해서 노래를 부르고 이 십자가에 예배하러 오죠. 같이 노래나 부르는 게 어때요. 옛날엔 사제였다면서."

그것은 여우의 뒤를 쫓아온 개가 멀리서 짖어대는 소리였다. 그 뒤에서 한 떼의 사냥개와 사냥꾼들이 왔다. 여우는 개 소리를 듣고 도망가려고 일어섰다. 띠베르는 그에게 소리쳤다.

"여우 나리 웬일이세요. 어디 가세요?"

"나는 이제 가야겠어."

"왜 벌써 가죠? 맹세를 잊었나요. 칠 년간 남아 있기로 맹세하고 하루도 못 되어 가나요? 저 개는 내 친구들이죠. 당신

이 그렇게 약속을 어기면 저 친구들에게 당신 이야기를 해야
겠는걸요."

여우는 앞으로 띠베르와 자기 사이에는 평화도 휴전도 없
다고 말하면서 개가 다가오기 전에 도망쳤다.

15. 띠베르와 두 사제

띠베르는 십자가 위에서 소시지를 실컷 먹었다. 다 먹었을 때 두 사제가 오는 것을 보았다. 한쪽은 늙은 암말을 타고 또 한쪽은 천천히 걷는 의장 말을 타고 있었다. 그들은 성공회의에 가는 길이었다. 한 사제가 띠베르를 보고 외쳤다.

"잠깐만, 저것 보세요. 무슨 동물이죠?"

"뭔데? 아 멋진 들고양이군. 참 털이 예쁘군. 따뜻한 모자가 되겠어. 우리가 여길 지나게 된 것은 하느님 뜻이야. 하느님은 내가 모자가 없는 것을 알고 계시니까. 멋진 모자 하나는 만들 수 있겠군. 잘하면 꼬리를 가지고 목도리도 할 수 있겠어. 보아요. 꼬리가 길고 멋지죠."

"지당한 말씀이오만 제 몫이 없어서 섭섭하군요" 하고 사제가 말했다.

"잠깐만, 뛰르지 씨, 내가 모자를 무척 좋아하는 것을 아는 이상 다 나를 준들 어때요."

"무척이라니요. 왜요? 뤼프랑지에 씨! 내가 당신에게 그것을 주어야 할 만큼 신세 진 게 있나요."

"미안하오. 당신은 너무 인색해요. 자기 몫은 절대 남에게 주지 않는군요. 자, 그럼 같이 나누기로 합시다" 하고 뤼프랑지에가 말했다.

"그럼 좋은 방법이 있지. 그 가죽으로 당신의 모자를 만들고 그 값의 반을 나를 주면 되죠."

"그보다 더 좋은 방법이 있소. 우리들은 같이 공회의에 가는 길이니 도중에서 밥도 먹고 잠도 자야지. 그 비용은 내가 댈 테니까, 당신이 그 가죽을 나에게 주면 어때요?"

"그거 좋군요!" 하고 뤼르지가 말했다.

"좋소. 그런데 누가 고양이를 잡죠?"

"가죽을 갖는 사람이 잡아야죠. 내 도움은 필요 없겠죠."

"내 것이 될 테니 내가 해야지" 하고 뤼프랑지에는 말했다.

그는 십자가에 다가갔다. 그런데 말이 너무 작아서 손이 닿지 않아 안장 위에서 일어섰다.

띠베르는 몸을 겨누고 독기를 품으며 발톱으로 사제의 얼굴을 긁었다. 가련한 사제는 무서워서 뒤로 자빠져 하마터면 포석에 머리를 깰 뻔했다. 그 순간 띠베르가 말안장에 뛰어내리자 말이 놀라서 달아났다. 말은 경작지를 지나 안뜰에서 고양이가 오는 것도 모르고 장작을 패고 있던 사제의 부인을 자빠뜨리고 집 마구간으로 돌아갔다. 사제의 부인은 크게 다치지는 않았으나 남편이 타고 있어야 할 안장 위에 띠베르가 웅크리고 있는 것을 보고 놀랐다. 그녀는 그것이 악마라고 생각했다. 한편 그사이에 사제는 정신을 차리고 나서 말했다.

"내 말은 어디로 갔죠?"

"다치지는 않았나요?" 하고 다른 사제가 물었다.

"다치는 정도가 아니고 죽을 뻔했소. 저건 고양이가 아니라 악마요. 분명히 악마예요. 우리는 마술에 걸렸어요. 말도 도둑맞고 말았군요."

그러면서 그는 속죄시편, 속죄 연속기도 등 모든 것을 읊었다. 뛰르지는 여기에 모든 것을 답창했다. 기도가 끝나도 말이 돌아오지 않기 때문에 그들은 이마에 십자를 긋고 뛰르지가 뤼프랑지에를 뒤에 태우고 집으로 가기로 했다. 회의에 참석하는 것은 문제도 되지 않았다. 뤼프랑지에의 부인은 남편이 부상당해서 돌아온 것을 보고 걱정스러워서 물었다.

"무사히 오셨군요. 도대체 웬일이에요?"

"운이 나빴다오. 여기 계신 롱비쏭의 뛰르지 씨와 나는 악마를 만나 마술에 걸렸지. 나는 그 발톱을 벗어나 이제 막 도망쳐 오는 길이오."

16. 여우와 띠베르의 머리싸움

5월이 되었다. 만물이 소생하는 계절이다. 예수 승천제 때는 날씨도 좋다. 여우는 마르베르띠의 집을 나오는 길에 띠베르를 만났다.

"허 어딜 가나?"

"담 너머 저쪽 농부 집에 가요. 그 집 주부가 우유가 가득 든 단지를 빵 반죽하는 그릇 안에 숨겨놓았죠. 우유를 마시게 될지도 모르니 가볼까요? 안내해줄 테니 같이 가시죠. 닭도 있을 테니까요."

"그러지" 하고 여우는 말했다. 그들은 그 농부의 집을 향해서 달려갔다. 집 주위에는 말뚝이 박혀 있었다.

"어떻게 하면 들어갈 수 있을까, 말뚝 사이가 좁아서 다리가 걸려들어 갈 수가 없지 않나?" 하고 여우는 말했다.

"가만있으세요. 들어갈 수가 있으니까" 하고 띠베르는 대답했다.

재빨리 집을 한 바퀴 돌고 말뚝이 부서진 곳을 발견하고는 그리로 들어갔다. 여우는 바로 가축의 오두막으로 갔다. 우유를 마시기에 도움이 필요한 띠베르가 여우를 불렀다.

"주의해야 돼요. 이 집 농부는 잠귀가 밝아서 한번 잠을 깨면 고만이에요. 그러면 우유고 닭이고 먹기는 틀리게 돼요."

"참 그런데 두 가지를 한꺼번에 할 수는 없으니 우유를 먼저 마시고 닭을 나중에 먹기로 하죠."

"그렇게 하지!" 하고 여우도 동의했다.

"나와 함께 집 안에 들어가요. 닭 있는 데 가면 개가 짖어대서 혼날지 모르니까요. 우유부터 마십시다. 나와 함께 우유나 실컷 마셔요."

띠베르는 앞장서 가며 여우에게 말했다.

"그런데 미안하지만 이 절구를 들어주세요. 우유 단지는 그 속에 있어요."

"그래!" 하고 여우는 절구를 들었다. 띠베르는 그 속에 달려들어가 우유를 마음껏 마셨다. 여우는 절구를 든 채 부러움으로 몸을 떨었다. 그의 혀는 불처럼 붉어졌다. 그는 정신없이 마시는 띠베르를 가련한 꼴로 바라보았다.

"띠베르, 아직 멀었나? 적당히 해두게! 빨리 마시고 나오라니까. 나는 무서워서 더 이상 들고 있을 수가 없으니."

허나 띠베르는 아무 대답 없이 그냥 마시는 것이었다. 다

마신 다음에 그는 단지를 엎어버려 우유가 쏟아졌다.

"이 심술쟁이 녀석, 왜 단지를 엎었지? 빨리 나와. 너무 무거워서 피곤해졌어. 빨리 나와."

"알았어요. 나갈게요. 좀 기다려요."

띠베르가 밖으로 나왔다. 그런데 여우가 들고 있던 절구를 떨어뜨려 띠베르의 꼬리가 반이 잘라졌다. 너무나 아파서 띠베르는 그 자리에 자빠졌다. 띠베르는 노여움을 억누르지 못하고 여우에게 말했다.

"이 사기꾼아! 내 꼬리를 잘랐지. 내게 부상을 입혔어!"

"내 잘못은 아니야. 자네가 너무 급히 뛰어나오니까 내가 절구를 떨어뜨린 거지."

"거짓말 마!"

"잔소리 마! 자네 몸이 가벼워졌을 텐데."

"지금까지도 충분히 가벼웠어. 이젠 너 같은 건 믿지 않겠어."

"농담 말게. 자네 꼬리는 거추장스러운 짐일 뿐이야. 잃어버린 꼬리 때문에 억울해해도 소용없어. 몸은 훨씬 가벼워지지 않았나."

"너무 놀리지 마."

"놀리다니. 왜 내가 자네를 놀리지? 자네는 꼬리를 원하나? 사람이 쫓아올 때도 빨리 도망칠 수 있지 않아. 나도 꼬리가 없었으면 좋겠는데."

"당신 꼬리는 아주 멋져."

"그런 소리 말게. 자 빨리 닭장에 가서 먹을 것이 있나 보자고."

여우는 웃으며 말했다. 그들은 오던 길을 지나서 닭장으로 갔다. 띠베르는 말했다.

"저 속엔 수탉이 있지요. 내 말을 듣지 않으면 한 마리도 못 잡아요. 알겠어요? 처음에 당신이 수탉을 노리세요. 수탉은 흙투성이죠. 수탉은 젊고 살이 보드라워요. 만일 암탉부터 노리면 수탉이 큰 소리로 울어대기 때문에 농부가 깨어나게 되고 그러면 당신은 붙들려 가죽을 벗기게 되고 말아요."

띠베르의 말에도 일리가 있었다. 하지만 서투른 탓인지 너무 큰 소리로 이야기했기 때문에 지붕 밑에서 머리를 처박고 자던 수탉이 깨어났다. 어둠 속에서 번쩍이는 여우와 고양이의 눈을 본 수탉은 큰 소리로 울어댔다. 농부도 잠이 깨어 일어났다. 그는 주변을 밝히기 위해서 한 주먹의 마른풀을 난롯불에 붙여 집안사람과 개들을 부르고 닭을 보러 왔다. 띠베르는 기다릴 여유가 없이 부서진 말뚝으로 도망갔다. 도망가면서 여우가 오지 않는 것이 좋아서 꼬리를 잘린 것을 보복한 것으로 생각했다. 여우는 개떼에 쫓겨 그 자리에 구르고 물리고 상처를 입었다. 그는 용감하게 싸웠다. 그는 개의 코를 물어뜯었다. 다른 개들은 물러갔다. 여우는 그 틈을 타서 고양이가 도망간 길로 도망쳐 어둠 속으로 사라져버렸다.

II

필요는 늙은이라도
움직이게 한다

17. 이장그랭, 여우를 때리면서도 불쌍해서 죽이지 않은 일

여우는 이장그랭이 우물에서 나왔다는 이야기를 듣고 매우 유감스럽게 생각했다. 그러나 이 아저씨가 의사와 약제사의 힘으로 겨우 목숨을 유지하는 상태인 것을 알고는 마음을 놓았다. 사실 그 아저씨만이 무서웠던 것이다. 한데 어느 날 그의 사촌형인 곰 그랑베르가 이장그랭이 그전처럼 건강을 회복했다고 전했다.

"큰일 났군! 밖으로 나갈 수 없겠어. 만일 늑대를 만나면 당해낼 수 없으니까."

여우의 걱정스러운 말에 에르믈린이 말했다.

"여보! 그렇게 걱정하지 마세요. 당신에게 아주 효과 있는 주문을 알려줄 테니까요. 당신은 생명뿐 아니라 뼈 하나도 부러지지 않을 거예요. 집을 나갈 때마다 오른쪽 앞발로 짐승의 사료 위에서 세 번 십자가를 그으세요. 그러면 그날부터 어떠한 어려움도 견뎌낼 수 있을 거예요."

여우는 감사를 표하고 집을 나갈 때 앞발로 사료 앞에서 십자가를 그었다. 이윽고 숲을 지날 때 막 목욕을 마친 한 마리의 까치가 나무 위에서 날개로 주둥이를 쓰다듬으며 몸단장을 하고 있는 것을 보았다. 여우는 옆으로 누워서 다리는 들고 혀를 내놓고 죽은 것처럼 가만히 있었다.

까치는 그것을 보고 여우가 정말 죽은 줄로 알았다. 까치는 그 수위를 몇 바퀴 돌고 나서 근처에 내렸다. 여우는 죽은 것처럼 꼼짝 않고 숨도 쉬지 않았다.

"정말 죽었군!" 하고 까치는 생각했다. 까치는 맛좋은 고기인 여우의 혀를 맛보기 위해 접근했다. 그러자 여우가 까치의 머리를 덥석 물었다. 여우는 마음 놓고 먹을 수 있는 곳까지 그대로 달렸다. 여우는 땀으로 깨끗이 목욕한 가뿐한 기분으로 까치를 먹어치웠다. 그리고 난 뒤 느긋하게 휴식했다.

에르믈린이 가르쳐준 주문은 효과가 있었기 때문에 매일 나가기 전에 하기로 했다. 그는 숲속에 들어갔다. 그러자 좁은 길가에서 갑자기 아저씨 이장그랭이 나타났다.

"아, 이제까지는 주문이 효과가 있었는데!" 하고 그는 생각했다.

이장그랭은 큰 소리로 웃으며 이를 내놓고 말했다.

"잘됐어, 이번엔 잡았군. 자네 벌 받을 때가 왔어. 자네는 내 조카라면서 나를 퍽이나 위해주는 척했지. 나는 어리석게도 너를 마음속으로 좋아했어. 그런데 너는 나를 마음껏 배반했어. 너는 내가 우물 밑에서 죽기를 바랐지. 나는 지금 너를 아무도 올 수 없는 장소로 데려갈 거야. 그리고 거기서 처치할 거야. 먹어버린단 말이지!"

여우는 도망갈 수 없다고 생각하고 꼬리를 두 다리 사이에 끼고 용서를 구했다.

"아저씨 제 잘못이에요. 저는 아저씨에게 죄를 지었습니다. 용서해주세요. 속죄하기 위해서 어떠한 배상이라도 하겠습니다. 죄 있는 자를 불쌍히 여기라고 예수도 말씀하지 않았습니까."

"내가 믿는 하느님 아버지의 뜻에 따라 나는 너에게 배상을 요구하는 거야. 나는 너를 잡아먹어야 해. 너는 너의 무덤이 나의 위장 속이라는 것을 알아야 해. 그 속에서라면 너도 무슨 도움이 되겠지. 내 배를 부르게 하고 피를 증가시키고 그 간계에 의해서 나의 영기가 증가되겠지. 자, 우물우물하지 말고 나의 입속으로 들어가."

그는 여우에게 달려들어 다리로 차고 난폭하게 두들겨 팼다. 여우는 이젠 끝장났구나 하고 생각했지만 다시 한 번 용서를 구했다. 이장그랭은 듣지도 않고 목을 물고 휘두르면서 찢고 질질 끌고 짓밟았다. 여우는 땅에 쓰러진 채 방어도 하지 못한 채 심한 고통으로 울어댔다. 실컷 골탕 먹인 후 이장그랭이 말했다.

"자! 이놈을 어떻게 죽인담. 결국은 잡아먹을 것이지만 죽을 때까지 될 수 있는 한 오래 고통을 주면서 산 채로 천천히 먹어버려야지."

반쯤 죽은 여우는 입을 벌리고 혀를 내놓은 채 숨도 안 쉬고 꼼짝 하지 않았다. 그것을 보자 갑자기 이장그랭은 불쌍한 마음이 일어났다. 그는 그농안의 오랜 우정을 생각했다. 여우가 조금씩 선량한 짐승이 되어간다고 생각했기 때문에 잠시 혼란스러웠다. 이윽고 그는 울면서 탄식했다.

"아! 나는 정말 흉측한 사나이로구나. 이 꼴을 보라. 옛 친구를 죽였으니. 나의 의논 상대인 친구였는데."

그 말을 듣고 여우는 조금 몸을 움직였다.

"웬일일까. 심장도 멈추고 호흡도 멈추고 체온도 느껴지지 않고 분명 죽었는데 왜 움직일까. 하느님 제발 죽지 않도록 해주세요" 하고 이장그랭이 말했다.

그러자 여우는 눈을 뜨고 말했다.

"나리, 그렇게 화를 내시면서 불쌍한 조카를 골탕 먹이는 것은 큰 죄예요."

바로 그때 한 늙은 농부가 큰 햄을 쥐고 길을 가고 있었다.

"아저씨 저 농부를 보세요. 나리는 저 햄을 잡수세요. 꽤 큰데요."

늑대가 보니 큰 햄이었다. 여우는 그의 발에 눌린 채 말했다.

"아저씨, 저를 풀어주시면 저 햄을 갖다 드리겠어요. 저 햄이 내 몸보다 크고 맛도 좋겠죠. 제가 햄을 못 훔쳐도 다시 돌아오겠습니다. 그때 저를 잡아 드세요. 햄을 전부 바치겠습니다. 만일 다 먹을 수 없을 때는 나머지를 팔아서 3분의 1을 저에게 주세요."

"뭐 3분의 1이라고?" 하며 이장그랭은 이를 갈았다.

"아녜요. 전부 드리죠. 빨리 저 농부에게로 가보세요."

"성 빼트로에 걸고서 말하지만 나는 농부를 싫어해. 저런 녀석들과 싸우고 싶지 않아. 어제도 두 집 사이에 있는 길을 지나갈 때 농부에게 얻어맞았지. 나는 맞는 것이 싫어" 하고 이장그랭은 말했다.

여우는 대답했다.

"저에게 맡겨주세요. 나리가 농부에게 갈 필요는 없어요. 제가 먼저 가죠. 나리에게는 햄을 바치겠습니다."

마침내 이장그랭은 여우를 놓아주었다. 여우는 뛰어갔다. 사실 별로 아프지는 않았다. 여우는 절뚝거리며 몸을 끌며 꼬리를 내리고 농부 앞을 지나 길가에 쓰러졌다. 처음에는 농부는 햄을 도둑맞을까봐 두려워했으나 여우가 걸음을 잘 못 걷고 절뚝거리는 것을 보고 좋아서 여우에게 가서 잡으려고 몸을 오그리고 "잡았다!" 하고 소리쳤다. 여우는 약간만 피했다. 농부는 몽둥이를 던졌다. 그러나 여우는 재빠르게 그것을 피했다. 농부는 여우 뒤를 따라가며 소리쳤다.

"성 마르탱을 본받아야지. 너의 가죽으로 나의 외투 칼라를 만들 테니까."

허나 말과 행동은 달랐다. 여우는 천천히 걸어 도망가고 농부는 쫓아갔다. 여우는 점점 빨리 달리면서 농부에게서 멀어졌다. 농부는 피곤해서 숨을 헐떡거렸다. 마침내 농부는 햄을 들고서는 여우를 잡을 수 없다고 생각해 햄을 길가의 풀 위에 놓고 여우를 쫓아갔다.

이장그랭은 그 뒤를 따라와 햄을 물고 숲속으로 가버렸다. 농부는 어차피 햄을 도둑맞았기 때문에 본전을 찾고 싶었다. 여우의 털로 외투 칼라를 만들지 않더라도 팔면 이익이 될 거라고 생각했다. 여우는 여러 번 잡힐 듯 말 듯하더니 마침내 사라져버렸다. 조금 전만 해도 손에 닿을락 말락 하였건만 농부는 여우를 놓치고 햄 있던 곳으로 돌아왔다. 햄도 사라지고 여우도 도망갔다. 외투 칼라에 대한 꿈도 사라졌다. 그는 힘없이 집으로 돌아왔다. 여우는 자기 몫을 얻고 싶어 숲속을 돌아다니다가 이장그랭을 만났다. 이장그랭은 실컷 먹고 난 후 나머지를 건초와 나뭇잎 속에 숨겨두었다.

"나리! 저에게 햄 좀 주시지 않겠어요?" 하고 여우는 물었다.

"닥쳐. 너를 용서한 것만도 과분한데. 햄은 다 먹고 여기 끝만 남았어. 가져가려면 가져가. 네 몫이니. 이젠 너를 만나고 싶지 않아. 또 만나면 더 혼내줄 테다."

여우는 간곡하게 말했다.

"하느님과 마리아의 아들을 본받도다. 저에게 여가를 주어 성 자끄의 유골에 예배하도록 해주세요."

"마음대로 해. 빨리 가버려. 보기도 싫으니."

여우는 가버렸다. 그는 저 아저씨를 모든 악마에게로 보내주고 싶었다. 그는 아저씨를 지옥에 빠뜨리고 싶었다.

"아저씨, 두고 보세요. 저에게 주지 않은 햄의 대가는 비쌀 것입니다."

18. 여우와 귀뚜라미 프로베르

근처에는 사제의 뜰이 있었다. 여우는 그 속에 들어가 별로 힘들이지 않고 몇 마리의 쥐를 잡아먹었다. 아침에 잡아먹은 까치 한 마리와 햄 냄새와 쥐의 맛이 배고픔을 약간 덜어주었다. 이장그랭은 관목 아래서 배는 고프지 않지만 내일 먹을 나머지 햄까지 먹고 나무 그늘에서 힘겨운 소화를 하고 있었다. 뜰에서는 귀뚜라미 프로베르가 길가의 자기 집 입구에서 노래하고 있었다. 그는 여우를 잘 알고 있었기 때문에 보기가 무섭게 경계 태세를 취했다. 여우는 앉아서 공손히 머리를 숙이고 말했다.

"사제님들은 어려운 성가를 노래 부르는군요. 사제님, 사례를 할 테니 당신의 성가집 중에서 하나를 노래해주세요."

프로베르는 여우가 틈을 노린다고 생각해 입을 다물고 한마디도 하지 않았다.

"사제님, 제발 저에게 멋진 노래를 하나 불러주세요" 하고 여우가 말했다.

"닥쳐, 이 바보야! 나는 너를 잘 알지. 어떠한 눈으로 나를 보는가 잘 안단 말이야" 하고 프로베르가 말했다.

그러자 여우는 손에 든 몽둥이를 프로베르를 향해서 던졌다. 몽둥이는 빗나갔다. 프로베르는 소리치며 달려든 여우를 피해 자기 구멍으로 쏙 들어가버렸다. 이 구멍에 대해선 여우도 어쩔 수 없었다.

"아, 이 악마의 순례자야, 페스트에나 걸려라! 네가 나를 잡아먹겠다고" 하고 프로베르가 말했다.

여우는 대답했다.

"프로베르, 나는 널 먹고 싶은 게 아냐. 너는 옛날부터 나의 친구니까. 나는 너의 성가집이 원수야. 그것만 얻으면 네가 노래하는 성가는 다 외울 수 있지. 내가 너에게 덤벼든 것은 잘 보이지 않기 때문이야. 순례 다니느라 피곤에 지쳐 있었거든. 아, 나는 심한 병에 걸렸지. 이제 오래 살지도 못할 테니, 고백이나 해야겠어. 프로베르, 나와서 나의 고백이나 들어줘. 사제를 찾으러 왔는데, 없어. 자네는 친절하고 현명한 사제야. 자네만 한 사제는 요 근처에는 없어."

여우를 잘 아는 귀뚜라미는 웃으면서 말했다.

"하느님, 그러한 고백을 듣지 않도록 저를 지켜주소서. 아, 저기에 고해사제가 왔군, 개와 사냥꾼도 오는군. 활 쏘는 사람도 종도 오네."

하마터면 여우는 붙잡힐 뻔했다. 그처럼 그는 열중해서 프로베르가 나오기를 기다리고 있었다. 여우는 개의 코 밑을 빠져나와 도망쳤다.

"여우야, 여우! 놓치지 마라! 트리바리! 그라람보! 여우다. 리뽀, 놓치지 마라! 개들아! 정신차려라!"

여우는 도망치면서도 이장그랭을 잊지 않았다. 그는 개와 사냥꾼을 이장그랭이 있는 장소로 이끌었다. 이장그랭은 햄을 너무 먹었기 때문에 몸이 무거워서 여전히 관목 밑에 있었다. 여우는 유쾌한 어조로 불렀다.

"아저씨, 도망쳐야죠. 지금은 배고픈 게 오히려 좋군요. 배가 부르면 뛰기가 어려우니. 햄을 너무 많이 드셨어요. 반쯤은 저를 줘도 좋았을 텐데, 배가 좀 덜 불렀으면 몸이 가벼울 텐데요. 뭐요? 그대로 거기에 있겠다구요? 개가 오거든요. 그럼 안녕."

개들은 늑대를 보자 여우를 포기하고 이장그랭에게 달려들었다. 이장그랭은 너무나 몸이 무거워서 만일 밤이 아니었다면 죽었을는지도 몰랐다. 늑대는 겨우 개를 벗어나기는 했으나 털이 빠지고 귀가 찢기고 피부는 피투성이가 되었다. 그는 저주스러운 여우를 살려준 것을 후회했다. 그때 죽여버릴 걸 그랬다고 생각했다. 여우는 다시 한 번 프로베르를 잡으려고 사제의 뜰에 왔다. 그러나 프로베르는 여우가 부르는 소리에 대답하지 않았다. 그는 집 안에서 깊이 잠들어 있었다. 여우는 프로베르가 영구히 밖에 나가지 못하도록 흙으로 입구를 막아버렸다. 그는 여우에게 잡아먹히지 않으려다 굶어죽게 된 것이다. 프로베르는 집의 출입구를 뚫기 위해서 한 주일 이상 고생해야만 했다.

19. 여우와 이장그랭, 평화의 포옹을 하다

며칠 후 여우는 사자왕 노블 폐하가 행차하는 것을 보았다.
왕의 원수(元帥)인 이장그랭도 뒤를 따랐다. 여우는 도망가고
싶었지만 왕 앞이라 늑대를 두려워할 것이 없다고 생각하고
왕 앞에 나가 공손히 절을 했다.

"잘 오셨습니다. 각하! 그리고 시종들."

왕은 여우가 이장그랭에게 저지른 좋고 나쁜 일들을 잘 알
고 있었기 때문에 그를 보자 웃었다. 이장그랭이 웃지 않기에
왕은 더 웃었다.

"잘 있었니? 여우야. 오늘은 무슨 간계를 꾸미느냐?" 하고
노블 폐하가 물었다.

"천만에요, 폐하. 저는 정직하게 가족의 생계를 유지합니
다. 집사람은 임신했죠. 오늘 아무것도 얻지 못해서 집사람이
굶주리고 있습니다. 폐하께서 좋은 방법을 가르쳐주신다면
이보다 더 이상 좋은 일은 없겠는데요."

"당치 않은 소릴 하는군. 나의 힘에 의지하지 않고도 스스로 곤경을 타개하는 것쯤은 할 수 있지 않나."

"폐하, 폐하께서는 저같이 무능한 자가 폐하를 따라다니는 것을 싫어하시겠죠. 폐하의 측근에 있는 분들은 궁전에서 당당한 분뿐이죠. 곰 브랑 나리와 산돼지 파우상 나리, 이장그랭 나리, 그밖에도 많죠. 저 같은 가난한 자는……!"

"잔말 마, 너는 나를 우롱하는구나. 너도 원한다면 나를 따라와도 좋아. 셋이서 먹을 걸 찾아볼까."

"폐하, 말할 수 없는 영광으로 느끼며 기꺼이 따라가겠습니다마는 이장그랭 나리 때문에 주저합니다. 이분은 공연히 저를 미워하죠. 저는 이분 말에 거역한 적도 없는데 저와 이분 마님 사이에 이상한 일이 있는 줄로 알고 있어요. 그것은 근거가 없으며 저는 에르상 부인을 어머니처럼 존경하죠. 그런데 저를 믿지 않거든요."

"여우야, 그건 다 농담이야. 이장그랭과 화해하여라" 하고 왕이 말했다.

"신의 영광이 폐하에게 있기를…… 정말 이렇게 고마울 수 있겠습니까. 저는 부인의 명예에 걸고서 이장그랭 씨가 오해를 하고 있다는 것을 말씀드립니다."

왕이 말했다.

"이장그랭아, 자네가 여우에게 이러한 의심을 갖는다는 것은 미친 짓이지. 아니 그는 그런 짓을 못할 거야. 남의 말을 곧 이들을 수는 없으니까. 현명한 자가 하는 일이 아니지. 나는 여우를 잘 알고 있지만 이 세상에 모든 금을 걸고서 말하지만 여우가 너를 속이거나 거짓말하지는 못할 거야."

"폐하께서 그렇게 생각하신다면 저도 믿죠" 하고 이장그랭은 말했다.

"좋아, 빨리 용서하게. 진심으로."

"용서하죠. 앞으로는 여기에 대해서 원한을 갖지 않겠습니다. 목숨이 있는 한 친구가 되겠어요."

"포옹을 하게!" 하고 왕은 말했다. 그래서 여우와 이장그랭은 왕 앞에서 화해의 입맞춤을 했다. 하나 그들은 서로 사랑하는 것이 아니기 때문에 이 평화는 오래 계속되지 않을 것이다. 서로 미워하면서도 입을 맞추는 경우가 있다. 그것은 여우 식의 평화라는 것이다. 평화가 입맞춤으로 이루어지자 왕은 말했다.

"자, 여우야! 자네는 이 근처의 숲을 잘 알 테니까 안내해주게. 이 부근에 좋은 사냥감이 있을 듯한 곳으로 말이야. 마을에서 먼 목장이 있다면 안내하게. 그러면 충신으로 인정하지만 나를 속일 때는 혼날 줄 알아."

"국왕 폐하의 마음에 들 수 있는 곳은 이 근처에는 없죠. 하지만 두 언덕에 둘러싸인 틈바구니에 있는 목장에서 가끔 소를 놓아 기르거든요. 그곳에 가보는 것이 어떻겠습니까? 아마도 세 사람 분의 몫은 있을 테니까요" 하고 여우는 대답했다.

"거기로 가기로 하지."

왕은 그렇게 말하고 그들은 사냥을 떠났다. 여우는 안내하기 위해서 선두에 서고 다음에 왕, 그다음에 이장그랭의 순서로 포장도로로 나가 이윽고 여우가 말한 목장에 도착했다.

배가 고픈 이장그랭이 말했다.

"우리는 좋은 데 왔습니다. 만사가 뜻대로 될 것 같군요. 저목장에는 암소, 수소, 송아지가 다 있을 것 같아요. 하지만 우리가 거기에 가기 전에 우선 여우를 시켜서 개나 소를 기르는 사람이 있는지 확인해야겠어요. 폐하께서 고생을 하셔서는 안 될 테니까요. 여우는 작고 말랐기 때문에 폐하나 저보다 눈에 안 띌 것입니다."

"과연 그렇군! 그놈은 현명하고 교활하니 임기응변을 잘할거야. 여우야! 빨리 가서 개나 사람이 있나 보고 와라. 먹이가 있는지도 없는지도 모른 채 그곳에 갈 필요는 없으니까."

"네, 폐하."

여우는 대답하고 목장으로 달려갔다.

문지기는 느릅나무 그늘에서 졸고 있었다. 여우는 어떻게 속여야 할까 생각하며 앉아 있다가 이윽고 느릅나무 가지 위

에 뛰어올랐다. 가지에서 가지로 뛰면서 그 문지기 머리 위까지 왔다. 거기서 꼬리를 올리고 똥을 쌌다. 머리에서부터 온통 똥에 덮이자 그는 갑자기 눈을 떴다. 머리 위에 따뜻하게 뿌려진 똥 냄새를 맡았다. 얼굴을 만지자 손에도 묻었다. 그는 하느님과 성인과 악마를 저주하면서 일어났으나 짙은 그늘에 숨은 여우의 모습은 눈에 띄지 않았다. 그는 두 척이나 되는 깊은 도랑을 넘어 복장 밖으로 나가면서 하느님과 성인과 악마에 걸고 얼굴을 씻고 난 다음에 조사해서 보복하겠다고 별렀다. 그는 도랑에서 얼굴을 씻으려고 몸을 굽혔다.

여우는 나무에서 내려오자 눈에 띄지 않게 그의 뒤를 따랐다. 문지기가 몸을 숙이는 순간 여우는 그 등을 밟고 저쪽으로 넘어갔다. 농부는 도랑 속에 떨어져 그만 가라앉고 말았다. 그는 도랑에서 겨우 기어나오기는 했으나 물을 너무 마셔서 소리가 나오지 않았다. 여우는 그 농부에게 돌을 던졌다. 농부는 다시 물에 빠졌다. 그러는 동안에 이장그랭이 말했다.

"폐하, 보세요! 여우는 나쁜 놈이죠. 감히 폐하를 이렇게 기다리시게 하다니. 돌아오는 게 늦는군요. 무엇을 하고 있는가 보죠. 보세요. 도랑을 뛰면서 놀고 있잖아요. 도대체 우리를 어떻게 생각하는 거죠. 자기 먹이만 찾으면 그만이란 말인가요. 내 머리를 걸고서 말하지만 그 녀석은 정말 무례하군요."

"정말 바보군"하고 노블이 말했다.

농부는 도랑에서 허우적거리느라고 점점 힘이 빠졌다. 여우가 그를 두 번이나 물에 빠트렸는데도 물 위에 떠올랐다. 여우는 참다못해 돌을 던졌다. 돌과 흙을 마구 던져서 가련한 농부는 세 번이나 가라앉았다. 이번에는 정말로 죽었다고 여우는 생각했다.

"마침내 죽었구먼. 이제야 수소, 암소, 송아지를 마음놓고 잡을 수 있겠어."

그래서 여우는 자기 일이 끝났다고 생각하고 노블과 이장 그랭 쪽으로 가려 했다. 그런데 세 발짝도 걷기 전에 그들이 목장으로 오는 것을 보았다. 여우는 빠른 걸음으로 나가 공손히 인사했다.

"잘 오셨습니다. 폐하 그리고 여러분."

"여우야. 나는 너의 인사를 안 받겠다. 나를 이렇게 기다리게 했으니 교수형에 처해야겠다."

노블이 말했다.

"폐하, 진정하세요. 저는 폐하를 이렇게 기다리게 한 것을 유감으로 생각합니다. 이것은 문지기 농부 때문입니다. 그 녀석 때문에 애를 먹었지만 하느님 도움으로 겨우 그를 도랑에 빠트리고 이렇게 온 것입니다."

여우는 나무 위에 올라간 일, 농부에게 똥 싼 일, 그가 도랑에 간 일과 여우가 그를 밀어 떨어뜨린 이야기를 했다.

"이제는 암소도 수소도 송아지도 다 우리 것입니다."

왕은 손뼉을 치며 이렇게 재미있는 이야기는 처음 듣는다고 말했다. 이장그랭도 중얼거리며 말했다.

"터무니없는 수작이죠. 저는 그 농부가 도랑에서 죽은 것을 보기 전에는 믿지 않겠어요."

"자네는 지금 사실을 말하고 있는 건가?" 하고 왕이 물었다.

"폐하께서 의심스러우시면 가보세요. 저를 믿지 않더라도 직접 보시면 되니까요."

"아니, 나는 너를 믿어. 나는 농부를 싫어하니까 보고 싶지 않다. 도랑 속에 내버려둬. 여우야 너는 일을 잘했어. 나의 궁중에서 너만큼 충실하고 현명하고 용기 있는 자는 없지. 자, 이장그랭 우리의 먹이를 분배하자. 자 분배해."

이장그랭은 말했다.

"폐하 뜻대로 분배하겠습니다. 여기에 수소, 암소, 송아지가 있습니다."

그는 여우에게 한 마리라도 주기보다는 목을 매는 것이 낫다고 생각했다.

"저로서는 폐하가 이 송아지를 가지셨으면 합니다. 이 살찌고 보드라운 암소는 왕비마마에게 어울립니다. 저는 수소를 갖겠습니다. 이 갈색 털의 질이 나쁜 여우에게는 고기가 필요 없으니 딴 데 가서 먹고 싶은 것을 먹도록 해야죠."

노블은 이장그랭의 말을 듣자 머리를 흔들었다. 그는 전부 자기가 가지고 싶었다. 분배는 자기 마음대로 될 수 있다고 생각되었기 때문에 그는 이장그랭에게 가서 오른손으로 뺨에 피가 날 정도로 때렸다. 그러고 나서 여우에게 말했다.

"자. 여우야! 너는 꾀가 있으니 한번 나누어봐."

"폐하, 저는 아무런 권리가 없습니다. 폐하 마음에 드는 것을 드시고 필요 없는 것은 저에게 주세요. 모두 폐하 것이니까요."

"안 돼! 그것은 안 돼. 나는 분배를 하고 싶네" 하고 노블은 말했다.

"굳이 분배를 하라시면 분배를 하죠. 이장그랭의 말처럼 가장 좋은 방법은 폐하가 우선 송아지를 가지시고 저 뚱뚱하고 살찐 암소는 왕비님께, 수소는 요사이 젖을 뗀 왕자님 것이죠. 그 소는 왕자님의 살이 될 것입니다. 이 더러운 녀석과 저는 다른 데 가서 먹겠습니다."

"허, 참, 잘 분배했다. 여우야, 도대체 누가 너에게 그렇게도 멋진 방법을 가르쳐주었는지 말해봐라."

"폐하, 그것은 늑대입니다. 이 피투성이의 늑대죠. 저는 지금까지 누구에게 배운 적은 없습니다."

"내 머리에 걸고서 말하지만 온 세상에 너만큼 교활한 놈은 없어. 무엇을 말해야 한다는 것을 알고 있고. 자, 이장그랭, 다음에는 좀 더 멋진 대답을 하게. 아니면 나에게 혼날 테니까. 자 그럼 나는 가겠네. 딴 데 가서 좋은 먹이나 찾아보게."

"폐하, 이 인색한 늑대에게 전혀 먹을 것을 안 주셔서 이 녀석은 축 늘어져 있습니다. 저는 이 녀석에게 줄 것은 아무것도 없지만 이렇게 처참한 꼴을 하고 있는 것이 슬프군요."

그러면서 여우는 이장그랭이 보지 않게 혀를 내밀며 말했다. "나리는 참 심하시군요. 단번에 이렇게 만들다니." 이것을 본 노블은 크게 웃으며 암소, 수소, 송아지를 거느리고 가버렸다. 왕이 떠나자 여우는 이장그랭에게 말했다.

"혼났군요. 심한 상처를 냈군요. 이유도 없이 우리를 우롱한 그분을 후회하도록 하는 게 어때요. 저도 나리 편이니 기꺼이 복수를 하겠어요. 이대로 두었다가는 큰일 나겠어요."

이장그랭은 여우 말을 들었다. 그는 노블에게 복수하고 싶었지만 비밀리에 하고 싶었다. 그는 여우가 궁중에 드나드는 누구보다 교활하기 때문에 힘이 되리라 생각했다.

그러면서 여우는 내 편이며 나의 조카며 왕 앞에서 화해했으니까 나를 고발할 리는 없겠지 하고 늑대는 생각했다.

"자네, 내 얼굴 가죽을 벗긴 저 오만한 왕에게 복수하겠어? 협력해주면 사례할게. 나는 저 노블이 싫으니 복수할 거야. 어떻게 하면 좋지?"

"지금은 별 수 없어요. 아직 때가 이르죠. 노블은 귀가 밝으니 곧 소문을 듣게 될 거예요" 하고 여우가 말했다.

여우는 이장그랭을 곤란한 입장에 놓고 자기만 빠져나가려 했으나 쉽게 되지는 않았다.

20. 왕이 여우에게 멋지게 죄를 묻다

샹트크레르 나리와 큰 알을 낳는 팡뜨와 노아레, 브랑세트, 르세트 등의 닭이 덮개차를 앞에 끌고 거닐었다. 차 위에는 여우에게 허리가 부러지고 날개가 꺾여 영혼까지도 육체에서 떨어져나간 수탉이 누워 있었다.

왕은 재판이 많아서 소송에 진력이 났다. 그때 샹트크레르가 수탉들을 데리고 날개를 치며 온 것이다.

팡뜨가 숨을 헐떡이며 외쳤다.

"여기에 모이신 여러 고귀한 분들, 가련한 이 수탉들을 동정하세요. 저는 제가 태어난 것이 저주스럽습니다. 여우는 저에게 하루도 편안한 날을 주지 않기 때문에 죽어버리고 싶습니다. 제게는 다섯 형제가 있었지만 여우가 다 잡아먹어버렸습니다. 또 고베르 드 프렌느의 신세를 지고 있는 네 자매 암탉이 있는데 기혼한 자매건 처녀건 다 살이 쪄서 그 때문에 한 마리를 빼고는 전부 여우 입에 들어가버렸습니다. 이 관

속에 누워 있는 코페, 저의 동료이며 소중한 누이인 아주 살찐 암탉! 어떻게 당신을 떠나서 살 수 있습니까? 여우 녀석, 지옥 불에 타버려라. 지금까지 나를 심하게 협박하고 쫓아다니고 괴롭히고 물어뜯지 않았는가. 어제 아침에도 집 문 앞에서 나의 누이를 죽이지 않았는가. 코페 자신도 너를 잡지 못했는데, 이 재판을 해줄 분은 없습니까?"

이렇게 말하며 팡뜨는 기절하여 포석 위에 쓰러지고 다른 수탉도 쓰러졌다. 개와 늑대를 비롯한 여러 동물이 그들을 일으키려 했다. 머리에 물을 끼얹어 그들이 정신을 차리자 모두 왕의 다리 밑에 엎드렸다. 무릎을 꿇고 있던 샹트크레르도 울고 있었다.

왕은 그들을 불쌍하게 생각하고 깊은 탄식을 하였으나 이윽고 머리를 들어 큰 소리로 포효했다. 사자가 한숨을 쉬거나 포효할 때면 모든 야수는 제아무리 난폭한 산돼지라 할지라도 무서워 벌벌 떨지 않는 것이 없다. 토끼 쾨르는 너무나 무서워서 이틀 동안이나 앓았다. 온 궁전이 울렁대고 가장 용기 있는 자도 떨었다.

왕이 이렇게 노기를 띠고 포효한 적은 아직 없었다. 왕은 궁전이 울릴 정도로 꼬리로 강하게 매를 쳤다.

"팡뜨야, 나의 아버지의 영혼에 맹세하고 해보지. 오늘 나는 아버지의 영혼에 아무것도 바치지 않았지만 너의 슬픔은 나를 너무나 슬프게 하기 때문에 너를 만족시켜주어야 하겠다. 여우를 찾아서 어떠한 보복을 하는가 잘 보아라. 내가 멋지게 죄를 물어서 밝혀줄 테니까."

이장그랭은 일어나며 말했다.

"폐하! 폐하께서 코페 부인의 복수를 하는 것은 고마운 일이며 그러면 모두 그 덕을 찬양할 것입니다. 저는 결코 여우가 미워서 그렇게 말하는 것은 아닙니다. 너무나 처참하게 죽은 그 부인이 불쌍해서 말하는 것입니다."

"자, 여우가 엉뚱한 짓을 했으니 슬프구나! 그것도 이번이 처음이 아냐. 나라의 평화를 문란케 하는 행위를 나는 퍽 섭섭하게 생각해. 자 브랑, 스톨라를 입게. 그리고 브드이양, 고인의 영혼을 위해서 기도를 드리게. 들과 정원의 경계에 무덤을 파주게."

"네" 하고 브랑은 대답했다.

그가 스톨라를 입자 이윽고 성무(聖務)가 시작됐다. 달팽이 타르디스가 낭독을 하고 로노가 창구를 읊었다. 곰 브랑이 설교와 기도를 하고 유골을 납으로 된 멋진 관 속에 넣어서 땅에 내려놓았다. 그것을 한 나무 밑에 묻었다. 묘 속에는 줄인지 발톱인지는 모르나 다음과 같이 새겼다.

"여기에 팡프의 누이 코페가 잠들도다. 여우가 그녀를 죽였으니 가련한 희생자를 위해서 기도 드려라."

샹트크레르는 팡뜨가 울고 있는 것을 보고 절망해서 다리를 비틀며 탄식하고 모두 슬픔에 잠겼다. 그들의 슬픔이 진정될 무렵 제후가 왕에게 말했다.

"폐하, 너무나 자주 우리를 죽이고 평화를 문란케 한 여우에게 보복을 해주세요."

"그래야지. 브랑, 그 녀석을 찾아와. 내가 사흘이나 기다렸다고 하고 데려와" 하고 왕은 말했다.

"폐하, 그럼 다녀오겠습니다" 하며 그는 들을 뛰어나갔다. 그가 마르베르띠를 향해서 이렇게 달리는 동안에 여우를 불리하게 한 소송 사건이 일어났다. 토끼 쿠아르는 너무나 무서워 병이 났으나 코페가 매장되었기 때문에 그 무덤 위에서 누워서 자면 어떤가 시도해봤더니 정말로 잠이 깨었을 때는 공포가 가라앉았다.

이장그랭은 그녀가 기적을 일으키는 성녀(聖女)라는 이야기를 듣고 자기도 귀가 나쁘다고 말했다. 로노는 그에게 무덤 위에 누워보라고 권했는데 그러자 곧 낫게 되었다고 외쳤다. 이것은 믿는 것이 유리하며 또 로노라는 증인도 있기 때문에 아무도 그것을 거짓말이라고 하지는 않았다.

이 기적이 궁중에 알려졌을 때 여우의 변호인 그랑베르를 제외하고는 모두 흥겨워했다.

"여우 녀석, 붙들리는 일이 있어도 용케 빠져나가야 할 텐데" 하고 그랑베르는 생각했다.

21. 신앙 없는 죄를 지은 브랑

곰 브랑은 숲을 지나 마르베르띠에 이르렀다. 그러나 몸이 너무 커서 안에 들어갈 수 없기 때문에 외벽에 웅크리고 있었다. 그는 살찐 암탉을 근처에 놓아두었고 아침부터 영계의 넓적다리를 둘이나 먹었기 때문에 기분 좋게 쉬고 있었다. 브랑은 문에서 불렀다.

"여우야, 듣느냐, 나는 브랑이야, 왕명을 받고 왔다."

"브랑이라고 모처럼 심부름 왔는데 안됐군, 지금 왕궁으로 가려는 중이니까. 우선 멋진 프랑스 요리를 먹고 가야지. 자네도 알다시피 부자가 궁중에 나타나면 우선 삶은 쇠고기를 내놓고 그 후에 여러 가지 요리가 나오지만 가난한 자에게는 사정이 다르지. 난로 앞이나 식탁에도 앉지 못하고 무릎 위에 음식을 놓고 식사를 해야 하며 개가 나타나 가진 빵도 뺏고 마실 것도 없고 먹을 것도 뼈다귀 하나뿐이지. 빵과 고기와 술은 얻어먹어도 좋으련만 도둑 같은 하인과 요리사가 다 뺏어서 자기 애인에게 주어버리지. 그 녀석들 타죽어버리고 그 재가 바람에 날렸으면 좋겠어. 그래서 나는 기름과 앵두 콩을 섞어서 점심을 마쳤어. 그리고 벌집에 가서 꿀을 두 돈이나 먹었지.”

“꿀이라니, 어디서 그렇게 많이 손에 넣었나. 꿀은 내가 제일 좋아하는 것인데. 꿀이 있는 곳으로 데려다주게” 하고 곰이 말했다.

여우는 뜻하지 않은 성공에 기쁜 표정을 지었으나 가련한 곰은 눈치채지 못했다.

“브랑 씨! 자네에게 먹을 의사와 약간의 우정만 있다면 꿀을 실컷 먹여주지. 하지만 내가 자네를 바로 이 근처에 있는 나무꾼 낭쿠로 씨 집에 데려가서 그것을 훔치려 해도 자네는 나를 곧 후회하게 만들어줄 걸세.”

“왜, 무슨 소리를…… 자네는 나를 안 믿나?” 하고 브랑은 말했다.

“물론이지.”

“뭐가 걱정되나?”

“배반이 걱정돼.”

“여우야! 그 무슨 바보 같은 소리를 하니, 내가 너를 배반하다니, 나는 노블 왕에게 존경을 표하지만 그렇다고 자네가 걱정할 건 없지. 자네를 배반 안 하기로 맹세하겠어.”

"그러면 좋아. 자네 호의를 믿도록 하지."

그래서 둘은 낭쿠로 씨가 일하는 숲으로 갔다. 나무꾼 낭쿠로는 창나무에 두 개의 쐐기를 박아놓았다.

"브랑 씨 이것이 약속한 것이라네. 이 속에 꿀이 있지. 우선 올라가서 마셔."

브랑은 곧 등과 앞발을 그 말뚝 사이에 박았다.

"곧 닿을걸! 자, 입을 열고 거기에 혀를 내밀고" 하며 여우는 말했다.

거기에는 꿀도 벌집도 없었다. 여우는 쐐기를 쥐고 잡아 뽑았다. 그러자 갈린 틈이 닫히며 브랑의 머리가 그 사이에 끼어버렸다.

"자! 브랑, 자네가 나를 속인다는 것을 알고 있었지. 게다가 나는 꿀을 이제 더 이상 먹지 못할 거야. 자네가 먹어버리면 내 몫은 안 남을 테니. 내가 병들면 나를 돌봐주겠지. 아마 머리밖에 남지 않을 테니까."

그러는 동안에 나무꾼이 왔다. 그러자 여우는 재빨리 달아났다. 나무꾼은 곰이 참나무의 올가미에 걸려 있는 것을 보고 "아! 곰이 잡혔다" 하고 외치면서 마을로 달렸다.

이윽고 농부 한 떼가 길가에 나타났다. 몽둥이를 든 자, 도끼를 든 자, 들것을 든 자, 가시 달린 곤봉을 든 자, 별의별 사람이 다 있었다. 브랑은 농부들의 노기 띤 소리를 듣고 도끼

에 맞아 죽기보다는 콧잔등을 잃어버리는 것이 낫다고 생각
했다. 다리와 머리를 빼고 가죽을 찢기고 정맥이 잘려져 머리
가죽과 발 가죽을 남겨둔 채 겨우 도망쳤다. 얼굴에서 피가
폭포처럼 흘러 뺨에 남은 가죽은 겨우 지갑을 하나 만들 만한
정도였다. 그처럼 보기 흉한 동물이 없었다. 이리하여 곰은
농부들에게 쫓겨 도망갔으나 도중에서 교구 사제를 만났다.
그 신부는 마르탱 도를레앙으로 잠자리에 짚을 깔고 돌아오
는 길이었다. 그는 손에 쥔 갈퀴로 곰을 너무나 힘껏 쳤기 때
문에 가련한 브랑은 쓰러질 뻔했다. 그가 비틀거리자, 농부들
이 몰려와 몽둥이로 하도 때려서 꼼짝할 수 없게 되었다. 여
우는 멀리서 곰이 우는 소리를 듣고 포위당하거나 습격당할
우려가 없는 마르베르띠로 돌아왔다. 그는 도망치는 곰을 보
고 냉소하며 외쳤다.

"브랑? 낭쿠로의 꿀을 먹으려던 벌이지, 신앙 없는 죄야.
죽을 때에 사제가 오지 않는 것도 당연하지. 그런 붉은 모자
를 쓰다니 무슨 교단에라도 들어갔나?"

브랑은 아무 대답도 하지 않았다. 그는 낭쿠로의 다른 농부
에게 붙들릴까봐 도망가버렸다. 정오가 되어 그는 왕궁으로
돌아왔다. 모두 그가 귀가 없어질 정도로 엉망인 모습을 보고
일제히 십자를 그었다. 왕은 깊은 침묵 속에서 물었다.

"브랑! 누가 너를 이렇게 만들었지?"

브랑은 피를 심하게 흘리면서 겨우 대답했다.

"여우입니다."

말을 마친 곰은 왕 앞에서 기절했다.

그때에 사자는 구레나룻을 세우고 무시무시하게 울어대며 예수의 생사에 걸고 맹세했다.

"브랑! 여우가 너를 죽였다. 신의 주검과 그 상처에 걸고서라도 ㄱ 보복은 해야지! 전 프랑스에 나의 보복남을 펼칠 테다. 띠베르! 어디 있나, 빨리 여우를 데려오게. 왕의 사자라고 말하고 재판에 걸겠다고 해. 그 녀석이 살아나기 위해서 금이나 은을 바치거나 변명을 해도 소용없어. 목을 매기 위해서는 끈만 가져오면 되니까."

띠베르는 그런 일을 맡는 것은 거절하고 싶었지만 그러기 위한 구실이 없었다. 그는 출발했다.

22. 신앙 없는 죄를 지은 띠베르

마르베르띠 입구에 이른 띠베르는 신에게 빌고 죄인의 수호신 성 레오나르를 향해서 신을 믿지 않는 악동, 악한, 여우의 간계로부터 몸을 지켜달라고 기도했다. 그는 계수나무와 전나무 사이로 날아가는 까치를 보고 불렀다.

"오른쪽으로, 오른쪽으로 날아라."

그런데 새는 왼쪽으로 날았기 때문에 띠베르는 놀라고 절망하여 심한 걱정이나 큰 수치를 당하는 징조가 아닌가 하고 두려워했다. 그는 여우 집에 들어가지 않고 밖에서 불렀다.

"여우, 여우, 있느냐! 대답하라."

여우는 입속으로 대답을 했으나 띠베르에겐 들리지 않을 정도였다.

"띠베르야, 너에게 악의가 없다면 우리 집에 무슨 재미가 있겠느냐. 띠베르, 잘 왔구나. 오순절에 로마나 생 자끄에서 온 만큼 환영해야지."

이번에는 여우가 큰 소리로 말했다.

띠베르는 대답했다.

"말에는 돈이 들지 않는 법이다. 여우야, 나는 왕의 이름으로 왔지, 나를 원망하지 말게. 나는 너를 미워하지는 않지만 궁중에서는 너의 사촌형 그랑베르를 제외하고는 모두 너를 미워하지. 모두 너에게 불평을 하고 왕도 노하고 계셔."

"마음대로 협박해봐. 살 수 있을 만큼 사는 거시. 모두 나에 대해서 뭐라고 하는지 궁중에 가서 들어볼까."

"그건 좋은 생각이야. 현명하군. 나는 너를 좋아해. 한데 나는 배가 고파서 척추가 부러질 것 같아. 암탉이건 수탉이건 무엇이든 줄 게 없나?"

"안됐군. 암탉도 수탉도 없는데 쥐나 생쥐는 있지. 그런 거라도 먹겠나?"

"물론이지. 쥐라도 빨리 주게."

"그럼 줄 테니 빨리 따라와. 먼저 갈 테니."

그가 구멍을 나오자 띠베르는 그의 악독한 장난과 계획을 꿈에도 모르고 쫓아갔다. 그들은 어느 마을에 도착했으나 그 마을의 닭은 거의가 여우에게 먹혔던 것이다.

"띠베르야, 목적지에 다 왔다. 이 집은 내가 잘 아는 사제의 집인데 창고에는 보리와 밀이 산처럼 쌓여 있어. 한데 생쥐 때문에 큰 통으로 반 이상이 없어졌지. 나는 요사이 여기에 와서 닭을 열 마리 잡아서 다섯 마리는 그 자리에서 먹고 나머지 다섯 마리는 집으로 가져갔지. 나는 이 구멍으로 들어 갔으니 그리로 들어가서 실컷 먹게."

배반자는 거짓말을 하는 것이었다. 거기에 살고 있는 사제 는 보리와 밀을 저장하고 있지는 않았다. 그뿐 아니라 마르탱 도를레앙의 어머니인 그의 부인이 전 재산을 낭비했기 때문 에 마을 사람의 비난의 대상이 되어 있었다. 암소, 수소나 그 밖의 짐승도 없고 다만 여우가 곧 잡아먹으려는 두 마리의 암 탉과 수탉이 있을 뿐이다. 최근 사제에서 수도승이 된 마르탱 이 이 구멍에 올가미를 쳐놓았다. 고양이나 여우 잡기에 열중 한 이 사제의 아들에게 신의 혜택이 있기를……. 올가미인 줄 벌써 알고 있는 여우는 동료에게 말했다.

"왜 안 들어가지, 띠베르. 못 들어가나, 겁쟁이야. 들어가. 내가 밖에서 기다릴게."

띠베르는 구멍 속으로 돌진했으나 아이쿠, 그만 올가미가 목에 걸려버렸다. 그가 물러서려고 잡아당기면 당길수록, 목 을 빼려고 하면 할수록 목이 조였다. 소리를 듣고 마르탱이 침대에서 뛰어내렸다.

"아, 아버지! 어머니! 빨리 촛불을 켜고 구멍으로 갑시다. 여우를 잡았어요."

마르탱의 어머니가 잠에서 깨어 일어나 촛대에 불을 켜고 베를 짜는 장대를 손에 잡았다. 사제도 일어나 셋이서 고양이의 등을 백 번 이상이나 쳤다. 고양이는 용감하게 달려들었다. 발톱과 이로 사제를 할퀴고 물어뜯어 사제는 울어댔다. 부인도 울며 기절했다. 마르탱이 구조하러 왔다. 고양이는 줄을 끊고 도망갔다. 밖에 여우가 있었더라면 호되게 보복당했을 것이다. 허나 여우는 고양이를 기다리지는 않았다. 고양이가 올가미에 걸린 것을 보고 마르탱의 소리를 듣자 곧 그 자리를 떠나 마르베르띠로 돌아간 것이다.

띠베르는 여우를 저주했다.

"야! 이놈의 여우, 그놈의 영혼이 온 세상을 방황할 것이다. 휴, 혼날 뻔했군. 그 악랄한 여우에게 여러 번 혼이 났지만 오늘은 정말 당했어. 저놈의 사제와 그의 더러운 중놈들, 낡은 집에서 굶어죽어버려라. 사제도 되게 물렸지. 마르탱 녀석도 한푼 없는 거지가 돼버려라. 수도사로서 죽어라. 도적이 되어 교수형을 받아" 하고 저주하면서 그는 샛길로 해서 궁중으로 돌아갔다. 그는 왕 앞에 엎드려 모든 것을 애기했다.

"하느님이여, 도대체 이게 웬일이요. 여우가 나를 업신여기다니. 아무도 그놈을 나에게 데려오지 못하다니. 그랑베르야, 여우가 나를 그렇게 업신여기는 것은 너 때문인가보다" 하고 사자는 말했다.

"오! 폐하, 천만의 말씀입니다."

"그럼 빨리 데리고 와, 그러기 전에는 내 앞에 나타나지 마."

"폐하, 저는 폐하와 서한이 없이는 도저히 여우를 데리고 올 수 없지만 폐하의 도장을 얻어 그것을 보이면 데려올 수 있을 것 같습니다."

왕은 "과연 그렇군!" 하고 대답했다.

왕은 편지를 쓰게 했다. 파오생이 편지를 써 왕의 도장을 찍었다. 그랑베르는 그 편지를 가지고 출발했다.

23. 속죄의 선언

밤이 깊어지기 전에 그랑베르는 개간한 땅을 지나는 오솔길로 여우 집에 이르러 그의 방으로 들어가는 문으로 기어들어갔다. 여우는 소리를 듣고 습격을 두려워하면서도 침입자를 확인하기 위해서 문가에서 웅크리고 있었다. 그는 개울에 놓인 다리까지 온 그랑베르를 보았다. 그는 매우 기뻐하며 맞이하러 나갔다. 두 손을 벌려 상대편 목에 안기며 안에 모셔 들여 방석을 두 장이나 깔고 앉도록 했다.

그랑베르는 영리하기 때문에 식사를 할 때까지 용건을 알리지 않았다. 그는 다 먹고 난 다음에 말했다.

"자네의 교활함은 평판이 났네. 왕이 자네에게 권해서 아니, 그보다는 명령이지만 출두하여 이장그랭이나 브랑, 띠베르 그밖에 여러 녀석들이 만족할 수 있도록 권하네. 자네 기분을 상하게 하고 싶지는 않지만 자네 목숨에 관한 일일세. 자, 이 편지를 읽어보게."

사기꾼은 벌벌 떨면서 편지를 뜯었다. 그 내용은 다음과 같았다.

"만국의 왕 사자 노블은 여우에게 내일 궁중 집회에 출석하기를 명함. 금, 은을 바치거나 변호할 짐승을 필요로 하지 않으며 교수형 끈만을 지참할 것."

여우가 이것을 읽었을 때 그의 심장은 왼쪽 가슴 밑에서 크게 울리며 그의 안색도 흐려졌다.

"아, 내가 태어난 시기를 저주하도다. 어쩌면 좋을까. 내일 나는 교수형을 받는구나. 크리뉴나 크래르보에서 사제가 되어버릴까. 안 돼, 나쁜 사제가 많아서 나를 양도할지도 모르니 갈 수는 없지."

"그런 생각은 하지 말게. 하지만 이 근처에는 사제가 없으니 나에게 고백하게" 하고 그랑베르가 말했다.

"충고는 고맙네. 가령 죽지 않더라도 나의 고백은 들어두는 게 좋을 거야. 만일 내가 죽으면 영혼의 구제를 받기 위해서 내 죄를 들어보게. 나는 이장그랭 부인과 간통했지. 이장그랭에게 나쁜 짓을 한 것도 사실이야. 하느님이여! 용서하소서. 궁중에는 나에게 불만이 없는 자가 없어. 모든 자들에게 해를 입혔으니까. 나는 후회하고 사과하네. 너무나 나쁜 짓을 많이 해서 기억이 안 나. 적이 비난하는 것은 당연해. 내가 잊어버린 일도 그들이 말하는 것을 믿고 후회하며 사과하네" 하

고 여우는 말했다.

"여우야, 너는 너의 죄와 남에게 끼친 폐에 대하여 고백했지. 만일 하느님이 이번에 너에게 목숨을 준다면 처음부터 조심하게."

"아! 하느님이 나를 죽게 하여 두 번 다시 죄를 짓지 않게 해주기를."

여우가 무릎을 꿇자 그랑베르는 로망어와 라틴어를 섞어 속죄의 선언을 했다. 이튿날 아침 여우는 상복을 입은 부인에게 작별하며 말했다.

"자식들아, 아비에게 무슨 일이 일어나더라도 결코 이 집을 나가지 말아라. 양식은 충분히 저장해놓았으니 한번 다리만 올려놓으면 어떠한 왕과 제후가 쳐들어와도 칠 년을 견딜 수 있지. 내가 무사히 살아올 수 있도록 성모에게 기도하자" 하고 그는 문 앞에서 기도했다.

"전능의 신이여! 이장그랭이 국왕 앞에서 나의 죄를 말할 때 제발 공포 때문에 나의 이성을 잃는 일이 없이 부정하거나 변명함으로써 빠져나갈 수 있도록 해주소서. 이처럼 악랄한 전투에 참가하게 만든 녀석들에게 복수할 수 있도록 이 몸에게 힘을 주소서."

그리고 나서 그는 이마를 땅에 대고 엎드려 악마와 사자 왕으로부터 몸을 지키는 주문을 외웠다.

이리하여 둘은 길을 떠났다. 그들은 개울을 건너 협곡을 지나 산을 넘고 들을 지나갔으나 여우는 너무나 실망하여 길을 잃고 어느 헛간 앞으로 나왔다. 그것은 수녀원에 속하는 헛간으로 세상의 모든 재산, 우유, 치즈, 계란, 가축, 양을 기르고 있었다. 여우는 그랑베르에게 말했다.

"이 새장의 담을 따라가면 먼저 왔던 길로 나가지."

"여우야! 네가 왜 그런 소리를 하는지 신이 알고 있지. 방탕아야, 뻔뻔스러운 이교도, 악한 배반자, 너는 어제 진심으로 고백한 것이 아니었구나" 하고 곰이 말했다.

"잊어버리고 있었지. 자! 가자. 각오한 바가 있으니까."

"여우야! 너는 바보야. 여전히 교활한 놈이군. 지금 죽게 되어 있는데…… 지금 막 죄를 고백하고 또 죄를 지으려 하는구나. 이 악독한 놈아."

"형제여. 네 말이 옳구나. 갑시다!" 하고 여우는 말했다.

그는 더 말하고 싶지는 않았으나 영계를 단념하는 것이 안타까웠기 때문에 닭장을 계속 쳐다보았다. 그랑베르만 없었더라면 당장 가서 먹어버렸을 텐데.

둘은 나란히 말을 타고 갔다. 그랑베르의 말은 빠른 데 비해 여우의 말은 탄 자가 두려워하기 때문에 느렸다. 산과 들에서 비틀거리며 달리며 이윽고 그들은 왕궁이 있는 골짜기에 이르러 궁전 입구에서 내렸다.

24. 여우, 순례 여행을 떠난 일

여우가 왕궁에 이르자 모든 동물이 그를 규탄하려고 했다.

이장그랭은 이를 갈고 있었으며 띠베르와 브랑도 같았다. 여우는 겁을 먹은 척하지 않았다. 남이 좋아하건 싫어하건 태연스럽게 앞으로 나갔다.

"폐하! 죄송합니다. 저는 이 나라 백성의 누구보다도 폐하께 충성을 다하고 있습니다. 저를 비난하는 것은 잘못이지요. 불행하게도 저는 폐하의 은총을 받은 일이 없습니다. 게다가 제가 폐하의 곁을 떠난 후 폐하의 허가를 받았음에도 불구하고 악인들이 저에게 복수를 하기 위해서 모든 수단을 써 폐하께서 저에게 사형 선고를 내리도록 하였습니다. 허나 국왕이 악인의 말을 듣고 선인의 말을 듣지 않으면 이 세상은 악으로 물들어버리지요. 태어날 때부터 농노의 근성을 가진 자는 중용을 모르니까요. 자기가 출세하기 위해서 남을 상처 입히지요. 가난한 자를 죽도록 만들고 화폐를 위조하고 자기 이

익을 위해서 나쁜 짓을 하고 남의 나쁜 짓을 방조하지요. 저는 띠베르와 브랑이 저의 어떤 점을 비판했는지 알고 싶습니다. 폐하의 허락으로 그들이 저를 비방한 것은 할 수 없으나 왜 제가 그들에게 반항했는지 말하지는 않았을 거예요. 브랑은 농부의 꿀을 먹었기 때문에 농부에게 얻어맞은 것입니다. 큰 손, 발과 얼굴과 이, 발톱을 가지고 왜 저항하지 않았겠습니까? 띠베르는 들쥐와 생쥐를 잡아먹었습니다. 저는 그들을 옹호해주고 싶었지만 저는 재판장도 시장도 아니지 않습니까."

"이장그랭에 대해서는 말씀드릴 여지도 없습니다. 제가 그의 부인을 사랑했다고 하지만 그녀는 아무 불평도 하지 않고 있는데 그놈이 질투할 뿐이지요. 그녀가 나를 사랑한다면 할 수 없는 일이지요. 그 때문에 제가 교수형을 당해야 하나요? 폐하, 폐하는 위대하며 저는 언제나 폐하의 충실한 부하입니다. 저는 늙어서 목덜미의 털이 하얗게 되었습니다. 걷기도 힘이 듭니다. 그런데 이 궁전까지 끌려왔습니다. 폐하의 명령으로 궁전까지 왔지만 교수형을 당해도 저항할 힘이 없습니다. 제가 힘이 없어 정당한 재판 없이 교수형을 당하는 것은 억울합니다."

"에이, 이놈! 너의 애비의 영혼과 너를 유산하지도 않고 낳은 너의 어미에게 저주가 있을지어다. 교활하게 입만 살아 있군. 어떻다는 거냐? 재판할 때까지 가만히 있어. 뭐라 해도 너는 뻔뻔스러운 여우니까. 나의 부하들은 너와 같은 도적이나 반역자를 어떻게 재판해야 할지 알고 있지. 너에 대한 비난의 소리를 들으면 너도 깨닫는 바가 있겠지."

"폐하" 하고 그랑베르는 말했다.

"비록 이자가 재판을 받기 위해서 폐하 앞에 꿇어앉았을지라도 폐하는 백성에게 하는 것처럼 그를 대해서는 안 됩니다. 여우는 남의 비난에 답하기 위해서 폐하 명으로 이곳에 온 것입니다. 누구든지 그에 대해서 불만이 있는 자는 발언을 하도록 하세요."

그랑베르가 이렇게 말하기가 무섭게 이장그랭, 숫양 블랭, 고양이 띠베르, 곰 브랑, 개 로노, 까마귀 체르슬랭, 닭 샹트크레르, 팡뜨 부인, 고슴도치 에피나르, 공작 프티바, 소리 높은 귀뚜라미 그리용, 다람쥐 루소, 토끼 콰르 등 모두 복수하고 싶은 얼굴이었다.

왕은 모두가 들을 수 있도록 말했다.

"자! 이 도둑놈을 어떻게 하면 좋지?"

신하들은 일제히 대답했다.

"폐하의 재판에는 동의합니다."

"좋아! 여우는 교수형이야! 당장에 해야지. 한번 놓치면 다시 잡기 어려우니까."

산꼭대기 바위 위에 교수대가 세워졌다. 여우의 목숨은 바람 앞에 등불과도 같았다. 원숭이가 여우의 뺨을 쳤다. 여우는 많은 군중을 바라다보았다. 그는 얻어맞고 끌려다니며 손발도 묶였다. 토끼 쾨르는 멀리서 돌을 던졌다. 여우는 돌에 맞았을 때 머리를 흔들었기 때문에 쾨르는 무서워서 도망갔는데 그것은 재판하는 광경을 잘 보기 위한 것이라고 변명했다. 교수대가 세워지자 여우는 왕에게 말했다.

"폐하, 저에게 한마디만 하게 해주세요. 저는 교수형에 처해지려는 순간입니다. 양심을 더럽히는 큰 죄를 졌죠. 후회하고 있습니다. 저는 속죄를 위해서 바다 저쪽으로 가고자 합니다. 거기서 죽으면 저는 구원받으니까요. 만일 지금 교수형을 당하면 저는 지옥에 떨어지겠죠. 저는 후회하고 있습니다."

여우는 왕의 다리 밑에 몸을 던지고 애원했다.

그랑베르가 말했다.

"폐하, 전능한 신의 이름을 걸고 저의 말을 들어주세요. 여우가 얼마나 충실한가를 생각하시고 그는 대담하기 때문에 언젠가는 쓸모가 있다는 것을 생각해주세요. 바다 건너로 가도 왕이 필요하다면 곧 돌아오겠죠."

"아니, 이놈은 더 나쁜 놈이 될 거야. 선량한 자도 어디 갔다 오면 나빠지는데 이놈이라고 별수 있겠나. 가면 다시 안올 거야."

"그렇다면 사제를 만들어서 그곳에 머물게 하면 어떨지요"
하고 그랑베르가 말했다.

여우는 그 이야기를 듣고 있었다. 마음속으로 만족하기는
했으나 여행을 떠날 결심이 되어 있지 않았다. 마침내 관습에
따라 오른쪽 어깨에 십자가를 걸고 옷과 지팡이를 주었다. 동
물들은 전부 불만이었다.

이리하여 여우는 몸에 옷을 길치고 손에 계수나무 지팡이
를 들고 순례의 여행을 떠났다. 왕은 그를 때린 자를 용서하
고 여우에게 앞으로는 속임수를 쓰지 말고 목숨을 살려준 은
혜에 보답하라고 말했다. 여우는 왕 앞에서는 그 말을 따르기
로 하고 모든 적을 용서하고 아홉시가 되기 전에 왕과 미인인
왕비 휘에르 그리고 오르기우스 외에는 아무에게도 작별을
하지 않고 떠났다. 왕비는 다정하게 말했다.

"여우야! 우리를 위해서 기도해라. 우리도 너를 위해서 기
도할 테니."

"왕비마마! 황송합니다. 정말 행복하군요. 관직까지 얻을
수 있다면 얼마나 축복을 받는 게 될까요."

왕비는 그에게 반지를 주었다. 아무도 그것을 보지 못했다.
여우는 속으로 말했다.

"이것만은 아무에게도 주지 말아야지."

그러고 나서 왕과 작별했다. 급히 길을 가면서 그는 토끼

콰르가 숨어 있는 울타리 옆을 지나다가 너무 배가 고파 그 속에 들어갔다. 토끼 콰르는 너무나 놀랐으나 도망갈 시간이 없었다.

"여우! 안녕하세요. 나는 기뻐요. 당신이 괴로워할 때는 저도 괴로웠지만요."

"네가 나의 괴로움을 슬퍼한다면 나도 너의 고통을 없애주지" 하고 여우는 말했다.

콰르는 놀라서 도망가려 했으나 여우가 그를 잡고 말했다.

"이놈아! 도망가지 마. 내 새끼의 밥이 돼야지."

그리고 지팡이로 쳤다.

궁전은 깊은 골짜기의 하늘을 뚫는 네 개의 바위 사이에 둘러싸여 있었다. 여우는 그 바위에 가장 높은 곳에 올라가 그 토끼를 어린아이에게 갖다주고 싶었으나 콰르는 거꾸로 매달린 채 일어섰다.

다리 밑에서 왕, 왕비, 여러 대신, 신하, 동물이 그가 콰르를 잡은 것도 모르고 그에 대해서 떠들고 있었다. 여우는 몸에 단 십자가를 쥐어뜯으며 큰 소리로 외쳤다.

"왕은 누더기나 입어라. 이런 귀찮은 지팡이와 옷은 버려야지."

그리고 나서 모두 보는 앞에서 십자가로 자기 밑을 닦고 일동의 머리 위에 던졌다. 그리고 왕에게 외쳤다.

"왕이여, 잘 들으시오. 터키 황제 노라당이 당신에게 경의를 표하라고 나에게 부탁했죠. 이교도는 내가 온 것을 보고 모두 도망갈 정도로 당신을 두려워하니까요."

그가 이처럼 조롱하고 있을 때 콰르를 잊고 있었기 때문에 콰르는 그 틈을 타서 왕궁으로 도망쳤다. 그는 가련한 모습으로 왕 앞에 꿇어앉아 여우가 한 짓을 고했다.

"폐하, 제발 저를 보호해주세요."

"오, 정말 나는 여우에게 배반당하고 모욕을 당했도다. 아, 다들 모여라. 도망가는 자는 용서 없이 죽이겠다."

그들은 돌진했다. 이장그랭을 선두로 양 블랭, 브랑, 티베르, 쥐 프레, 샹트크레르, 팡프 부인, 말 페랑, 로노, 수사슴 브랑샤르, 체르슬랭, 귀뚜라미 그리용, 흰 두더지 프티브리샤, 산돼지 파우상, 송아지 브르이양 그리고 달팽이 타르디스는 왕의 깃발을 들고 앞에 나섰다.

여우는 그들이 오는 것을 보았지만 사방을 포위하여 도망갈 수가 없었다. 그는 동굴 속에 숨었다. 모두 그를 교수형에 처하기 위해서 그를 잡기에 방해가 되는 장벽, 도랑, 요새, 탑, 풀, 덤불 등이 없기를 바라면서 그의 뒤를 따랐다. 여우는 짐승에게 물려서 도망칠 수 없는 위기에 빠졌으나 간신히 조그만 통로를 통해서 빠져나갔다. 이윽고 그는 마르베르띠에 왔다. 거기까지만 오면 두려울 것이 없었다.

그를 사랑하고 존경하는 부인 에르믈린이 세 아이 말브랑슈, 페르세이유, 귀여운 막내 르나르도를 데리고 왔다. 그들은 그를 둘러싸고 피가 흐르는 상처를 백포도주로 씻어주었다. 그리고 식사를 가지고 왔는데 여우는 피곤하여 닭다리 하나만을 먹었다. 에르믈린 부인이 남편을 잘 보살펴주어 그는 이윽고 이전과 같이 건강하게 되었다.

25. 후회하는 여우는 죄가 없다

국왕 노블 폐하는 군의 선두에 서서 여우의 성으로 왔다. 왕은 성의 입구가 단단하고 벽도, 탑도 망루도 높아서 쉽게 접근할 수 없는 것을 알았다. 문 위에는 총 구멍이 있고 다리는 올려졌다. 성은 바위 위에 서 있었다. 왕은 성에 접근하여 천막을 치고 포위했다. 체력을 회복한 여우는 탑 위에 올라갔다. 에르상과 이장그랭이 전나무 밑에 있는 게 보였다. 여우는 그들에게 소리쳤다.

"내 성이 어때? 멋지지. 띠베르, 도망간 대가로 무엇을 받았지? 혼났겠지."

"아, 브랑 늙은 곰, 내 꿀을 먹을 때는 재미있었지. 너는 너의 귀를 남겨놓고 왔지."

"샹트크레르, 내가 목을 조를 때에는 잘 울어댔지. 너는 나보다 교활하지. 잘 도망가니까."

"자, 체르슬랭. 나는 너의 치즈를 먹었는데 맛있었지. 네가 도망가지 않았으면 너까지 먹었을 텐데. 너희들은 전부 나한테 골탕 먹었어. 앞으로도 그렇게 될 거야. 아, 대왕 나리, 왕비가 나에게 준 이 반지를 보세요."

"여우야, 너의 성은 방비가 잘되어 있지만 나는 포위할 수 있어. 탈취할 때까지 물러가지 않을 것이다. 내 눈이 검은 동안은 성을 뺏고 너를 교수형에 처하겠다" 하고 왕은 소리쳤다.

"그런 소리 해도 겁나지 않죠. 뺏기는 쉽지 않을 거예요. 칠년간 먹을 양식도 있고 닭도 가축도 멋진 양도 살찐 소도 거위와 치즈도 많죠. 성내에는 샘이 있기 때문에 비가 오지 않아도 괜찮아요. 그럼 안녕히 계세요. 집으로 가야겠어요. 나는 아내와 식사를 해야 하니까요. 여러분이 굶어도 내 잘못이 아니죠."

이튿날 새벽 왕은 신하들을 모아놓고 말했다.

"자! 일제히 성으로 쳐들어가자. 나는 저 도적을 하루 빨리 잡고 싶으니까."

왕의 말을 듣고 모두 저녁때까지 계속 용감하게 돌진했다. 이튿날도 공격을 계속했으나 성벽에 돌 하나밖에 떨어뜨리지 못했다. 포위는 반년이나 계속했으나 여우는 피해를 입지 않았다. 왕은 많은 비용을 탕진했다.

어느 날 밤 용사들은 피곤에 지쳐 깊이 잠이 들었다. 여우

는 소리 없이 성을 빠져나왔다. 모두 참나무, 계수나무 또는 당산사나무 또는 느릅나무 밑에서 자고 있었다. 여우는 그들의 다리와 꼬리를 나무에 묶어버렸다. 왕의 꼬리도 나무에 묶어버렸다. 그리고 왕비가 자고 있는 곳에 갔다. 왕비는 그 소리를 듣고 소리를 질렀다. 그때는 먼동이 터서 사방이 밝았기 때문에 이 소리를 듣고 모두 잠이 깨었다. 그들은 갈색의 여우가 왕비와 함께 있는 것을 보고 외쳤다.

"일어나 저놈을 잡아라!"

국왕은 너무나 급히 일어났기 때문에 꼬리가 다섯 자나 늘어났으나 잘리지는 않았다. 그러나 아무리 잡아당겨도 헛일이었다. 다른 짐승도 잡아당겨봤자 헛일이었다. 그러나 여우는 달팽이 타르디스를 묶는 일을 잊어버렸다. 기수 타르디스가 칼을 뽑아 묶인 끈을 잘라버렸다. 모두 여우를 잡으려고 결심했다. 여우가 구멍으로 들어가려고 할 때 타르디스가 그의 뒷발을 잡아 달려온 왕에게 양도했다. 군대는 동요와 외침으로 충만했고 모두 여우에게 달려와 그를 때렸다. 그는 왕에게 몸값을 내겠다고 했으나 왕은 듣지 않고 교수대로 끌고 갔다. 이장그랭이 왕에게 말했다.

"폐하! 제발 이놈을 저에게 주세요. 복수를 해야겠습니다."

왕은 그 말을 듣지 않고 여우의 두 눈을 가리고서 말했다.

"여우야! 너는 왕비에게 무례한 짓을 했기 때문에 벌을 받는 거야. 나도 하마터면 망신당할 뻔했지. 너의 목에 끈을 걸겠다."

그래서 이장그랭은 그의 머리를 잡아 누르고 브랑은 그의 엉덩이를 물고 로노는 그의 목을 물고 타르디스가 여우를 귀찮게 구는 동안 띠베르가 날카로운 발톱으로 그 피부를 찢었다. 모든 동물이 여우에게 일격을 가하려고 했으나 너무 많아서 접근할 수가 없었다. 불행할 때 참된 친구를 알 수 있는 것이다. 그랑베르만이 눈물을 흘리며 여우를 위해서 기도했으나 여우를 구할 도리가 없었다. 쥐 프레가 군중 사이를 뚫고 여우에게 왔으나 여우는 아무도 모르게 그것을 죽여버렸다. 여우는 목이 끈에 걸렸다. 그때 그랑베르가 큰 소리로 말했다.

"여우야! 너는 극형을 받는구나. 도망할 수 없으니 고백을 통해서 유언하고 싶지 않느냐."

"물론이지! 제각기 자기 몫이 있으니까. 나의 성은 나의 장남에게 상속해야지. 도처에 흩어진 성벽은 나의 부인에게 남겨주겠어. 차남 페르세이유에게는 쥐가 많은 로베르프라스와의 뜰을 주지. 삼남 르나르도에게 마르탱로베르의 뜰과 헛간 위의 야채밭과 거기에 있는 닭을 주지. 거기에 가면 일 년 식량은 있을 테니까. 그밖에는 줄 것이 없어" 하고 여우는 말했다.

"너의 마지막이 가까이 왔는데 너의 사촌형인 나에게는 줄 것이 없느냐" 하고 그랑베르가 말했다.

"나의 아내가 재혼하게 되면 아내 몫의 재산은 다 자네가 갖게. 왕만 허가해준다면 나는 사제나 은사가 되어 고행을 할 생각이야. 나는 이 세상을 충분히 살았으니까."

이장그랭이 외쳤다.

"저주받은 배신자야! 무슨 헛소릴 하나. 사제가 되고 싶다고? 교수형을 당하는 게 마땅하지. 너를 살려달라고 부탁하는 자는 우리의 친구가 아냐."

"이장그랭, 후회하는 자는 죄가 없지."

"자, 빨리 교수형에 처해" 하고 왕이 말했다.

그때 멀리 들을 달리는 기마의 한 떼가 눈에 띄었다. 그것은 제1 기상복을 입은 에르믈린이 세 아들을 데리고 달려온 것이다. 그들은 털을 뜯고 팔을 비틀며 십 리 밖에서도 들을 수 있을 정도로 소리쳤다. 그들은 여우의 몸값을 치르기 위해서 말에 금을 가득 싣고 달려온 것이다. 여우의 고백이 끝나기 전에 그들은 군중을 헤치고 나타나 왕 앞에 꿇어앉았다.

"폐하, 인정을 베푸소서. 은혜를 내리시면 이 금을 다 드리겠습니다."

왕은 보물을 보았다. 그 많은 금, 은을 보니 탐이 났다. 그래서 그는 말했다.

"여우는 너무나 나쁜 짓을 많이 했지. 조금도 후회하는 빛이 없으니 교수형에 처할 만해. 내 부하가 그것을 희망하고 있으며 나도 그것을 약속했지."

"폐하, 하느님의 이름에 걸고서 한 번만 용서해주세요."

왕은 말에 가득 실은 금, 은을 보면서 말했다.

"용서해주지. 하지만 또 한번 나쁜 짓을 하면 교수형에 정말로 처하겠어."

"폐하의 은혜로 그런 일 없도록 하겠습니다."

이리하여 그는 용서를 받았다.

모두 여우가 또 살아나는 것을 보고 불만이었다.

갑자기 침묵을 깨트리고 외치는 소리가 들려왔다. "여우가 또 죄를 범했어요." 달팽이 타르디스가 팔을 들어 쥐 프레의 시체를 보여주었다.

여우는 또 죄가 발각된 것을 보고 도망갔고 일동은 그의 길을 막으려고 달려왔다. 여우는 길이 막혀서 참나무 위로 올라갈 수밖에 없었다.

왕은 참나무 밑에서 여우에게 내려오라고 소리쳤다.

"폐하, 폐하의 부하가 저를 저주하지 않으면 내려가겠습니다. 그리고 폐하가 저를 인질로 하지 않는다면…… 사방에 적이 있어서 혼날지도 모르니까요."

화가 난 왕이 즉시 대답하지 않았기 때문에 여우는 계속 말했다.

"그렇게 앉아서 가만히 계시지 마세요. 덴마크인 오지 이야기라도 해주세요. 누가 재미있는 이야기를 해줄 사람은 없나요? 이 위에서 들을 테니까요."

이 조롱에 왕은 화가 나서 몸을 부르르 떨었다. 그는 두 개의 도끼를 가져오도록 하여 참나무를 베기 시작했다. 여우는 조금 내려왔다. 그는 손에 굵은 나무토막을 들고 내려오면서 나무토막을 땅에 던졌다. 나무토막이 왕의 귀에 맞아 왕이 쓰러졌다. 신하가 그를 일으키려고 하는 순간을 이용해 여우는 나무에서 뛰어내려 도망갔다.

모두 소리를 질렀으나 아무도 부상당한 왕의 곁을 떠나려하지 않았다. 도대체 그 악마 새끼를 잡을 수는 없는가. 여우는 태연하게 마르베르띠로 돌아가버렸다. 부하는 부상당한 왕을 싣고 왕궁으로 갔다. 포위는 그만두기로 했고 왕이 건강을 회복할 때까지는 많은 시간이 걸렸다.

26. 여우, 이장그랭과 결투한 일

이리하여 마르베르띠의 포위는 풀리고 군대는 왕을 태운 마차를 따라 흩어졌다. 여우는 어디에 가건 멋대로 할 수 있었다. 그래서 또 사냥을 시작했다. 그가 반항한 제후들은 복수할 줄을 몰랐기 때문에 그는 신경 쓰지 않았다.

그러나 삼 개월이 지났을 때 그는 노블 왕의 부상이 완쾌되었다는 소식을 듣고 외출할 수 없게 되었다. 하여튼 군인들 앞에서 왕을 해쳤기 때문에 왕도 괴로웠지만 여우는 더욱 겁이 났다. 그러나 공포심도 조금씩 그의 마음에서 사라졌다. 지금까지 조롱해왔던 제후들도 더 조롱해주고 싶었다. 다시 왕궁을 드나들 수 있도록 그는 이장그랭이 내건 결투를 승인했다. 그는 검술에 자신이 있었기 때문에 승리자가 되리라고 생각했다. 왕궁으로 간 그는 거기서 대우를 받으리라고는 생각하지 않았으나 적의 증오만은 가라앉기를 바랐다. 그가 도착했을 때 왕궁에서는 연회가 벌어지고 있었다. 제후들은 북을 치며 춤을 추었다. 노래를 부르거나 현금을 치는 자도 있었다. 노래와 춤이 합쳐져 아름다운 음악을 이루었다. 그가 방에 들어가자 춤추고 노래하던 자도 그를 보고 조금씩 멈추기 시작했다. 군중이 소리를 지르며 그에게로 달려갔다. 까마귀 체르슬랭이 날개를 치며 울부짖는 소리를 내면서 뛰어다니며 덤벼들었다. 이장그랭, 브랑, 띠베르는 이를 내밀고 소리치며 접근했다.

송아지 브르이양, 사슴 브르쉬메르는 머리를 숙이고 뿔로 그를 받으려 했다. 그는 이곳에 온 것을 후회하고 뒷걸음질쳤다. 그러나 그의 성실한 사촌형 그랑베르는 그의 손을 잡고 말했다.

"겁내지 마라. 네가 도망가는 시늉을 하면 모두 달려와서 너를 찢어 죽일 것이다. 대담하게 전진하거라."

여우는 비굴한 모습을 보이지 않기 위해서 전진했다. 그는 오만하게 머리를 들고 왕 앞에 나타나 무릎을 꿇었다.

"폐하, 폐하의 모든 사람에게 신의 은총이 있기를……."

왕은 그의 대담성에 놀라서 대답했다.

"야, 이놈! 뻔뻔스러운 놈! 그 몸에는 두꺼비처럼 독이 충만해 있군. 물병도 너무 가지고 다니면 깨진다고 하는데 너도 그렇겠지. 보아라, 브랑, 로노, 브르쉬메르, 띠베르, 체르슬랭, 메정쥬, 샹트크레르, 팡뜨 부인, 모두가 너에게 원한을 품고 있지. 네가 모욕을 준 이장그랭도 저기에 있어. 나는 너의 교활한 근성을 참을 수가 없어. 네가 성지에 가기 위해서 십자가를 진다고 하기 때문에 내가 너를 용서했지. 한데 네가 무슨 짓을 했는지 하느님이 알고 있어. 너는 교수대에 끌려갔으나 그 몸에 재산을 싣고 와서 나의 마음을 움직이려고 한 에르믈린의 청원 때문에 나는 너를 다시 용서해주었지. 교수대에 끌려가는 도중에 너는 비겁하게도 쥐 프레를 죽이지 않았느냐. 내 머리를 깬 그 큰 나무토막을 던진 것은 네가 한 짓이지만 나는 그것이 하느님의 뜻으로 그렇게 된 줄 알았지. 아무리 생각해도 네가 나에게 덤빌 리가 없다고 생각했으니까."

그 말을 듣고 여우가 말했다.

"폐하, 그 비난에 대해서는 쉽게 대답해 드리지요. 제가 폐하를 해치지 않았다는 것은 잘 알고 계시겠지요. 저는 이장그랭 부인에 대해서도 그가 말하듯이 나쁜 짓을 한 적이 없고 그때까지 그녀와의 관계는 그녀가 원한 것이라는 것을 선서와 결투로써 증명하러 왔습니다."

이장그랭이 나서서 말했다.

"거짓말 마! 결투를 하겠다고!"

"그래."

여우는 대답하면서 보증을 내놓았다. 왕이 그것을 받자 이장그랭도 내놓았다.

놀란 제후들은 여우가 이와 같은 결투를 승낙하기에는 꽤 검술에 능해야 될 거라고 생각했다. 왕은 인질을 요구했다.

이장그랭은 자기의 인질로서 브랑, 띠베르, 샹트크레르, 콰르를 내놓았다. 여우는 브르이양, 파우상, 고슴도치 에피나르, 독실한 사촌형 그랑베르를 내놓았다. 왕은 결투 날짜를 15일 후로 잡았다. 그때까지는 모두 집에 가서 편안히 쉬었다.

여우는 이장그랭만큼 힘은 없었으니 검술에는 자신이 있었다. 유사시에 몸을 피하는 기술도 알고 있었고 여러 가지 술책을 써서 이장그랭이 접근했을 때 팔과 다리를 자를 생각이었다. 둘 다 가장 좋은 무기를 준비했다.

이장그랭의 방패는 붉은색이었고 투구 밑에는 붉은 하의를 입었다. 손에는 단단한 곤봉을 쥐었다. 여우도 이에 못지않은 장비를 갖추었다. 친구들이 둥근 노란 방패를 얻어주었다. 하의는 매우 짧았고 당산사나무의 곤봉을 쥐었다.

정해진 날 그들은 왕궁으로 갔다. 여우는 털과 수염을 잘랐으며 이장그랭은 화는 났으나 자기의 털을 자르고 싶지는 않았다.

에르믈린과 세 자식은 제각기 상복을 입고 남편과 아버지가 살아 돌아올 수 있도록 신의 보호를 빌었다.

군중이 결투장에 모였을 때 왕은 브르쉬메르를 심판관으로 하고 모든 것이 규칙대로 진행되도록 감시케 했다.

브르쉬메르는 레오파르, 파우상, 브르이양과 같은 신분이 높은 세 나리를 조수로 골랐다. 넷이서 협의를 하자 브르쉬메르는 말했다.

"여우 녀석은 나쁜 짓이라고는 안 한 게 없지. 그에게 대해서는 원한이 쌓였어. 이장그랭은 혼자 맡게 되었어. 이장그랭을 구해서 이 결투를 중단시키는 수단은 없을까?"

"그 말이 맞네" 하고 파우상이 대답했다.

그들은 왕에게 가서 브르쉬메르가 대표로 말했다.

"폐하, 우리는 둘이 화해하기를 바랍니다. 폐하의 체면을 손상치 않고서 두 사람을 화해시키는 것이 좋다고 생각합니다."

왕도 같은 생각이라 다음과 같이 대답했다.

"이장그랭을 불러주게. 그의 생각에 달렸으나 각자의 권리를 보장해주는 게 내가 할 일이지. 그밖의 것은 자유지만. 나도 결투는 좋아하지 않아. 너희들의 힘으로 평화가 이루어진다면 나도 만족이야. 나는 전쟁보다 평화를 좋아하니까."

브르쉬메르는 이장그랭을 만나서 여우와 화해하지 않는 것은 괘씸한 행위여서 왕이 노하셨다고 전했다.

"화해라니! 저런 놈하고! 화해할 바에는 이 자리에서 죽는 게 낫지. 나는 그놈이 우리 부부를 업신여기지 않기를 바라니까" 하고 이장그랭이 외쳤다.

브르쉬메르는 그러면 왕의 기분을 상하게 되니까 화해하는 것이 좋을 것이라고 말했다.

"하여튼 나는 화해하고 싶지 않아. 바보라고 해도 좋으니 이장그랭은 화해를 원치 않는다고 왕에게 전하게. 누구나 자기 생각을 말하는 것은 자유지만 싸움에서 누가 이기는지는 두고 봐야 알지. 누가 잘하고 잘못한 것에 대해서는 하느님이 정하는 일이야. 나는 니의 권리를 주징하며 어떤 일이 있어노 결투를 하겠으니 그 뜻을 왕에게 전하게."

브르쉬메르가 그의 대답을 전하자 왕은 매우 화를 냈다.

"이렇게 된 이상 말릴 수 없군. 둘 다 결투장에 데려가서 싸우도록 해."

왕이 선서의 형식을 정하자 브르쉬메르가 말했다.

"내 말을 잘 듣고 잘못된 점은 교정하세요. 여우가 먼저 맹세하세요. 이장그랭에 대해서나 고양이 띠베르, 까마귀 체르슬랭에 대해서나 메정쥬, 로노, 브르이양, 샹트크레르에 대해서도 여우는 아무 나쁜 짓을 하지 않겠다고 맹세하세요."

"여우야! 다 듣는 앞에서 맹세해."

여우는 무릎을 꿇고 소매를 걷어 올리고 성골함 위에 오른손을 올리고 성인의 유골에 걸고서 나쁜 짓을 한 적이 없다고 맹세했다. 그는 성스러운 유골에 입 맞추고 물러갔다. 여우가 사람들 앞에서 거짓말한 것에 격분한 이장그랭이 이번에는 무릎을 꿇었다.

"여우가 허위 맹세를 한 것 때문에 그대가 그를 비난하는 것이 옳다고 맹세하겠는가" 하고 브르쉬메르는 말했다.

"맹세하지! 하고말고."

이장그랭은 말했다. 그는 유골에 입을 맞추고 일어나 복수를 하기 위한 기도를 올리려고 물러갔다.

그는 땅에 입을 맞추고 일어나 곤봉의 무게를 재고 손으로 흔들어본 다음 혁대를 다시 매고 손에 침을 뱉고 군중에게 인사한 뒤 여우에게 다가왔다.

여우는 요술을 알고 있었으나 주문을 잊어버려서 말이 나오지 않았다. 그러나 힘을 잃지 않고 곤봉을 휘두르며 한 손을 혁대에 대고 의젓한 모습을 취했다. 그는 방패를 높이 들고 두 발로 서서 이장그랭을 기다렸다. 이장그랭은 여우에게 소리쳤다.

"야! 이놈아, 네가 지금까지 나에게 준 모욕을 오늘은 씻어야겠다."

"나리! 멋지게 해보시오. 그러면 나의 친척 기사들이 당신을 칭찬하고 나도 당신을 위해서 성지에 가겠어요" 하고 여우는 조롱했다.

"이제 농담 못하게 해줄 테니까. 그리 알아!"

"겁날 것 없으니 덤벼라" 하고 여우는 말했다.

이장그랭은 여우에게 덤벼들었다. 여우는 머리 위로 방패를 들고 입을 벌린 채 한 발을 앞으로 내놓고 태세를 갖추었다. 여우는 처음에는 방어 태세를 취하다 잽싸게 늑대의 배후에 강한 일격을 가했다. 이장그랭은 쓰러질 뻔했다. 이장그랭은 자기 몸에 피가 흐르는 것을 보고 십자가를 그었다. 그는 부인이 자기를 배반했다고 생각하고 당황했다. 여우는 그를 칠 기회를 엿보고 있었다. 상대방이 왜 이렇게 힘이 빠졌는지 알 수가 없었다. 이번에는 이장그랭이 여우의 머리를 내리쳤으나 여우는 그것을 피하고 이장그랭은 뒤로 물러갔다. 여우는 이장그랭에게 신의 심판이 내렸으니 불명예스럽게 되기 전에 화해를 하자고 말했다. 그러나 죽을 때까지 싸우겠다고 이장그랭은 대답했다. 그들은 다시 싸웠다. 둘 다 방패를 꽉 쥐고 이장그랭은 여우의 머리를 쳤으나 빗나갔다. 여우는 곤봉을 이장그랭 방패 밑으로 처박아 늑대의 방패를 떨어뜨렸다. 이장그랭이 방패를 집으려고 몸을 굽혔을 때 여우가 곤봉을 내리쳐 그의 왼쪽 팔을 부러뜨렸다. 둘 다 방패를 버리고 목을 잡고 싸웠으나 이장그랭은 팔이 하나 없어서 이길 수가 없었다. 이장그랭은 이로 여우를 물었다. 여우는 새로운 수단을 써서 상대방을 쓰러뜨리고 이를 부러뜨리고 얼굴에 침을 뱉고 눈에다 곤봉을 처박고 수염을 뽑으며 외쳤다.

"이장그랭, 여자 때문에 싸우다니 바보로군!"

이장그랭은 꼼짝 못하게 되어 슬픈 생각에 잠겼다.

"아내의 거짓말을 믿고 그 말을 들은 자는 미친놈이로다. 나라면 부인을 안 믿겠네. 여자 때문에 때로는 친구 의리도 상하지. 여자 때문에 부모가 싫어지고 대부도 죽이게 되지. 얼마나 많은 남자가 수치를 겪었던가. 교활한 간계에 속는 것은 바보다."

이장그랭이 이처럼 탄식하는 동안에 여우는 그의 눈을 터트리고 얼굴을 치고 털을 뽑고 껍질을 벗기고 곤봉을 뺏어버렸다. 마지막으로 이장그랭의 눈을 뽑으려다가 손가락을 잘못하여 이장그랭의 입속에 넣어버렸다. 이장그랭은 힘껏 그것을 물어 뼈까지 잘라버렸다. 여우는 너무나 아파서 정신이 나가고 그 때문에 이장그랭이 다시 유리한 입장에 서게 되었다. 여우는 위험했다. 이장그랭은 여우를 두 다리 사이에 끼고 숨을 못 쉴 정도로 조였다. 여우는 허위의 맹세를 한 것이다. 와야 할 날은 오고 만 것이다. 모든 성인에게 기도 드려도 헛일이었다. 이장그랭은 그를 죽이려고 하고 있다. 여우는 죽으려고 입을 벌리고 신음하고 있다. 더 이상 저항할 힘도 없이 죽게 되었으나 지는 것보다는 죽기를 원했다. 마침내 그는 얼음보다 더 차가워졌고 상처로 인하여 꼼짝 못하게 되었다. 이장그랭은 기절한 여우를 그 자리에 놓았다.

이때 왕은 여우를 매달라고 명했다. 띠베르가 여우 눈에 형

겊을 감고 로노가 손발을 묶고 모두 매다는 것을 보고 싶어
했다.

그러나 여우는 죽은 것이 아니었다. 그는 깨어나자 조금이
라도 명을 늘일 목적으로 고해사제를 불러 달라고 요구했다.
그의 친구로 그를 슬퍼한 그랑베르가 궁전의 사제 블랭을 불
러와도 좋다는 허가를 받았다.

블랭이 여우의 고백을 듣는 동안 대사제 베르나르는 그랑
몽 사원에 돌아오는 도중 울고 있는 그랑베르를 보고 그 이유
를 물었다.

"왕이 여우를 당장에 교수형에 처하라 해서 울고 있습니
다" 하고 그랑베르는 말했다.

수도승은 불쌍히 생각하고 왕을 만나러 갔다. 왕은 그를 좋
아했기 때문에 그를 보자 일어섰다. 베르나르는 신에게 맹세
코 여우를 산 채로 자기에게 달라고 부탁했다. 노블 왕이 그
를 바라보자 베르나르는 말했다.

"폐하! 그것은 폐하의 의무입니다. 자기의 모욕을 용서할
줄 모르는 자는 신의 곁에 갈 수 없습니다. 그리스도도 사형
집행인을 용서했습니다. 폐하도 예수를 본받아야죠. 여우를
살려주세요. 폐하가 조금이라도 신의 사랑을 갖고 계시다면
죄 있는 자를 동정하겠지요. 그를 저에게 주시면 하느님은 은
총을 주실 겁니다. 저는 여우를 사제로 만들어 하느님에게 바

치겠어요. 하느님은 죄인의 죽음을 원치 않습니다. 그가 고백하고 폐하가 그를 살려주시면 저는 확신을 가지고 그를 회개시켜 그의 교활한 성격을 없애도록 하지요. 이때까지가 저의 봉사의 대가로 아시고 이 청을 제발 들어주세요."

사제 베르나르의 청을 거절하지 않는 노블은 여우를 그에게 주었다.

27. 여우, 수도원을 빠져나간 일

여우는 대사제 베르나르의 수도원에 들어가자 수도복을 입고 수도원의 규칙에 익숙해지기 위해서 생선을 먹고 교단의 가르침을 배웠다. 동시에 상처의 치료도 받았기 때문에 보름도 되기 전에 건강이 회복되었다. 그는 배울 것을 잘 익히고 마음속으로 후회하는 것처럼 보였다. 수도원의 일도 열심히 수행했다. 모든 이가 그를 좋은 사제로 생각하고 귀여워하며 그를 동료라고 불렀다. 그러나 그의 행위는 처음부터 허위의 신앙에서 나온 것이었다. 그는 도망갈 기회만을 엿보고 있었다. 그는 열심히 성무를 집행하고 교회에도 남보다 먼저 갔는데 거기에 앉아 있기란 무척 괴로운 일이었다. 이전에 먹은 적이 있는 수탉이 못 견디게 생각나서다. 그는 수도복을 입은 특수한 모습을 하고 진지한 즐거움만을 취했다. 기도도 하고 맹세도 하며 마음에 없는 소리를 했다. 어느 날 그는 미사의 노래를 신앙심 깊게 들은 후 성가집을 바치고 마지막으로 나왔는데 그때에 돈 많은 티에보라는 인심 좋은 마을 사람으로부터 사제에게 보내온 네 마리의 거세된 살찐 영계가 운반되는 것을 보았다.

"하느님! 제가 고기를 먹지 않겠다고 맹세한 적은 없습니다. 제가 그런 맹세를 했다면 그것은 장난이었겠죠. 저는 고기를 먹지 않고는 살 수가 없습니다. 하느님이 저를 그렇게 만든 것이죠. 제 잘못은 아닙니다" 하고 마음속으로 말했다.

낮이 지나고 밤이 되었다. 여우는 거세된 영계를 잊을 수가 없어 오직 그 생각만을 하고 있었다. 허나 계율에 대한 것은 마음에 두지 않고 영계를 찾으러 가 한 마리를 그 자리에서 먹어버렸다. 다른 세 마리는 구멍에 감추고 다음 날 먹기 위해서 짚으로 구멍을 막았다. 아무도 그 도난을 알지 못했다. 이튿날 아침 종소리가 울린 후에 여우는 영계 한 마리를 먹고 나서 승방으로 갔다. 그 후 세 마리째의 영계도 남몰래 먹어버렸다. 그가 마지막 영계를 먹었을 때 그 근처를 지나가던 한 사제가 그것을 보고 고발했다. 대사제 베르나르는 화가 났다. 전에 사제들이 기른 까치를 먹은 것도 그 밖의 여러 가지 도둑질을 한 것도 결국 여우의 짓임을 알게 되었기 때문에 몹시 화가 났다. 여우는 옷을 빼앗기고 밖으로 쫓겨났다. 그것이야말로 그가 바라던 것이었다. 사실 수도원의 계율은 그에게는 달가운 것이 아니었다. 그는 혼자서 즐거운 듯이 도망갔으나 가는 도중 적을 위협하는 말을 하고 삭발 머리에 걸고 띠베르는 물론 이장그랭도 가만두지 않겠다고 저주했다.

관목 밑 우거진 곳에 자고 있던 개 로노가 여우를 보고 멀리서 짖어댔다.

"또 나왔군. 목을 졸라 죽였어야 할걸. 악마 덕분에 수도원에서 빠져나갔군. 사제들도 참을 수 없었나보지."

여우는 대답하고 싶은 기분이 들지 않아 말없이 지나쳤다. 여우가 수도원을 빠져나갔다는 소식은 바로 퍼져나가 이윽고 왕도 그것을 알게 되었다.

28. 여우, 가난한 염색공이 되다

여우가 수도원을 나간 것을 안 왕은 도처에 포고를 내렸다.

"누구든지 지체 없이 여우를 잡을 것. 잡으면 남에게 알리지 않고 궁전에도 데려오지 말고 당장에 나무에 목매어 죽일 것."

닭장에서 막 마지막 한 마리를 목 졸라맨 여우는 이 포고를 온 마을에 전하고 다니는 전령의 소리를 들었다. 며칠 동안 그는 살아 있는 동물을 만나는 것을 피했다. 마침내 그는 하느님에게 열심히 기도를 올렸다.

"오늘까지 수많은 위험으로부터 이 몸을 구하고 죽을 죄를 지은 자도 용서해주시는 하느님이여, 제발 이 몸을 나의 모험으로부터 구하고 아무에게도 들키지 않게 위장해주시옵소서."

그는 머리를 숙이고 가슴을 치며 십자를 긋고 식량을 찾으러 나갔다. 그는 염색소 앞으로 갔다. 염색공은 노란 염료를 큰 통 속에 준비해두고 있었다. 그는 염료를 잘 뒤섞어놓고 옷감을 재기 위해 자를 가지러 갔다. 통의 뚜껑은 열린 채로 창도 열려 있었다.

여우는 그 집의 안뜰에 들어가 음식을 찾았으나 아무것도 없기 때문에 창가로 올라가보았다. 집 안에는 사람이 없는 것을 보고 그는 방으로 뛰어내렸다. 그는 통 속으로 떨어져 밑에 빠졌으나 다시 떠오르자 수영을 했다. 가장자리로 기어오르려 하였으나 자꾸 미끄러져 떨어졌다. 또 한번 올라가려고 시도했으나 역시 떨어졌다. 가장자리가 너무 높았기 때문이다. 떨어질 적마다 통 속에서는 요란한 소리가 나고 염료는 튀어서 마루까지 더럽혔다. 옷감을 재고 있던 염색공은 소리를 듣고 귀를 기울였다. 도대체 무슨 소리인지 통 알 수 없었기 때문에 헝겊을 밑에 던지고 무슨 일이 일어났나 보기 위해서 통 쪽으로 달려갔다.

그는 염료 속에서 한 마리의 동물을 보았다. 염색공은 자를 휘두르며 그놈을 때려죽이려고 했다. 여우는 소리쳤다.

"잠깐만요. 때리지 마세요. 저는 당신보다 뛰어난 염색공이에요. 좋은 혼합법을 가르쳐드리죠. 당신은 가난한 염색공이니까요. 염색하는 일을 잘하기 위해서는 염료에 재를 섞어야 한다는 것을 모르는군요. 어떻게 해야 좋은지 가르쳐 드릴까요? 당신은 조금도 장사를 할 줄 모르는군요."

"그건 좋은데, 거기서 무얼 하고 있나?"

여우는 대답했다.

"이 염료를 잘 섞고 있는 거죠. 파리에서는 그렇게 하죠. 이제 잘 섞여 있으니까 저를 좀 꺼내주세요. 어떻게 완성시키는가 알려드릴 테니까."

여우는 발을 쭉 뻗었다. 염색공이 그 다리를 힘껏 잡아당겼기 때문에 하마터면 다리가 몸에서 빠져나올 것 같았다.

여우는 밖에 나오자 염색공에게 말했다.

"염색은 당신이 하세요. 저는 상관이 없으니까. 저는 잘못해서 당신의 통 속에 빠져서 죽을 뻔한 것뿐이죠. 하지만 하느님 덕분에 살아 있군요. 내 염색도 참 잘됐군. 누가 보더라도 과거의 나라고는 생각하지 않겠지."

그는 큰 소리로 웃으며 멋지게 물든 자기의 털을 바라보면서 가버렸다. 그러나 갑자기 그는 웃음을 멈추어야만 했다. 담 근처로 이장그랭이 오는 것을 보고 무서워진 것이다.

"안 되지. 죽겠구나! 이장그랭은 살지고 힘이 세고 나는 메마르고 배가 고프니까. 하지만 목소리를 바꾼다면 나인 줄 모르겠지" 하고 그는 생각했다.

이장그랭은 이상한 노란 동물이 오는 것을 보고 백 번 이상 십자를 그으면서 꼬리를 다리 사이에 끼고 도망갔다. 그러나 별로 멀리 도망간 것은 아니다. 처음 보는 이 동물을 잘 보기 위해서 늑대는 멈추었다. 여우는 인사를 하며 다음과 같이 말했다.

"하느님이 당신을 돕기를! 나는 불어를 모릅니다."

"오, 하느님, 어느 나라에서 오십니까?" 하고 이장그랭이 말했다.

"브르타뉴에서 오죠. 저는 집에 돌아가고 싶어요. 하지만 우선 파리에 가서 불어 공부를 해야 하지요."

"무슨 장사를 할 줄 압니까?"

"저는 멋진 음유시인이죠. 한데 어제 저는 남에게 얻어맞고 그 악기를 도둑맞았어요. 그것만 있으면 노래할 줄은 알죠. 메르랑의 노래, 아서 왕의 노래, 트리스탕의 노래, 성 브랑동의 노래 무엇이든지 알고 있습니다."

"이름이 뭐죠?" 하고 이장그랭이 물었다.

"제 이름은 가르팡입니다. 당신의 이름은?"

"이장그랭이죠. 한데 도중에서 르나르라고 하는 뻔뻔스러운 놈을 만난 적이 없나요? 하느님, 그놈 좀 만나게 해주세요. 그놈은 교수형 당할 것을 여러 번 왕에게 용서받고 수도원에 있게 되었는데 거기서 도망쳤어요. 이번에 잡히면 당장 때려죽여야지. 왕의 허가도 있고 누구든지 먼저 보는 사람은 그를 죽이라고 했으니까. 그놈은 사기꾼, 도둑, 거짓말쟁이 역적이에요."

"나는 그런 사람 닮고 싶지 않소."

"닮지 않았죠. 그놈은 갈색인데, 당신은 노란색이고 그놈보다 훨씬 아름다우니까요. 당신만 원한다면 왕궁에 안내해서 왕과 왕비에게 보여드려야 할 만큼 아름답군요. 왕비는 좋은 분이에요. 당신은 누구에게서나 귀여움을 받을 거예요."

"감사합니다. 현금(玄琴)만 있으면 재미있는 노래를 불러드릴 텐데요."

"나는 멋진 현금이 있는 장소를 알고 있어요" 하고 이장그랭이 말했다.

"어느 백성의 집인데 밤마다 그 백성은 근처 사람들이나 자기 아이들에게 현금을 쳐줍니다. 만일 당신이 나와 함께 왕궁에 갈 생각만 있다면 그 현금을 당신에게 드리겠어요."

"같이 가겠어요" 하고 가르팡은 말했다.

그래서 둘은 길을 떠났다. 이장그랭은 여우가 얼마나 자기에게 모욕을 주고 손해를 끼쳤는가에 대해서 되풀이 말했다.

여우는 무언지 알 수 없는 말로 대답했다.

마침내 그들은 현금이 있는 어떤 집에 도착했다. 그들은 벽을 따라서 조심스럽게 몸을 기대면서 채소밭 속으로 기어들어갔다. 백성과 부인이 떠드는 소리가 들려왔다. 이윽고 백성 부부는 잠들어버렸다. 이장그랭은 소리가 잔잔해지자 미리 알고 있던 벽 구멍에 눈을 대고 다음에 귀를 대었다. 그는 현금이 못에 걸려 있는 것을 보았다. 부부는 깊이 잠이 들어 코를 골고 있었다. 큰 개가 난로 앞에서 졸고 있었으나 침대 다리에 가려 있기 때문에 이장그랭은 보지 못했다.

"여기서 기다리세요, 지금 들어가서 저 현금을 가져올게요" 하고 이장그랭이 말했다.

"나를 혼자 내버려두고서?" 하고 가르팡이 호소했다.

"당신은 겁이 많나요?"

"겁은 없지만 무섭죠."

이장그랭은 웃으며 말했다.

"나는 지금까지 용기 있는 음유시인, 대담한 수도승, 영리한 여자를 본 적이 없지."

가르팡은 대답했다.

"그 유명한 여우라면 무섭지 않겠죠."

창에는 빗장이 걸려 있지 않았다. 이장그랭은 그것을 밀고 안에 들어가 현금을 가지고 와 상대방에게 주었다. 정말 살짝 밀었기 때문에 백성도 난롯가에 자고 있던 개도 깨어나지 않았다. 여우는 현금을 받기가 무섭게 갑자기 창을 닫고 열리지 않도록 밖에서 몽둥이를 갖다 대었다. 이장그랭은 갇히고 말았다. 창문이 닫히는 소리에 백성과 개가 깨었다.

"오, 도둑이 있군" 하고 백성이 소리쳤다.

그는 벌떡 일어나 한 주먹의 장작을 쥔 채 난로로 뛰어갔다. 어두운 방 안을 밝힐 심산이었다. 이장그랭은 그의 몽둥이를 물었다. 백성이 아픔을 못이겨 소리치자 이번에는 개가 이장그랭의 궁둥이를 물었다.

"사람 살려! 사람 살려! 집 안에 악마가 있네" 하고 백성이 외쳤다. 부인도 외치고 어린애들도 울기 시작했기 때문에 마을 사람들이 몽둥이와 도끼를 들고 구조하러 달려왔다. 이장그랭은 백성을 놓고 개는 이장그랭을 놓았다. 백성은 구조하러 온 사람에게로 달려갔다. 이장그랭은 도망갈 때 백성과 부딪혔다. 백성은 흙탕 속에 거꾸로 떨어졌다. 흙은 매우 깊었기 때문에 다른 사람들이 그를 끄집어내는 데 무척 고생을 했다. 이장그랭의 친구는 사라졌다. 백성의 상처는 회복하는 데 한 달 이상이나 걸렸다.

29. 여우, 음유시인이 되다

여우는 숲속으로 도망갔다. 숲속에서 현금을 손에 넣은 것이 기뻤다. 여기저기에서 하룻밤씩 묵어가며 보름 가깝게 연습을 했기 때문에 그는 마침내 어떠한 현금의 대가(大家) 보다도 잘 치게 되었다.

어느 날 여우는 아내 에르믈린을 만났다. 그녀 곁에는 곰 그랑베르의 사촌동생으로 퐁세라고 부르는 청년이 있었다. 그녀가 남편으로 삼고 싶은 청년이었다. 결혼식에서 현금을 타며 노래해줄 음유시인만 있다면 벌써 식을 올렸을는지도 모른다.

여우는 이미 죽었다고 소문이 났기 때문에 아무도 그를 비난하지는 않았다. 띠베르는 여우가 몽둥이 위에 높이 매달려 있는 것을 본 큰 말뚝에서 말했다.

"분명히 보았죠. 그물 끝에 팔과 다리가 묶인 바로 그 사람이었어요." 에르믈린은 대답했다.

"당신 말이 맞겠죠. 나도 알고 있지만 왕이 그를 처음 잡는 사람은 죽이라고 했으니까요."

여우가 그들을 만났을 때 그들은 몸을 꽉 껴안고 입을 맞추면서 걷고 있었다. 여우는 긴 탄식을 하지 않을 수 없었다. 그리고 입속으로 중얼거렸다.

"퐁세 녀석, 후회할 것이다."

오래전부터 에르믈린과 퐁세는 사랑하고 있었던 것이다. 남편이 알기까지는 시간이 걸리는 법이다.

부인은 새로운 남편에게 애정에 넘치는 포용을 했는데 그때 그들 눈에 비친 것은 목에 현금을 건 여우의 모습이었다. 노란 옷을 입고 있었기 때문에 누군지 알 수 없었다.

"누구십니까?"

"나는 음유시인이죠. 노래도 잘합니다. 성 니콜라가 알고 있듯 당신은 부인을 사랑하고 부인은 당신을 사랑하는군요. 어디로 가세요?"

"우리는 교회에 미사드리러 갑니다. 이 부인의 남편이 죽었기 때문에 이분과 결혼하기로 되어 있습니다. 죽은 사람은 르나르라고 하며 사기꾼이고 도둑놈이고 왕이 싫어하여 목을 베었습니다. 세 명의 아름다운 아들을 유아로 남겼으며 그들이 아버지의 복수를 생각하고 있습니다. 표범 옹스 부인에게 조력을 구하러 갔는데 이 옹스의 세력은 산돼지, 곰, 사자도 견뎌내지 못하죠. 세 아들은 내가 결혼하려고 하는 이 어머니를 남겨놓고 옹스 부인에게 상담하러 갔습니다. 내일이면 이 부인은 나의 아내가 됩니다" 하고 퐁세가 말했다.

여우는 "두고 보자" 하고 중얼댔다.

상냥하고 잘생긴 퐁세가 덧붙여 말했다.

"당신이 우리의 결혼식에 와준다면 식이 끝나고 많은 사례를 하겠습니다."

"고맙습니다, 나리. 마음에 내키는 대로 하겠습니다. 저는 오세나 오리베의 노래나 백발의 샤를마뉴의 노래를 알고 있습니다."

이렇게 대답하면서 거짓말쟁이 여우는 속으로 말했다.

"부탁 잘했군!"

그들은 출발했다. 여우는 현금을 치고 모두 즐겁게 걸었다. 우선 교회당에 가고 그 후 마르베르띠에 갔다. 여우는 약탈당하고 버림받은 집을 보았을 때 무감동한 표정이었으나 그때 웃은 자를 가만두지 않기로 속으로 맹세했다.

퐁세는 친구를 부르러 가 많은 친구를 데리고 왔다. 에르상 부인도 멋지게 차리고 왔는데 이장그랭이 농부의 개에게 물려서 몹시 쩔뚝거리기 때문에 이장그랭과 헤어진 것이다.

여우는 노래를 불렀다. 결혼식은 기쁨 속에서 진행되었다. 띠베로와 블랭이 입회인이 되었다. 요리는 거위, 닭을 비롯하여 산해진미였으며 모두 잘 먹었다.

여우는 노래를 불렀다. 연회가 끝나자 각기 자기 집으로 돌아가고 풍세와 에르믈린만이 남았다. 에르상 부인은 신혼부부의 방을 정리하러 갔다.

여우가 잘 알다시피 거기서 십 리쯤 떨어진 곳에 성스러운 순교자 성 코페의 무덤이 있었는데 매일 기적을 일으켰다. 어떠한 병자도 거기에 참배하면 나았다. 여우도 그 전날 거기에 갔는데 그때에 무덤 곁에 올가미가 쳐 있는 것을 보아두었다.

풍세가 자러 가려고 할 때 여우가 말했다.

"풍세 나리, 내 말을 믿으면 좋은 일이 있습니다. 저기 순교자의 무덤, 하느님이 기적을 내리는 곳에 당신이 맨발로 손에 초를 들고 가서 하룻밤 기도드리면 내일 부인이 애를 배게 됩니다."

"기꺼이 가지" 하고 풍세는 말했다.

그들은 출발했다. 풍세는 암흑 속에서 별처럼 반짝이는 촛불을 가지고 소나무 밑으로 갔다. 가까이 갔을 때 갑자기 여우는 풍세를 올가미에 떨어뜨렸다. 풍세는 불쌍하게도 목과 다리가 올가미에 걸렸다. 올가미를 잡아당기고 하느님과 순교자에게 빌어도 효과가 없었다. 여우는 풍세를 조롱했다.

"자! 기도는 그만두는 게 어때, 순교자가 너를 좋아해서 안 놓을 모양이야. 자, 같이 가지. 은자로서 거기서 살 작정인가.

이제 막 결혼했는데 부인이 초조하겠지. 밤도 늦었는데."

이튿날 아침 네 마리의 개와 한 농부가 올가미에 걸린 퐁세를 발견하고 그를 발기발기 찢어 죽여버렸다. 풀숲에 숨어 있던 여우는 퐁세가 죽은 것을 보고 마르베르띠로 돌아갔다.

그는 자기 운명을 고대하며 누워 있는 에르믈린을 보았다. 음유시인이 혼자 돌아온 것을 보고 그녀는 무서워했다. 여우는 그녀에게 말했다.

"일어나! 이 창녀야. 보기도 싫다. 나는 르나르다. 죽지 않았어. 이렇게 싱싱하지. 그리고 상복을 벗어버려. 너의 남편을 순교자가 어떤 꼴로 만들었는가 좀 보지 그래."

이 말을 들은 부인은 괴로워 미칠 지경이 되어 "정말 나는 불행한 여자로다" 하고 중얼댔다.

여우가 몽둥이로 때렸기 때문에 그녀는 울며 외쳤다.

"제발, 르나르! 살려주세요."

"일어나서 나가. 다시 이 집 근처에 오면 너의 입술을 찢고 코를 자르고 배에 구멍을 뚫어 오장육부를 끄집어낼 테니까. 오! 에르상 할멈, 무엇하러 여기에 왔어. 아! 이 두 여자들, 이때까지 재미있는 일도 많았으나 다 끝장이야."

부인들은 옷은 노랗게 변했으나 그 태도로 보아 틀림없는 르나르라는 것을 알고 마술에 걸린 것으로 생각했다. 여우는 벌벌 떠는 그녀들을 내쫓았다.

"아! 나는 남편이 죽은 줄 알았기 때문에 결혼할 권리가 있는 줄로 알았는데" 하고 에르믈린은 비통한 소리로 외쳤다.

"그건 그렇지만 너무 빨랐죠. 교수형도 당하기 전에 식을 올리다니, 나는 남편을 속인 일은 결코 없죠. 다만 여우가 집에 왔을 때 남편으로 잘못 알고……."

에르믈린 부인은 질투에 못 견뎌 욕설을 퍼부었다. 에르상도 견디다 못해 맞대응을 하고 마침내 싸움이 벌어졌다. 서로 물어뜯으며 싸우는 바람에 뼈가 튀어나왔다. 에르상 부인이 힘이 세었기 때문에 상대방의 목을 조르려고 했을 때 찔뚝거리며 한 순례자가 왔다. 그는 에르믈린의 목을 들어 올리며 그만두라고 말했다. 싸움을 말린 다음에 그는 왜 싸움을 했느냐고 물었다. 그들은 모든 이야기를 했다.

그는 덕이 있는 사제라 그들에게 서로 사랑하도록 충고했다. 에르상 부인은 이장그랭에게 보내고 에르믈린은 여우에게 데리고 갔다. 그는 덕이 있는 사람이었기 때문에 부부를 화해시켰다.

여우는 염색통에 들어갔던 일과 현금을 손에 넣은 일, 그리고 이장그랭을 에르상이 싫어할 정도로 혼내준 일을 에르믈린에게 이야기했다.

30. 순례자 여우, 로마로 떠나다

그 후 오랫동안 여우는 집 안에서 편안히 지냈다. 그리고 노란 염색이 조금씩 벗겨져가면서 생활 태도를 바꾸었다. 다투지 않고 인간이나 동물들을 미워하거나 속이거나 저주함으로써 원한을 사는 일을 하지 않기로 결심했다. 그는 말할 수 없이 많은 적을 만들었기 때문이다.

어느 금요일 아침이었다. 외출한 여우는 착실하게 살기로 결심하고부터 잘 먹지 못해 몸이 쇠약해졌는지 전처럼 빨리 뛸 수가 없었다. 그는 생각했다.

"나쁜 짓을 하던 시대는 이미 지났어. 옛날에는 말보다도 빠르고 개도 내가 문 닭을 뺏지는 못했지. 닭도 실컷 먹었지. 나에게는 멋진 요리사나 소스나 마늘, 후추나 술과 맥주도 필요 없었어. 좋지는 않았지. 한데 나는 지금 재산이 없어. 하느님, 나를 불쌍히 여기소서."

그러면서 여우는 울었다.

그때 따뜻한 두건을 쓴 한 백성이 벌판에서 걸어왔다. 여우는 그 사람 곁으로 갔다.

"개를 데리고 오시지 않았군요!"

"그러니 겁낼 거 없어. 왜 울지?"

"저는 저의 죄 때문에 울고 있어요. 죄를 고백하려고 하죠. 어느 설교사가 참된 고백을 하고 용서를 청하면 구원을 받는다고 말했으니까요."

"그러면 너는 고백을 하겠는가?"

"네, 죄가 사해졌다는 선고를 해줄 수 있는 사제만 있다면요."

"여우야! 너는 나를 놀리는군, 네가 교활하다는 것쯤은 나도 알고 있으니 나를 무시하지 마."

"아니, 농담이 아니죠. 고백을 들어줄 만한 사제가 있는 교회가 있으면 데려다주세요."

농부가 말했다.

"교회는 있지. 내가 지금 거기에 가는 길이니 같이 갈까?"

농부는 그 교회 사제가 훌륭한 기독교 신자임을 알고 있었다. 그들은 숲을 지나서 교회에 이르렀다. 농부는 문에 걸린 망치로 문을 두드렸다. 사제가 나와 빗장을 젖히고 문을 열었다. 그는 여우를 보고 놀라서 말했다.

"오! 하느님. 너는 왜 왔지. 너는 안 왔으면 좋았을 텐데."

"용서해주세요. 이때까지 여러분에게 저지른 잘못을 용서해주세요."

여우가 사제 앞에 무릎을 꿇자 사제는 그를 일으키며 말했다.

"자! 여기에 앉아서 죄를 고백해봐."

여우는 죄를 고백하고 나서 덧붙여 말했다.

"그밖에도 양심에 부끄러운 일을 많이 했습니다. 절도나 사기를 친 일도 다 잊어버려서 반밖에 고백을 못했습니다. 스스로 파문당한 것으로 각오하고 있죠."

"여우야, 로마에 가서 교황에게 고백해라. 그와 같은 끔찍한 죄를 용서할 사람은 그분밖에는 없으니까."

"당치 않은 소리에요. 그건 어려운 일인데요."

"속죄를 바라는 자는 괴로워해야 되지" 하고 사제가 말했다. 여우는 그것만은 어쩔 수 없는 일이라고 생각해 순례복을 입고 지팡이를 짚고 출발했다. 옷도 잘 맞고 멋진 순례자의 모습이었다. 그러나 곧 후회했다. 그는 큰길은 피했는데 그것은 조심하기 위해서였다. 그는 양 떼가 지나가는 목장 길을 걸었다. 양 떼 가운데는 숫양 블랭이 있었는데 너무 많이 먹어서 식곤증으로 휴식하고 있었다.

"블랭, 거기서 무얼 하고 있지?" 하고 여우가 말을 걸었다.

"피곤해서 쉬지. 이 근처에 있는 양은 다 내가 농부를 위해서 낳아준 거야. 하지만 할 수 없지. 주인인 농부가 우리 고기를 소작인의 식재료로 팔고 우리의 가죽은 로마로 가는 사제의 각반용으로 팔아버리니까."

"로마라니? 그렇다면 내 가죽을 네가 가지고 가는 게 낫겠네. 잡아먹히고 싶으면 기원제(祈願祭)날 목요일까지 늦지 않도록 부활제 후에 돌아오면 되지. 그날이 양을 먹는 날이니까. 이곳을 떠나지 않으면 결국 죽어야 할 운명이니까" 하고 여우가 말했다.

"여우! 자네를 보니 순례를 하는 것 같군. 제발, 어떻게 해야 좋을지 가르쳐주게."

"사실 나는 순례를 하고 있어. 옛날에 평판이 나빴던 일을 후회하네. 안 믿어도 좋지만 덕이 있는 사제가 구원을 받는 법을 가르쳐주었는데 하느님은 부모형제뿐 아니라 땅과 집까지도 버리라고 말했지. 성경에도 아흔아홉 명의 올바른 자보다는, 하나의 회개한 자를 더 좋아한다고 써 있으니까. 나는 로마에 가서 교황을 만나 축복을 받고 속죄할 생각이야. 네가 나하고 같이 간다면 올해는 너의 가죽으로 각반을 만들거나 털이 잘리거나 죽을 일도 없지. 순례자를 죽이는 법은 없으니까. 도중에는 숲이나 목장에도 풀은 얼마든지 있어."

"그럼 같이 갑시다" 하고 블랭은 말했다. 이윽고 그들은 수석 사제인 베르나르가 상추를 먹고 있는 것을 보았다. 여우는 지나가면서 말했다.

"베르나르 씨, 하느님의 축복이 있기를."

이 소리를 듣자 그는 고개를 들었다.

"신의 은총이 내리기를. 아, 너 여우로군."

"네."

"무슨 잘못을 저지르고 순례자가 됐는가? 그리고 너 또 블랭도……"

"잘못은 무슨 잘못. 천국에 가고 싶은 것뿐이지. 당신도 우리를 따라오면 천국에 갈 수 있을 텐데. 하지만 당신은 일 년 내내 무거운 장식과 석탄 주머니를 짊어지고 몽둥이찜질을 받는 것을 좋아하겠지. 원한다면 같이 갑시다. 그런 고생을 할 것 없이 마음껏 먹을 수도 있는데."

"먹을 것만 충분히 있다면 가지."

"있고말고!" 하고 여우는 말했다.

그들은 셋이서 저녁이 될 때까지 숲을 걸었으나 마을은 눈에 띄지 않았다.

"잠자리는 어떻게 하나?" 하고 블랭이 물었다.

"글쎄 말이야" 하고 베르나르가 대답했다.

"이 나무 밑에 풀보다 더 좋은 잠자리는 없어" 하고 여우는 말했다.

"나는 집 안에서 자야 해. 이 숲속에는 늑대가 많아 서너 마리씩은 상대해야 할 거야" 하고 블랭은 말했다.

생각 끝에 여우는 대답했다.

"나도 동감일세! 이 근처에 나의 친구 늑대의 집이 있으니까 거기에 가서 재워달라고 하지."

마침 늑대 부부는 사냥을 나가고 집에 없었다. 순례자들은 그 집에 들어가 소금에 절인 고기와 계란과 치즈를 보고 좋아했다. 맥주까지 있어 그들은 실컷 먹고 마셨다. 블랭은 노래를 부르기 시작했다. 수석 사제는 저음으로 여우는 고음으로 합창했다.

그들이 평화롭게 있었더라면 이 소동은 완전한 것이 되었을 것이다. 그런데 두 마리의 늑대는 각기 양식을 물고 돌아오는 길이었다. 늑대는 멀리서 순례자들의 음악을 듣고 멈추었다.

"여보! 집 안에 누가 있어요" 하고 수늑대가 말했다.

"가봅시다" 하고 암늑대도 대답했다. 그녀는 먹이를 내려놓고 열쇠 구멍으로 들여다보았다. 그녀는 순례자들이 난로 주위에 있는 것을 보고 수늑대에게 보고했다.

"아! 잘됐군요. 여우와 블랭과 나귀가 있어요."

그러나 문은 닫혀 있었다. 그들은 문을 치며 외쳤다.

"문 열어라! 문 열어!"

"시끄러!" 하고 여우가 소리쳤다.

"무엇이라고? 문 열어! 가만 안 둘 테다!"

"아, 붙잡히면 어쩌나" 하고 블랭은 말했다.

"겁낼 것 없어. 내 말대로 하면 되니까" 하고 여우가 말했다.

"네."

"그럼, 베르나르, 너는 허리 힘이 있으니까 문에 기대고 있어. 그리고 문을 조금만 열어. 수늑대가 들어올 만큼 말이야. 그놈이 대가리를 처넣거든 문을 꽉 닫아. 그러면 이번에는 블랭이 뿔로 찌르는 거야."

베르나르는 문을 조금 열고 문턱에 기댔다. 늑대가 문 틈바구니로 머리를 처박자 베르나르는 문을 확 닫아버렸다. 양은 뒤로 물러가서 뿔을 휘두르며 덤벼들었다. 여우는 소리쳤다.

"블랭! 그 녀석 대가리를 마구 받아서 깨트려!"

블랭은 덤벼들었다. 뿔로 잘 찔러 두개골이 터져 뇌가 튀어나왔다. 암놈은 밖에 있었기 때문에 도울 수가 없었다. 그녀는 다른 늑대를 부르러 숲속을 돌아다녔다. 이윽고 백 마리 이상의 늑대를 몰고 다시 왔다. 순례자들은 그때까지 기다리지 않고 모두 도망갔다. 늑대 떼는 그들을 추격했다.

"빨리, 빨리 뛰어. 저 늑대 우는 소리를 들어보게" 하고 여우는 말했다. 수석 사제가 뛰는 일에 익숙지 않아 늑대가 가까이 다가왔다. 여우는 말했다.

"빨리 나무 위로 올라가! 암놈은 남편을 잃어 화가 났으니까."

"큰일 났네. 나는 나무로 올라갈 줄 모르는데" 하고 블랭이 말했다.

"나도 올라갈 줄 모르는데……" 하고 베르나르도 말했다.

"필요는 많은 것을 가르쳐주네. 절박할 때는 뜻하지 않은 일도 가능하니까. 자! 올라가. 나도 올라갈 테니까."

여우는 나무로 올라갔다. 그들은 여우를 보고 겨우 나뭇가지에 매달렸다.

늑대들은 거기까지 와서 그들의 발자취를 잃어버리고 어디로 갔는지 몰라서 큰 소리로 외쳤다.

"땅속으로 들어갔나?"

이윽고 그들은 나무 밑에서 지쳐 잠들었다. 블랭이 놀라서 그것을 보고 있었다.

"큰일 났군! 정말 나는 불행하도다. 이렇게 될 바에는 같이 있는 것이 좋았을 것을……."

"아이고, 아파! 보통 때 이런 자세를 취하지 않아서 못 견디겠군. 몸을 돌릴 수도 없고" 하고 베르나르가 말했다.

"나도 그렇지" 하고 블랭이 말했다.

그들은 몸의 위치를 바꾸려다 그만 나무에서 떨어지고 말았다. 베르나르는 네 마리의 늑대를 압사했다. 블랭은 두 마리밖에 압사시키지 못했다. 다른 늑대들은 사방으로 도망쳤다. 여우는 큰 소리로 외쳤다.

"그물, 그물, 물어. 블랑, 잡아, 베르나르."

이 소리를 듣자 늑대는 더 빨리 도망갔다.

그러자 여우는 내려와서 말했다.

"어때, 멋지게 위험을 벗어났지. 다쳤나?"

"나는 절름발이가 돼서 멀리 갈 수 없으니 십으로 가겠네" 하고 베르나르가 말했다.

"나도 순례자가 되는 일은 질색이네" 하고 블랑도 말했다.

"그렇군. 이 여행은 길고 힘들지. 로마에 간 적이 없는 덕망 있는 사람도 많아. 떠날 때보다 더 나빠져서 돌아온 사람도 있어. 나도 집으로 돌아가 일하고 살겠어. 정직하게 빵을 벌고 가난한 자에게 자선을 베풀어야지" 하고 여우는 말했다.

그리고 각기 집으로 돌아갔다.

31. 여우, 검은 사원의 닭장에 들어간 일

어느 날 여우는 많은 닭이 있는 콩피뉴 검은 사원으로 갔다. 그는 닭장의 주위를 배회하며 귀를 기울였으나 아무 소리도 들리지 않았다. 닭은 전부 잠들어 있는 것 같았다. 문이 열리지 않도록 끈이 붙은 나무 못을 뽑고 안으로 들어가 5수 이상의 값이 나가는 한 마리의 살진 멋진 닭을 잡았다. 그는 그 목을 따 식탁보도 냅킨도 없이 먹어버렸다.

여우란 맛있는 것만 먹는 정말 호화로운 짐승이어서 털과 뼈는 다 버렸다. 그는 이 사원의 가장 멋진 닭만을 먹기로 맹세했다. 그러나 그는 눈앞에 있는 것을 보지 못했다.

한 하인이 절박한 요구를 채우기 위해서 일어났다. 그는 여우가 닭뼈를 씹는 소리를 들었다. 여우나 곰이 닭 속에 끼어 있다고 생각했다. 그는 닭장에 가기가 무섭게 문을 닫고 나무 못을 낀 다음 큰 소리를 지르며 집으로 돌아왔다.

"일어나요! 일어나! 여우를 잡았어요. 교활한 놈이니 놓치지 말아야죠."

이 말을 듣고 사제들은 일어나 각기 몽둥이를 들고 닭장으로 몰려왔다. 그들은 문을 열고 달려들어왔다. 여우는 무사히 빠져나갈 수 없다고 생각했으므로 벌벌 떨었다.

"아! 나쁜 놈들이군. 검은 옷을 입고 있기 때문에 사제라고 할 수 있지. 악마는 저렇게 시커멓지. 진짜 사제가 여기에 있다면 고백을 하고 영성체를 하련만……."

이렇게 생각하며 여우는 도망갈 준비를 했으나 그때 한 사제가 무거운 곤봉을 휘두르며 여우의 허리를 세게 쳤다. 여우는 겨우 일어나서 네 명의 사제를 쓰러뜨릴 정도로 힘차게 뛰었으나 아무 소용없었다. 다른 사제가 덤벼들어 말할 수 없이 큰 상처를 내어 거의 죽을 지경에 이르렀다. 여우는 겨우 위험을 벗어나 숲으로 도망쳤다.

32. 여우 청로(青鷺) 팡사르를 먹은 일

그는 달려서 오아스 강가로 갔다.

왼쪽 버드나무 그늘에서 청로 팡사르가 고기를 잡고 있는 것을 보았다. 여우는 머리를 숙이고 어떻게 하면 고기를 잡을까 하고 생각했다.

"어떻게 하나? 고기가 올 때를 기다리면 시간이 걸리고 도망갈지도 모르지. 머리를 잘 쓰지 않으면 헛고생을 하고 말 테니까. 아! 그렇군."

그는 주위에 자라고 있는 갈대를 뽑아 물 위로 던졌다. 갈대는 흘러서 청로 쪽으로 갔다. 청로는 그것을 보고 머리를 들고 뒤로 물러갔으나 그것이 갈대임을 알자 주둥이로 찢고 다시 고기를 잡기 시작했다.

여우는 또 갈대를 뽑아서 물에 띄웠다. 청로는 놀라서 다시 날아갔으나 다시 돌아와서 주둥이로 쪼았다. 그것이 갈대임을 알자 또 고기 잡는 일을 시작했다. 여우는 물 위에 누워서 청로를 감시하고 있었다. 그는 갈대를 많이 뽑아서 그것을 물에 띄우고 자기 주위에도 갈대를 모아서 보이지 않게 했다. 몸의 색깔이 거의 같아서 조금도 알아볼 수가 없었다. 그렇게 위장하고 몸을 물에 띄워 그는 청로 쪽으로 갔다. 청로는 고기 잡이에 열중하여 이러한 간계를 경계하지 않았다.

팡사르는 떴다 가라앉았다 하는 갈대를 보았으나 먼저 것과 같기 때문에 조금도 두려워하지 않았다. 여우는 바싹 접근하여 청로의 목을 잡아물고 당산사나무 밑으로 끌고 가서 죽여버렸다. 그리고 나서 맛있게 먹었다.

III

모든 것을 원하는 자
모든 것을 잃는다

33. 여우, 고해사제를 먹고 싶어 한 일

식사를 마칠 무렵에 해는 뜨고 있었다. 개울가에 있는 목장에는 풀더미가 쌓여 있었다. 식후에 바로 걷는 것은 몸에 좋지 않기 때문에 여우는 그날 밤을 쉬기 위해서 풀더미 위로 올라갔다. 그는 편안히 자고 싶었다. 꼬리를 들어 올리고 일곱 번 방귀를 꾸면서 다음과 같이 말했다.

"첫째는 아버지를 위해서, 둘째는 어머니를 위해서, 셋째는 나의 모든 은인과 조상을 위해서, 넷째는 먹어버린 닭을 위해서, 다섯째는 건초를 만든 백성을 위해서, 여섯째는 에르상 부인을 위해서, 일곱째는 이장그랭을 위해서. 하느님, 이장그랭에게 죽음을 내리소서."

그러고 나서 그는 십이사도에게 기도를 드렸다. 그리고 도적, 사기꾼, 반역자, 악행을 제멋대로 하는 자신을 위해서 십이기도문을 외웠다. 끝으로 수도사, 사제, 신부, 은자 및 여러 성직자에게 손해와 괴로움을 베풀어주소서 하고 하느님에게 빌었다. 여우의 기도는 그러한 것이었다.

기도가 끝나자 그는 다리 사이에 코를 넣고 기분 좋게 잠들었다. 다음 날 눈을 뜨기 전에 그는 생각했다.

"일어나야지. 농부 구베르가 크리스마스를 위해서 거위를 살찌게 할 테니까. 농부는 그런 것을 먹지 않으니, 오늘은 내가 거위 뱃속에 무엇이 들어 있는가 보아야지. 농부에게 거위를 먹도록 허가한 자는 저주를 받을지어다. 농부란 상추만 먹고 살면 돼. 맛있는 것은 우리들만이 먹을 수 있는 권리가 있는 것이니까."

이렇게 말하며 눈을 뜨자 풀더미 주위에 물이 넘쳐 있었다. 밤사이에 강이 범람하여 목장이 침수된 것이다. 물은 점점 불어나 풀더미가 떠서 흘러갔다.

"큰일 났군! 이런 풀더미 위에서 자다니 잘못했어. 악마에게 저주를 받았나. 내려갔다가는 익사하고 이대로 있다가는 굶어죽겠네."

여우가 탄식하고 있을 때 바로 그의 머리 위로 솔개 한 마리가 날아가고 있었다. 여우는 솔개를 불렀다.

"솔개 나리! 이리 오쇼. 나는 죽어가는 불쌍한 녀석이므르 나의 고백을 들려주기 위해서 하느님이 당신을 보내주었으니까 하느님에게 감사를 해야 되겠죠."

솔개는 여우가 우는 것을 보고 그의 곁에 와서 그를 위해서 멋진 설교를 했다.

"여우야! 사제나 주교는 미친놈이다. 죄를 저지르지 않은 사람이란 것은 별 것이 아니다. 나쁜 짓을 하고 반역을 하고 이교(異敎)를 믿는 자는, 지옥의 괴로움을 벗어날지어다."

설교가 끝나자 그는 덧붙여 말했다.

"자! 자네의 죄를 고백해보게."

여우는 자기의 잘못을 전부 고백하고 마지막으로 이렇게 말했다.

"나는 상상도 할 수 없을 만한 죄를 졌죠. 당신의 자식 하나를 먹었으니까요."

솔개는 놀라서 뒤로 물러섰다.

"여우야! 악마에게 잡혀 가라. 나는 가슴이 터질 것 같다. 나뭇잎처럼 몸이 떨리는구나!"

그러자 여우는 자기 꼬리를 물고 풀 위에 구르면서 외쳤다.

"아! 죽어야지."

그리고 정신을 잃은 듯이 모로 누워 잠든 척했다. 솔개는 처음에는 접근하기를 주저했으나 고해한 사제까지 해를 끼칠 일은 없다고 생각하고 주둥이로 고개를 물어 얼굴을 들어올렸다. 근성이 더러운 여우는 얼핏 솔개를 물려고 하였으나 실패했다. 솔개는 서너 번 십자를 긋고 외쳤다.

"하느님, 참회자가 고해사제를 잡아먹으려 하다니 도대체 누구를 믿어야 합니까. 이런 일은 들어본 적도 없습니다. 정말 놀랄 일이죠. 끓는 통이나 녹아버린 납덩어리 속에 빠져버려야 되겠죠. 뻔뻔스러운 놈!"

솔개는 마음이 조금 진정되자 다시 말을 걸었다.

"여우야! 덜 고백한 것이 있으면 빨리 말해라!"

"그러지. 잘 들어봐. 어느 날 밭에서 털이 충분히 자란 온순한 새끼 솔개를 네 마리 보았지. 지금도 후회하지만 그것을 잡아먹었단 말이야. 그것은 이 지방을 전도하며 병자와 죄인의 고백을 들으러 다니는 훌륭한 유베르라는 은자의 아들이지. 나는 네 마리를 다 먹은 것을 후회하네."

이 말을 듣고 솔개는 하늘을 치며 외쳤다.

"반역자야. 왜 먹었지? 그것은 내가 한 달 이상이나 찾아다닌 내 자식이다. 네가 잡아먹다니, 나의 네 자식을. 그러고 나서도 물에 빠지지 않고 이 풀더미 위에 있을 줄 아느냐."

위험을 벗어날 생각밖에 하지 않는 여우는 다음과 같이 말했다.

"그렇게 저주하지 말아주세요. 고백하고 있는 이를 고해사제가 저주한다는 것은 있을 수 없는 일이죠. 더 가까이 와서 나의 죄를 듣고 속죄해주시오. 나는 후회하고 있으니까. 성모를 걸고서도 어찌 해야 좋을지 모르겠어요."

"나는 그 말을 믿겠네!" 하고 유베르가 계속 말했다.

"나도 어찌 해야 좋을지 모르니 용서해주어야지. 내가 가능하다면 너를 물속에 처넣고 싶지만."

"나리! 나는 당신의 자식을 먹은 것을 후회하고 있어요. 우리 화해합시다. 내가 당신 자식을 먹은 대신에 당신 부하가 되죠. 자 화해의 입맞춤을!"

"그러지"하고 유베르는 말했다. 그는 주둥이를 여우 쪽으로 내밀었다. 여우는 거기에 덤벼들었다. 그러나 다리가 풀 위로 미끄러져 물에 빠질 뻔했으므로 바로 놓았다. 유베르는 참회하는 자를 생각할 여유가 없었다. 여우도 솔개를 생각할 여유가 없었는데 그것은 한 농부가 배를 타고 거슬러 올라왔기 때문이다. 농부는 풀에 가까이 오자 여우가 자고 있는 것을 보았다.

"아! 하느님! 뜻밖에 선물이로다. 저놈을 잡아야지. 아, 털이 예쁘군. 잡으면 돈 좀 벌겠어. 저 흰 목털을 내 외투 칼라에 달아야지."

여우는 이제 끝장이라고 생각했다. 그러나 일이란 어리석은 자가 생각하는 것과는 다른 법이다. 농부가 풀더미를 향해서 노를 젓고 두 손으로 노를 휘둘러 여우를 쳤다. 여우는 그것을 용케 피했다. 농부가 반대쪽으로 와서 또 쳤으나 여우는 또 피했다. 이리저리 뛰는 여우를 쫓아서 농부도 왔다 갔다 했으나 잘 되지가 않았다. 마침내 농부는 자기가 풀더미 위에 올라가지 않고는 여우를 잡을 수 없다고 생각했다. 그는 신을 벗고 풀더미 위로 기어올라갔다. 여우는 노를 잡고 접근하는 농부를 보고 배에 뛰어들었는데 배는 풀더미를 떠나서 멀리 가버렸다. 바보짓을 한 것은 농부였다. 그는 여우 가죽을 원했기 때문에 물에 빠져 죽게 되었다. 욕심은 화의 근원이다. 농부는 풀더미 위에 남고 여우는 바람과 흐름을 따라서 기슭으로 접근하는 배를 타고 도망갔다. 그리하여 어우는 미르베르띠로 갔다. 농부는 물 위에 뜬 채 비애에 잠겼으나 어찌 할 도리가 없었다. 그는 옷을 벗고 회개했다. 물에 빠지는 것이 무서워서 견딜 수가 없었다. 바람이 불자 파도가 일어나 풀더미를 헤쳤다. 농부는 물속에 빠졌으나 겨우 수영을 하여 기슭까지 이르렀다. 그래서 다시는 여우를 잡지 않겠다고 맹세했다.

34. 여우와 행복한 참새 도르앙

어느 여름날 여우는 산 중턱에서 가지에 열매가 달린 앵두 나무를 보았다. 그 가지에는 참새 도르앙이 앉아 있기에 여우가 말했다.

"도르앙! 너는 정말 행복한 참새 같구나. 거기에는 맛있는 게 많지. 그 앵두 맛있니?"

"여우야, 나는 실컷 먹었으니까. 나머지는 너에게 줄게!"

"나에겐 손이 닿지 않는데 맛 좀 보게 두 개만 던져줘."

"이렇게 맛있는 것은 먹어본 적이 없지? 원한다면 조금 드리지."

"감사할 테니 좀 던져주게."

도르앙이 앵두가 세 개 달린 가지를 던져주자 여우는 그것을 맛있게 먹었다.

"도르앙, 맛이 있으니 좀 더 던져주게!"

"그러세요" 하고 도르앙은 앵두를 많이 던져주었다.

"더 드릴까요?"

"됐어."

그러자 도르앙이 말했다.

"여우야! 내 말 좀 들어봐. 네 말대로 했으니 너는 여러 가지 일을 보고 들어서 잘 알 테니까 의견을 물어보고 싶은데 나와 같은 어린 자에게 꾀를 좀 빌려주겠나?"

"나의 요구를 들어주었으니 가능하면 들어주지. 말해봐."

높은 나무에서 도르앙이 말했다.

"나에게는 새끼가 아홉 마리 있는데 매일 발작을 일으킨단다."

"그러한 병이라면 금방 고쳐주지. 걱정하지 마. 이 년 전에 나는 가라프르, 루마니아, 토스카나, 아르마니아에 여행하고 네 번이나 바다를 건너서 콘스탄티노플, 영국, 아일랜드 그밖의 여러 나라에 가서 마침내는 황제의 병까지 고치는 방법을 배웠어."

"어떻게 고치나?"

"세례를 받도록 해야 돼. 한번 기독교 신자가 되면 발작을 일으키지 않으니까."

"글쎄 어디에 가서 사제를 찾지?"

"사제라니? 내가 사제인데."

"아! 그래 그럼 너에게 세례를 부탁해야겠구나."

232

"쉬운 일이지. 우선 장남을 레오나르라고 이름 붙이고 다른 애들의 이름에 대해서 생각해보기로 하자."

도르앙은 보금자리로 들어가 장남을 여우에게 던져주었다.

여우는 한 입에 그것을 먹어버렸다. 한 마리씩 도르앙이 새끼를 주자 여우는 똑같은 방법으로 세례를 했다.

"충분히 세례를 해주시오" 하고 도르앙이 말했다.

"걱정하지 마. 이제는 절대로 발작을 일으키지 않을 테니까" 하고 여우가 대답했다.

도르앙이 마지막 한 마리를 던지고 나서 내려다보니 새끼가 없었다.

"내 새끼는 어디 있죠?"

"이 밑에."

"아, 이 사기꾼이 잡아먹었군."

"아니야."

"뭐가 아니야. 너의 요구를 들어준 나에게 이렇게 보복하다니. 바보 소리 마. 날아가버렸어."

"날아갔다고, 날개도 안 자랐는데."

"그래도 날아갔어."

"거짓말 마!"

"가끔 거짓말도 하지."

"너의 눈이라도 터져야 될 거야. 내가 너를 잡는다면 눈을 쪼아버릴 텐데."

"마음대로 해."

"글쎄! 이 배신자야! 내 애들을 어떻게 했나 말해봐."

"어떻게 하다니?"

"말해봐!"

"먹어버렸어."

"먹었다고?"

"그래. 모든 성인이 증인이지. 이제는 발작을 일으키지는 않을 거야. 너도 잡아먹고 싶은데" 하며 여우는 가버렸다.

도르앙은 괴로워서 소리쳤다.

"아! 불쌍하다. 다 죽여버리다니. 내가 잘못했군. 더 이상 살고 싶지 않아."

그는 기절하여 몸을 땅에 던졌으나 바닥에 부딪히면서 정신이 번쩍 났다. 그는 미친 듯이 털을 반이나 물어뜯어버렸다. 그는 슬픔에 못 견뎌서 울고 있다가 복수하기로 결심했다. 그는 토지의 개들에게 암놈, 수놈을 가리지 않고 도움을 청하기로 했다. 그러나 개들은 그 일에 가담하고 싶지 않다고 거절하는 것이었다. 그들은 이렇게 말했다.

"그것은 작은 일이 아니죠, 우리는 여우가 두려우니까, 다른 데 가서 의논해보세요."

도르앙은 모두가 그렇게 말하기 때문에 화가 났다. 아무것도 먹을 수 없다고 생각하고 집으로 돌아가는데 도중에 굶어 죽게 된 개가 꼼짝 않고 비료더미 위에 있는 것을 보았다. 그는 가까이 가서 말했다.

"모루 씨, 안녕하세요."

"응, 난 아무것도 먹지 않아서 죽을 것 같아. 집 주인이 나를 굶겨 죽이려고 하니까."

"아, 물가가 비싸서 그럴 테지요. 내 말만 들어주면 마음껏 먹도록 해줄게요."

"내 체력이 회복될 수 있도록 먹을 수 있다면 무엇이든지 들어주지. 옛날 같은 힘만 있다면 사슴이고 산돼지고 놓치지는 않을 거야. 먹기만 하면 되지."

"물리도록 먹게 해줄게요" 하고 도르앙은 말했다.

"한데 네가 원한을 품고 있는 자는 누구냐?"

"내 새끼를 잡아먹은 여우죠. 복수만 할 수 있다면 원이 없겠어요."

"복수는 할 수 있어. 여우는 지독한 놈이지만 내가 한다면 그 녀석을 혼내줄 테다."

"일어나서 같이 갑시다" 하고 도르앙이 말했다.

둘은 일어났다. 개는 힘이 없었으나 먹고 싶은 일념으로 도르앙의 뒤를 따랐다. 도르앙은 그를 길가 덤불 속에 감추어놓고서 말했다.

"거기 계세요. 음식을 가져올게요. 고기와 빵을 실은 차가 오는군요. 나는 수레꾼을 속일 테니까 그가 나를 잡으려고 하는 것을 보고 당신이 와서 먹으면 돼요."

"그래!" 하고 모루가 말했다.

도르앙은 상처를 입은 척하며 수레 앞에서 멈추었다. 수레꾼은 그것을 보고 잡으려 하였으나 도르앙은 조금씩 뛰어서 멀리 달아났다. 수레꾼은 그의 뒤를 쫓았으나 도르앙은 통통 튀어 날아 멀리 가버렸다. 그때 모루는 덤불에서 나와 차 위에 올라가서 햄 조각을 밑에다 던지고 자기도 내려가 그것을 물고 갔다. 도르앙은 수레꾼을 놀리면서 날아가버렸다. 수레꾼은 참새에게 속은 게 화가 나 재수 없다고 소리치며 말을 타고 가버렸다. 도르앙은 모루가 먹고 있는 나무 밑에 멈추었다.

"모루 어때?"

"너에게 경의를 표해야겠는데 지금은 힘이 없어."

"앉아 있어, 모루. 먹기나 해. 지금은 그것만이 할 일이니까."

"하지만 나는 먹기는 실컷 먹었으나 목이 말라서 견딜 수가 없어."

"마시도록 해주지. 술을 실은 마차가 오는군. 실컷 마시게 해줄게."

도르앙은 길가에 멈추어 서서 마차가 가까이 오자 말의 머리 위에 앉아 눈을 찔렀다. 마부는 회초리를 휘두르며 참새를 쫓으려 했으나 도르앙이 날아갔기 때문에 회초리는 말의 머리에 맞았다. 너무나 힘껏 때렸기 때문에 가련한 말은 그 자리에서 죽어버렸다. 마차는 뒤집히고 마부는 쓰러지고 술통이 깨져서 술이 흘렀다. 마부는 자기 말이 죽고 술이 없어져서 화를 냈다. 그는 칼을 뽑아서 말가죽을 벗겨 가지고 가버렸다. 도르앙은 덤불 속에서 그때까지도 식사 중인 모루를 찾으러 왔다.

"모루, 마부는 가버렸어. 실컷 먹었으니 마시러 와."

모루는 마실 수 있는 만큼 실컷 술을 마셨다.

"이제 몸은 어떤가" 하고 도르앙이 물었다.

"고마워."

그들은 잠시 그 자리에 머물렀다. 모루는 실컷 먹고 마셨기 때문에 몸도 커지고 힘도 생겨서 경쾌한 동작을 할 수 있게 되었다. 그래서 그는 참새에게 말했다.

"수고해서 고맙군. 이제 힘이 생겼어. 여우에게 복수해야지. 자! 가지."

"나는 복수만 할 수 있다면 소원이 없어. 여기서 기다려줘. 내가 그놈을 데려올 테니."

"오면 그대로 해치우면 되나?" 하고 모루가 말했다.

참새는 여우 집으로 날아가 문 앞에서 구멍으로 들여다보았다. 여우가 잠을 자고 있기에 큰 소리를 질렀다.

"여우야, 나를 죽여줘. 네가 죽여줬으면 해. 견딜 수 없는 이 괴로움에서 나를 해방시켜줘. 네가 새끼들을 잡아먹은 후로는 살고 싶지 않구나."

조용히 자고 있던 여우는 도르앙의 소리를 듣고 잠에서 깨어나 급히 뛰어나와 그에게 달려들었다. 그러나 도르앙은 조금씩 날아가버렸다.

"허 이놈의 참새, 도망가는군. 내가 너를 잡으려는 게 아냐. 장난하는 것뿐이지. 나는 너에게 눈을 찔리고 싶을 뿐이야. 거기 앉아. 해치지 않을 테니까."

"나도 앉을게. 자 도망 안 갈 테니 와봐" 하고 도르앙이 말했다. 여우는 달려들었다. 도르앙은 가지에서 가지로 날면서 모루가 숨어 있는 덤불 앞에까지 와서 멈추고 말했다.

"이제 꼼짝 않고 여기서 죽겠어."

여우는 그를 잡으려고 덤벼들었다. 그때 모루가 풀숲에서 뛰어나와 도망치려는 여우 위로 덤벼들었다. 모루는 여우를 물어뜯고 찢고 흔들었다. 겨우 도망간 여우를 개는 다시 잡아 피부를 벗겨 뼈가 나오게 만든 뒤 죽은 줄로 알고 버려두었다. 그리고 도르앙에게 말했다,

"이제 이 녀석은 배고프지 않을 거야. 너를 쫓지도 않겠지.

그래도 산다면 악마가 붙은 거야.”

“아! 속 시원하다. 너도 나에게 할 일은 했으니까” 하고 참새가 말했다. 그들은 서로 축복하며 헤어졌다. 도르앙은 여우에게 다가가 말했다.

“어때? 여우 나리, 너의 계교도 대단한 건 아니지. 처참하게 되었구먼. 옷이 다 해어졌군. 꿰맬 수는 없으니 추우면 옷을 한 벌 사야 되겠지. 에르상 부인이 껴안아주지 않는다면 말야.”

여우는 몸을 움직일 수 없어 아무 대답도 하지 않았다. 도르앙은 그를 충분히 비웃어주고 난 뒤 멋진 보복을 한 것에 대해서 만족하고 날아가버렸다.

35. 여우, 다른 여우의 털 속에 숨은 일

공적이 뛰어난 명문 출신의 한 기사가 저택을 만들었다. 이 세상에서 가장 아름다운 성으로 높은 언덕 위에 세우고 주변 방비도 엄중히 했다. 연못은 배가 바다에서 물건을 직접 성까지 나를 수 있을 정도로 물이 깊이 고여 있었다. 주변에는 사방 이십 리 되는 초원이 펼쳐져 있었다. 그 포도밭은 프랑스에서 으뜸가는 좋은 포도주를 산출하고 숲은 100알팡이나 되며 물짐승과 새가 많은 아름다운 삼림이었다.

어느 날 기사는 숲속에서 사냥을 하고 싶다고 말했다. 그는 말을 타고 많은 종자를 거느리고 떠났다. 사냥꾼 두목은 큰 회색 말을 타고 먼저 출발했다. 한 마리의 여우가 쫓기게 되었는데 그놈이 바로 문젯거리 여우였다. 사냥꾼은 개를 몰며 소리쳤다.

"여우를 잡아라!"

여우가 성 쪽으로 달아나자 개와 말이 뒤를 쫓았다. 여우는 다리를 넘어 성 안으로 들어갔다.

"잡았군!" 하고 기사가 말했다.

그는 여우 뒤에서 누구보다도 먼저 뛰어들어갔다. 다른 사냥꾼도 그의 뒤를 따랐다. 이리하여 모두 성 안에 들어가게 되었다. 사람들은 여우를 찾았다. 부엌, 마구간, 방 등 아무리 찾아도 여우가 보이지 않았다. 광, 지하실, 침실, 건물의 구석구석, 가구 밑, 의자 밑, 찬장 속 심지어 꿀벌의 밀방(蜜房)까지 치웠지만 아무것도 눈에 띄지 않았다.

"어떻게 된 일일까? 땅속으로 들어갔나보군" 하고 사냥꾼이 말했다.

"나도 모르겠는데. 할 수 없지. 하지만 나는 그놈이 들어가는 걸 보았거든" 하고 기사가 말했다.

"밤이 될 때까지 찾아보죠. 못 찾으면 남한테 욕을 먹을지 모르니까요" 하고 다른 사람들이 말했다.

"마음대로 하게. 나는 찾고 싶지 않네" 하고 기사가 말했다. 그들은 소등 신호를 들을 때까지 계속 찾았으나 헛일이었다. 그래서 그들은 기사에게 말했다.

"여우가 우리를 놀리고 있죠."

"왜?"

"잡히지 않기 때문이지요."

"나도 정말 모르겠군. 여우는 교활하니까 지금까지 나를 속여서 닭을 잡아먹었지. 이번에는 잡힌 줄 알았는데 내일 다시 사냥을 나가지. 한 마리 잡으면 외투가 하나 느니까. 자, 촛불을 켜고 식사하세. 이렇게 늦게 식사하게 한 여우는 저주받을지어다. 자, 물 떠 온. 손을 씻어야지."

사람들은 식탁에 앉았다. 기사와 부인은 나란히 앉았다. 그녀는 여우가 그들을 놀렸다고 웃었다. 사슴과 멧돼지 고기를 먹고 나서 앙쥬와 라 로세르나 식의 포도주를 마셨다.

만찬이 끝날 때에는 먼동이 텄다. 식탁은 정리되고 부인은 일어나 기사 앞에 머리를 숙이고 말했다.

"이제 주무셔야죠. 자정이에요. 여우 사냥 후에는 좀 쉬셔야죠."

"여우 얘기는 그만 해!" 하고 기사는 말했다.

기사는 일어나 침실로 갔다. 벽에 호박을 박은 호화로운 방이었다. 거기에는 모든 짐승의 모습이 그려져 있고 여우의 모험담까지 새겨져 있었다. 기사와 부인은 침실로 들어갔다. 두 방에는 불이 켜 있었다. 종자들도 아침까지 푹 잤다.

사냥꾼 두목이 기사의 방까지 와서 인사할 때는 대낮이었다. 기사는 옷을 바꾸어 입고 내려왔다. 모두 인사를 했다.

"나리에게 행복한 하루가 되기를."

"빨리 말에 안장을 얹어. 여우 사냥을 나갈 테니까" 하고 그는 대답했다.

말에 안장을 채워 계단까지 데려왔다. 사냥꾼 두목은 개를 준비했다. 사냥꾼들은 말을 타고 출발했다. 성을 나가자마자 그들은 여우가 사과나무 밑에서 자고 있는 것을 보았다. 개를 풀자 여우는 도망갔다. 개는 바싹 쫓아갔다. 여우는 성으로 도망가 성 안에서 사라졌다. 도대체 어찌 된 일인지 알 수가 없었다. 개는 발자취를 잃고 그 자리에서 머뭇거렸다.

"그놈의 여우 또 나를 놀리는군. 찾아내야지."

모두 성을 뒤집어엎으며 도적이 교수형에 처하러 갈 때보다도 더 시끄럽게 떠들어댔다. 그러나 여우는 나타나지 않았다.

"안 되겠어! 집어치워. 오늘은 어제처럼 점심을 못 먹으면 안 될 테니까. 식사 준비나 해."

그들이 식탁에 앉기가 무섭게 두 젊은 무사가 말에다 짐승을 싣고 왔다. 멧돼지 고기인지 사슴 고기인지는 모르나 둘이서 말에서 내리자 넓은 방으로 나가 기사에게 인사를 하면서 말했다.

"나리와 신하께서 복을 받기를."

"그대들도 똑같이 되기를! 잘 와주었군. 손을 씻고 식사를 하지."

"나리. 저희가 온 이유를 말씀드리죠. 나리의 부친과 형제가 내일 오신다는 것을 말씀드리러 왔습니다."

그러자 기사는 일어나 그 무사에게 입을 맞추었다. 두 아름다운 하녀가 물수건과 물통을 들고 왔다. 무사는 손을 씻고 한 하녀에게 말했다.

"입구에 놓아둔 고기를 가져오도록. 그리고 말에게도 풀을 먹이도록."

하녀 한 사람은 짐승 고기를 가지러 가고 또 한 사람은 마구간으로 말을 데리고 갔다. 또 젊은 무사는 넓은 방으로 깄다. 그 무사는 아름답고 상냥한 부인 곁에 앉았다. 기사는 내일 그리운 아버지와 형제를 만난다고 생각했기 때문에 기분이 좋았다.

식사가 끝나자 내일 손님을 위해서 사냥을 나갔다. 이윽고 네 개의 가지가 있는 뿔을 단 사슴을 숲속에서 발견하고 말과 개가 돌진했다. 사슴은 놀라 도망갔으나 활에 맞아서 쓰러졌기 때문에 개가 덤벼들어 잡았다. 사람들은 사슴을 자르기 위해서 두 무사를 남겨두고 사냥을 계속했다. 사냥꾼 두목이 뿔피리를 불었다. 몽둥이로 숲을 치던 기사가 한 마리의 멧돼지를 발견했다. 제일 앞서 가던 힘센 개가 멧돼지의 귀를 물었으나 멧돼지는 뿔로 개를 찌르고 참나무에 집어 던져 두개골을 깨뜨려버렸다. 그리고 다른 개가 쫓아오기 전에 도망갔다.

멧돼지는 개와 사냥꾼이 쫓아왔기 때문에 숲을 빠져나가 개울 속으로 뛰어들었다. 한 마리의 개가 멧돼지에게 덤벼들었으나 삽시간에 멧돼지는 그것을 물에 빠뜨려버렸다. 다른 개가 그 뒤를 쫓았다. 사냥꾼은 개를 두 마리나 잃었기 때문에 화가 났다. 멧돼지와 개는 개울을 건너 반대편 기슭에 오른 후에도 추격을 계속했다. 산돼지는 피곤해졌다. 또 한 마리의 개가 덤벼들었으나 뿔로 찔러 죽여버렸다. 다른 개들이 용감하게 달려들었다. 멧돼지는 또 도망갔다. 기사는 개들이 전부 죽을 때까지 추격하라고 명령했다.

다시 물가에 왔다. 개가 덤벼들었으나 멧돼지는 또 죽이고 숲으로 도망갔다. 화가 난 기사는 가까운 길로 돌아 멧돼지의 길을 막고 창으로 찔렀다. 창은 부러졌으나 멧돼지는 죽었다. 사냥꾼은 하느님에게 감사했다.

사냥꾼 두목은 멧돼지의 배를 가르고 개에게 내장을 주었다. 그리고 시체를 말에 태워 성으로 돌아갔다. 모두 피로에 지쳤으며 기사는 얼굴이 창백할 정도로 피곤했다. 사냥꾼 두목의 명령으로 불을 붙여 멧돼지를 구워 기사에게 바쳤다. 모두 맛있는 식사를 마치고 신선한 공기를 마시기 위해서 탑으로 올라갔다. 들과 포도밭과 목장과 경작지를 내려다볼 때에 네 하인이 여러 마리의 사냥개를 끌고 성으로 오는 것을 보았다. 한 하인이 뿔피리를 불고 있었다. 그 뒤에서 두 무사와 한 난쟁이가 짐승 고기를 가득 실은 두 개의 마차를 몰고 오는 것이었다. 그리고 또 그 뒤에서 아름답게 장식한 열여섯 마리의 말이 뒤따랐다. 기사는 아버지의 사자인 젊은 무사를 불러서 물었다.

"저 사람들은 아버지의 시종인가?"

"네" 하고 그들은 대답했다.

그들은 성 안에 들어오자 급히 짐을 풀었다. 밤이 가까워 왔기 때문이다. 그들은 기사가 앉아 있는 방으로 와서 인사를 하고 말했다.

"나리, 멋진 밤이 되시기를."

영주도 인사를 하고 같이 식사를 했다. 식사 후에는 모두 자러 갔다.

이튿날 기사는 부인과 함께 교회에 미사를 올리러 가기로 되어 있었다. 그리고 아버지를 모시러 가기 위해서 말에 안장을 채웠다. 또 아버지를 대접하기 위해서 방을 정리했다. 그는 신하를 거느리고 아버지를 모시러 말을 타고 나섰다.

오 리도 가기 전에 그들은 한 떼의 기마 소리를 들었다. 선두에는 네 명의 하인이 개를 끌고 왔다. 기사는 그리운 아버지에게로 달려가 입을 맞추었다. 형제에게도 입을 맞추고 성에 올 때까지 여러 가지 이야기를 주고받았다.

도중에서 그들은 한 마리의 여우가 숲속으로 천천히 가는 것을 보았다. 기사가 말했다.

"저 여우 봐! 또 우리를 놀리는군, 틀림없이 그놈이야."

"조롱하다니? 왜?"

"두 번이나 사냥하려고 했는데 개를 보자 성 안으로 사라져서 어디에 숨었는지 알 수 없었다니까."

그의 아버지가 말했다.

"정말 여우란 교활하지. 하지만 다시 한 번 이 개를 풀어보는 게 어떨까? 이번에는 잡을지도 모르니까."

하인이 개를 풀었다. 여우는 성 안으로 도망 들어가 요전처럼 어디에 있는지 알 수 없었다. 기사는 웃으면서 아버지에게 말했다.

"어때요? 여우의 기술이."

그러고 나서 그의 아버지와 형제는 방으로 들어갔다. 부인도 나와 기사들에게 정중한 인사를 했다.

식사 때가 되어 식탁보가 깔리고 소금 단지와 빵이 운반되고 손 씻는 물이 준비되었다. 구운 멧돼지 고기, 사슴 고기, 닭고기 그리고 오그제르와 오를레앙의 포도주가 있었다.

식사 중에 두 마리의 사냥개가 들어와 몹시 짖어댔다. 기사는 사냥꾼 두목에게 물었다.

"저기에 걸려 있는 가죽은 몇 장이지?"

"아홉 장이에요. 나리!"

"아홉 장? 아닌 것 같은데? 그런데 저 개는 왜 저렇게 짖어대지?"

사냥꾼 두목이 가까이 가보니 그 여우가 그 속에 섞여서 이와 발로 매달려 있는 것이었다. 여우는 호흡을 하기 때문에 배가 부풀었다 오므라들었다 하고 있었다.

"나리! 여우가 여기에 있어요. 그 때문에 개가 짖고 있는 거예요. 당장 잡을 테니까 기다려주세요" 하고 사냥꾼 두목이 말했다.

그는 여우를 잡으려고 손을 내밀었으나 여우는 갑자기 그의 손을 물고서 도망갔다. 여우는 문으로 빠져나가 숲속으로 사라져버렸다.

36. 고발자 다람쥐 루소

해가 졌기 때문에 그는 느릅나무 밑에서 잤다. 이 나무에 집을 짓고 사는 다람쥐 루소가 여우를 보고 말했다.

"안녕하세요?"

"아! 신의 보호를 받기를 비네. 여기에 와서 내 옆에 앉게."

루소가 내려와 여우 곁에 앉자 여우는 그의 손을 잡고 말했다.

"너, 이 근처에 어디 먹을 것이 있는 집을 아니? 나는 그저 께부터 아무것도 먹지 못했어."

"이 근처에 거세된 닭이 많은 수도원을 알고 있지요. 삼십 마리 이상이나 있어요. 같이 가고 싶으면 안내해드리죠. 입구도 알고 있으니까요" 하고 루소는 말했다.

여우는 너무나 기뻐서 그의 목을 껴안고 말했다.

"너는 정말 나의 친구로구나. 언제나 이 우정이 변치 말기를 바라네. 그럼 갈까?"

루소는 단단한 돌담으로 둘러싸인 수도원으로 갔다. 한군데, 루소가 알고 있는 구멍이 있었다. 둘은 그곳으로 기어들어가 닭장으로 들어갔다. 여우가 무슨 소리가 나지나 않을까 하고 귀를 기울일 때 루소가 닭장 문을 열었다.

여우는 한 마리의 거세된 닭을 잡아먹었다. 루소는 산란 중인 암탉 무리로 스며들어 계란을 열두 개나 먹어치웠다. 그러는 동안에 잠이 들지 않은 수시들의 하인 한 사람이 그 소리를 들었다. 그는 일어나서 닭장 입구를 닫고 동료를 깨워 모두 달려왔다. 선두에 선 자가 불붙은 관솔불을 들고 모두 함께 문을 열었다. 여우가 갑작스럽게 그 수사에게 덤벼들었다. 수사가 놀라서 문을 닫으면서 관솔불을 떨어뜨렸다. 그는 소리쳤다.

"사람 살리우! 사람 살리우! 여우가 아니고 악마로구나, 잡아먹힐 뻔했어. 원장을 불러와!"

모두 원장을 깨우러 가자 수도원장은 장의(長衣)를 입고 십자가를 들고 성수(聖水)를 가지고 오고 다른 사제들도 손에 성스러운 유물을 들고 성가를 부르면서 행렬을 지어 닭장으로 몰려왔다. 수도원장이 문을 열자 루소는 도망갔다. 여우는 도망가려고 생각했으나 수도원장이 여우에게 옷을 던져 휘감아 뜰로 끌고 갔다. 한 농부가 달려와 여우에게 몽둥이를 던졌다. 여우가 몸을 피했기 때문에 그것은 원장의 손에 맞아 원장의 옷이 찢어졌다. 그 틈을 타서 여우는 도망갔다.

밖에 나가니 그를 기다리던 루소가 울고 있었다.

"왜 울지 루소야?" 하고 그는 물었다.

"나는 네가 맞지나 않는가 하고 울었어. 죽을 뻔했을 테니까. 죽은 줄 알았어!"

"울지 마! 이제 쉬자."

그들은 참나무 밑에 누워 새벽까지 잤다. 일어났을 때 루소는 여우에게 말했다.

"개울에 가서 손을 씻고 오지."

손과 얼굴을 씻고 나서 여우가 말했다.

"자 점심시간이 되었구나."

그들은 여기저기 종일 돌아다녔으나 아무것도 발견하지 못했다. 여우는 하품만 했다. 그들은 너무나 배가 고파서 자기 손이라도 먹고 싶었다.

그는 루소를 잡아먹을 수도 있는데 이처럼 아사한다는 것이 어리석게 여겨졌다. 그는 루소에게 접근하여 꼬리를 힘껏 잡아당겼다.

"아 웬일이야? 나를 해치다니. 왜 내 꼬리를 잡아당기지. 꼬리를 뽑으려나?"

"너를 먹고 싶어. 배가 고프니까."

"하느님에게 기도해야지."

루소는 도망가려고 힘껏 잡아당겼기 때문에 꼬리털과 피부의 반을 여우 입속에 남긴 채 겨우 도망칠 수 있었다.

　　그는 왕궁에 고소하러 갔다.

37. 여우와 부자 농부 리에탈

콩스탕 데스노스보다 더 부자인 어떤 농부가 쟁기질을 시키기 위해 여덟 마리의 소를 기르고 있었다. 그 지방에서는 제일 좋은 소였다. 여덟 마리 중 제일 좋은 것은 루제라고 불렸다. 허나 농부가 너무 일을 많이 시켰기 때문에 힘이 없어져서 잘 걸을 수 없게 되었다.

어느 날 농부는 소가 늦게 걷는다고 몽둥이로 찌르며 외쳤다.

"루제야! 나는 너를 데랑에게 21수에 파는 것을 거절했지. 나는 너를 30수나 35수에도 시장에 내놓고 싶지는 않았어. 그런데 너는 게으름뱅이가 되어서 아침부터 피곤해 있군. 제기랄! 이러다간 언제까지 가도 제대로 농사가 되지 않겠어. 5월에 장이 열리면 너를 팔고 다른 소를 사야 되겠어. 너는 정말 아무 짝에도 쓸모가 없으니까 곰더러 물어 가라고나 하지."

그곳을 지나던 곰은 이 말을 듣고 만족해했다.

"하느님 감사합니다. 소 한 마리를 먹을 수 있다니 루제로 말하면 살은 기름기가 있고 보드랍겠지. 귀리를 먹고 다녔을 테니까. 농부 녀석! 약속을 안 지키면 가만두지 않겠다. 하여튼 말한 이상 약속대로 소를 주겠지. 그는 약속을 잘 지킨다고 소문이 났으니까."

전부터 배가 고파서 루제를 먹고 싶은 욕망에 사로잡힌 곰은 혼자 이렇게 지껄였다. 그는 기뻐하며 숨어 있던 관목숲 속에서 나왔다. 부근에는 농부 리에탈과 임시 고용되어 있는 소를 모는 아이밖에 없었기 때문에 두려울 게 없었다. 곰은 농부에게 가서 말했다.

"리에탈 씨, 루제는 나의 것이죠. 당신이 그렇게 말했으니 빨리 내놓으세요. 그 소는 일할 수 없을 정도로 늙었으니까요. 나는 일을 시키지 않고 잡아먹을 테니까. 우물우물하면 당신을 죽이고 소를 다 빼앗아 가겠어요. 내가 당신이라면 그런 손해를 보지 않고 늙은 소 한 마리를 주겠어요."

놀란 농부는 무어라고 말해야 좋을지 몰랐다. 그러나 어쩔 수 없다고 생각했다. 그는 소 발걸음을 멈추게 하면서 눈물을 흘리며 이렇게 아침 일찍부터 루제를 뺏기면 이 단단한 땅을 일곱 마리의 소로는 갈 수가 없기 때문에 내일까지 기다려달라고 했다.

"틀림없이 내일은 돌려줄 테니 오늘만 빌려주게."

"안 돼! 나는 바보가 아냐. 기다리다간 놓친다고 여우도 말했지. 게다가 나는 농부를 싫어해. 수없이 속아왔으니까. 더운 물에 덴 고양이는 냉수를 무서워하는 법이지. 농부의 약속은 믿을 수 없어" 하고 곰은 말했다.

"곰 나리! 세상에는 죄 많은 자도 있고 죄 없는 자도 있고 충실한 자도 있고 그렇지 않은 자도 있죠. 나는 결코 약속을 저버리지는 않을 거예요. 약속을 지키지 않으면 하느님에게 버림을 받아도 좋아요. 마누라 블랭 마르탱에 걸고서 약속하죠. 내일 아침에 반드시 루제를 데려올게요" 하고 농부는 울면서 말했다.

"그럼 그렇게 하지. 건초와 귀리를 실컷 먹여 가지고 푹 쉬게 해서 더 살찌도록 해놔. 이왕이면 내일 먹는 게 낫겠지. 그동안 나는 양식이나 찾으러 갈까?"

그렇게 말하고 곰은 숲속으로 들어가버렸다.

농부는 풀을 먹이기 위해서 소를 풀어주었다. 이른 아침이지만 일하고 싶은 생각이 나지 않았다. 그는 루제를 보고 탄식하며 말했다.

"루제야, 나는 불쌍하게도 너를 곰에게 주기로 했다. 그는 내일 너를 잡아먹을 것이다. 그놈의 식사는 고급이로군. 오늘 아침은 아직 행복한 셈이지. 여덟 마리의 소를 가진 이 마을의 제일 부자니까. 그런데 내가 잘못하여 다 잃어버리게 되는구나. 그게 다 내 잘못이니 누가 나를 동정할 것인가." 그는 한숨을 폭 쉬었다.

추격해온 개를 벗어나기 위해서 참나무 속에 숨던 여우가 농부의 탄식 소리를 들었다. 개 짖는 소리가 들리지 않았기 때문에 그는 농부 앞에 와서 말했다.

"왜 울고 계세요?"

"너한테 이야기해봤자 아무 도움이 되지 않을 데니 소용 없어."

"무슨 바보 같은 소리를 하고 계세요. 당신이 내가 누구인지 안다면 도움을 청했을 거예요. 나는 지금까지 좋은 일도 하고 나쁜 일도 많이 했지만 머리는 좋죠. 나는 여우니까 큰 도움이 될 거예요" 하고 여우가 말했다.

"천국의 여러 성인의 이름에 걸고서 말하지만 너는 유명한 여우지? 너의 소문은 들었어. 네가 교활하다는 것도 알고 있어. 좋은 생각이 있으면 좀 알려줘."

"네, 그럼 이야기해보세요."

농부는 곰과 루제에 관한 이야기를 해주었다.

여우는 웃으면서 대답했다.

"걱정 마세요. 하루의 여유란 100이상의 가치가 있으니까요. 슬픔 다음에는 기쁨이 오는 법이죠. 제가 당신을 기쁘게 해드리죠. 당신은 루제를 잃어버리지 않고 곰을 얻게 되겠죠.

하지만 저에게 사례를 해야죠. 농부란 사람을 잘 속이고 거짓말을 잘하니까요."

"천만에, 만약 나에게서 루제만 보호해준다면 나의 것을 모두 주겠네."

"수탉 브랑쇼를 한 마리 주시겠어요?"

"내일 아침 브랑쇼와 열다섯 마리의 살찐 영계를 주지."

"잘 들어두세요. 수탉 한 마리로 루제를 잃지 않게 될 거예요. 내실 아침 곰이 약속한 소를 가지러 올 때 당신은 외투 속에 잘 간 도끼와 예리한 칼을 숨기세요. 내가 숨어서 곰이 나타났을 때 뿔피리를 불 테니까요. 곰은 사냥꾼이 온 줄 알고 당신에게 숨겨달라고 할 거예요. 그러면 밭고랑에 숨겨주겠다고 하고 곰이 거기에 숨을 때 도끼로 치세요. 그리고 칼로 목을 따세요. 피를 뽑아야 살이 맛있어지니까요. 그리고 그 자리에다 내버려두세요. 만일 영주가 자기 짐승이 농부에게 죽은 것을 알면 당신의 재산은 몰수당하고 당신은 교수형에 처하게 될 테니까요. 밤이 되거든 소에다 싣고서 창고에 가고기를 소금에 절여서 보관하고 가죽은 혁대로 하면 되죠. 나는 닭 한 마리로 루제를 당신에게 돌려주고 게다가 곰을 창고에 저장하게 되니 잘 알아서 하세요."

농부는 수탉이건 암탉이건 거세된 닭이건 무엇이든지 주겠다고 말하고 그에게 감사했다. 그리고 그들은 헤어졌다.

여우는 숲속으로 들어가고 농부는 노래를 부르며 집으로 돌아갔다. 이튿날 아침 그는 일찍 일어나 도끼와 칼을 들고 소 모는 애를 끌고 밭으로 갔다.

그가 밭을 갈기 시작하자 곰이 왔다.

"소를 푸시오. 풀러! 왜 매어놓았지. 일 안 시키기로 약속하고서."

"왜 화를 내죠! 이대로 두어도 루제의 맛이 없어지는게 아닌데. 이 고랑만 끝나면 줄 거예요" 하고 농부는 떨면서 말했다.

갑자기 여우가 뿔피리를 불기 시작하자 숲이 울렸다. 그리고 개를 모는 것 같은 사냥꾼 두목의 소리를 내어 곰을 놀라게 했다. 곰은 농부에게 말했다.

"리에탈, 저건 무슨 소리지?"

"저건 티보 백작 일행인데 오늘 아침 지나간 것을 보니 사냥하러 왔나보지."

"리에탈, 나를 너의 고랑에다 눕히고 흙을 덮어주게. 루제는 단념할 테니. 그리고 제발 이르지 말게. 붙들리면 껍질이 벗겨지고 말 거야."

"그렇게 하죠. 하지만 누가 들을지 모르니까 아무 말도 하지 마세요. 영주에게 잡히면 안 되니까요" 하고 리에탈은 말했다.

곰은 도랑에 누웠다. 그는 위기를 면했다고 생각했다. 리에탈은 웃음을 참느라고 두 손으로 얼굴을 가려야만 했다. 농부는 곰을 흙으로 덮고 나서 말했다.

"눈을 감으세요. 얼굴에도 흙을 덮을 테니까."

곰은 의심도 하지 않고 눈을 감았다. 리에탈은 두 손으로 도끼를 휘둘러 곰의 머리를 쳤다. 곰은 피를 뿜으며 머리는 깨어졌다. 그래서 그는 곰의 목에 칼을 찔렀다. 그리고 시체를 잘 덮어놓고 소를 끌고 집으로 돌아왔다.

집에 들어오자 그는 모든 것을 마누라에게 이야기했다.

"곰을 죽여서 밭고랑에 감추어 놨지! 몰래 가지고 와야 할 텐데. 영주나 그 부하가 보면 큰일이지."

교활한 그녀는 남편에게 입을 맞추며 말했다.

"오늘 밤에 마차를 끌고 가서 콩스탕세트와 나 사이에 태워 오죠. 하인 트레포레도 도와주겠죠. 모두 잘 테니까. 아무도 보지 못할 거예요. 원수진 사람도 없구요."

그녀는 남편에게 또 한번 입을 맞췄다.

"여보, 당신 말대로 해야지. 트레포레는 조심스러우니까, 그 애를 데리고 가지. 곰을 가져오는 데 네 사람이면 족하지."

그는 마차 준비를 하러 갔다. 그리고 밤중에 부인과 콩스탕세트와 트레포레를 깨워 자기도 활과 두 개의 화살을 들고 선두에 섰다. 두 여인과 트리포레는 차 안에서 소리 없이 있었고 리에탈이 기름을 많이 발라서 마차 소리도 나지 않았다. 여자들도 말을 하지 않았다. 그들이 마을에서 멀리 갔을 때 밭까지 조용히 달렸다. 그들은 곰을 흙 속에서 빼서 마차에 싣고 돌아왔다. 리에탈이 고기를 자르고 트레포레가 물로 씻고 콩스탕세트와 부인은 그것을 절였다. 리에탈은 이것을 절대로 말하지 않도록 트레포레에게 이르고 트레포레도 그러기로 맹세했다.

여우는 새벽부터 마르베르띠를 나와 수탉 브랑쇼와 영계를 찾으러 나갔다. 멀리서 보니 농부는 낡은 정원에 담장을 세우고 있었다. 여우는 배고픔을 참고 리에탈에게 약속한 물건을 받으러 온 것이다.

농부는 여우가 오는 것을 보고 생각했다.

"녀석, 나의 닭을 가지러 오는군. 저놈도 남을 속이는 녀석이니까, 속는 맛을 좀 보아야지. 저놈에게 무엇이고 줄 게 없다!"

그는 마누라 블랭 마르탱이 베를 짜고 있기에 그녀에게 갔다.

"여보, 왜 게으름 부려요? 벌써 일이 끝났나요?" 하고 마누라가 소리쳤다.

"화내지 마! 아침부터 쉴 정도로 바보는 아니지. 여우가 약속한 브랑쇼를 받으러 왔으니까, 그놈을 속이기 위해서 당신에게 의논하러 왔지. 그 녀석 하는 대로 내버려두었다가는 닭을 다 빼앗기고 말아."

그녀는 대답했다.

"집의 개를 세 마리 헛간에 매어두세요. 그리고 여우가 접근하면 풀어주세요. 여우 가죽은 싸게 팔아도 7수 내지 8수는 나가지요. 여우가 모르도록 하던 일을 계속하세요. 때를 보아 개를 풀어놓을 테니까요."

그는 정원에 나가 말뚝을 박으며 일을 계속하고 있었다.

"안녕하세요, 닭을 주세요" 하고 여우는 말을 걸었다. 농부는 못 들은 척하고 있었다. 여우는 족제비처럼 담장 밑으로 들어와 그를 불렀다. 농부는 고개를 들고 여우를 노려보았다.

"브랑쇼 때문에 왔군" 하고 그는 물었다.

"그 닭은 바짝 말랐지. 비료통 속의 음식물밖에 안 먹으니까 뼈만 남았어. 털 때문에 좀 뚱뚱해 보이기는 하지만 일주일이나 보름 동안 그대로 두어 살찌게 해야지. 게다가 늙어서 그런 것을 먹다가는 이가 부러져. 연한 영계나 거위 새끼가 자네에게 맞아. 하지만 그런 것은 우리집에는 없어."

여우는 이 거짓말을 더 이상 듣고 있을 수가 없었다.

"변명하지 마. 그런 말로 피하려 하지만 안 될 거야. 나중에 후회할걸. 오늘부터 원수로 알고 복수를 할 테니까 알고 있어. 이 거짓말쟁이. 가만두지 않을 테다."

리에탈은 대답했다.

"제아무리 협박해도 안 될걸. 나는 너에게 평화나 휴전은 바라지도 않아. 너의 거짓말이나 협박쯤 아무것도 아니야. 너는 무섭지 않아. 큰소리치는 녀석일수록 겁이 많은 법이니까. 네가 나를 거짓말쟁이니 농노니 하지만 내가 너를 혼내줄 거야. 트레포레, 빨리 개를 풀어."

트레포레는 입고 있던 외투를 땅에 던지고 헛간에 달려가 개를 풀었다. 개는 여우에게 달려들었다. 크라포는 여우의 귀를 물고 고르포는 꼬리를 물었다. 티종은 여우의 등을 물었다. 여우는 털과 피부와 살을 뜯긴 채 도망갔다.

그는 피를 많이 흘렸기 때문에 마르베르띠로 돌아갔다. 부인 에르믈린이 일어나 간호를 했다. 그는 회복되자 이렇게 말했다.

"나는 이 세상에서 멋진 것을 알았지. 불성실하고, 나쁜 짓하고, 죽이고, 훔치고, 이웃을 속이는 자에게는 불행한 일이 일어나지 않고 세상에서 존경을 받고 많은 재산을 얻지. 반면에 그런 일을 삼가는 사람에게는 모든 불행과 화가 와. 나는 경험을 통해서 말하는 거야. 나는 옛날에 인간을 속이고 도둑질을 하고 한 번도 좋은 일을 하려고 하지 않았지. 그 당시에는 남부러운 것 없이 마음대로 먹고 아무도 비난하지 않았어. 한데 한 번이라도 좋은 일을 하려고 하면 곧 화가 와. 이제는 절대로 좋은 일을 하지 말아야 되겠어. 절대로 진실은 말하지 않겠어. 절대로 정직한 율법자가 되지 않겠어. 한번 좋은 일을 했기 때문에 악마한테 사례를 받았지. 두 번 다시 그랬다가는 파멸할 거야. 단 한 번의 선행이 이때까지 수많은 나쁜 짓보다 더 나에게 모욕을 주었으니까."

"여보 무슨 일이 있었어요?" 하고 에르믈린이 물었다. 여우가 이야기를 끝내자 그녀는 말했다.

"아무것도 아니군요. 걱정 마세요. 중상도 아닌데요. 회복되면 농부에게 복수해줘야지. 당신을 위해 그를 혼내줘야죠."

"정말이야! 나도 그럴 생각이야" 하고 여우는 말했다.

여우는 일주일 동안 요양했다. 에르믈린은 열심히 돌봐주었다. 그들은 보복할 생각에 힘이 솟아올랐다.

어느 날 아침 그는 농부가 소를 두 마리씩 쟁기에 매고 밭으로 가는 것을 보았다. 농부는 혁대를 관목 옆에 놓았다. 여우는 그것을 훔쳤다.

농부 리에탈은 아무것도 모르고 즐겁게 노래를 부르고 있었다.

소를 매고 나서 관목 있는 데로 갔으나 혁대가 없었다. 그는 찾다가 지쳐서 단념했다. 그때 문득 여우 생각이 떠올랐다.

"아! 그렇지. 나를 노렸구나. 나쁜 놈, 보복을 시작했군. 약속한 브랑쇼를 주지는 않았지만."

그의 나귀 티메르가 주인의 탄식 소리를 듣고 그 옆에 와서 말했다.

"그렇게 탄식해봤자 소용없어요. 여우란 한번 결심한 것은 반드시 이루니까요. 복수심이 대단히 강하죠. 하지만 나에게 보리를 많이 주신다는 약속만 해주신다면 그놈을 속일 수 있는 방법을 가르쳐드리죠."

"티메르야. 만일 네가 저 나쁜 놈을 속일 수만 있다면 보리와 밀도 많이 주고 네가 원하는 만큼 상추도 줄게. 하지만 그를 속일 정도로 교활한 자는 나는 아직 본 적이 없어."

"나리, 두려워할 것은 없어요. 교활한 자에게는 당연한 벌이지요. 가끔 바보짓을 하지 않는 현명한 자도 없고 바보도 때로는 영리한 일을 할 때가 있으니까요. 나는 교활하지는 않지만 그 여우나 또는 그 마누라의 목에 당신의 혁대를 감아 끌고 오겠어요. 그 대신에 약속은 분명히 지켜주세요."

"글쎄 두고 보지. 약속은 꼭 지킬 테니까" 하고 리에탈이 말했다. 티메르는 울어대며 방귀를 뀌며 나가더니 이윽고 마르베르띠에 갔다. 그는 입구에 누운 채 얼굴에 흙을 바르고 숨을 죽이고 죽은 척했다.

문을 열자 나귀가 있는 것을 보고 에르믈린이 외쳤다.

"아, 여보, 신선한 양식이 있어요. 집 안에 큰 나귀가 있어요. 두 달 양식은 되겠어요. 리에탈의 혁대를 주세요. 한쪽 끝은 나귀 몸에 매고 다른 쪽을 나의 몸에 감고 집 안으로 가지고 올 테니까.”

“바보야! 살아 있는 것을 모르나! 그런 놈에게 몸을 매었다가는 혼나지. 우선 궁둥이와 가슴과 머리와 옆구리를 피가 날 때까지 물어봐. 그래도 움직이지 않으면 집으로 끌고 와도 괜찮아!”

그녀는 그의 말대로 나귀를 피가 나도록 물었으나 나귀는 인내심이 강한 동물이라 꼼짝도 하지 않았다.

“여보! 정말 죽었어요. 혁대를 가지고 오세요” 하고 에르믈린이 말했다.

여우는 혁대를 가지고 왔으나 정말 죽었는지는 의심스러웠다. 에르믈린은 가장 강한 혁대를 나귀 꼬리에 매고 나서 말했다.

“여보, 그쪽을 잡아요. 나는 힘이 모자라고 당신은 힘이 세니까 열심히 끌어 잡아당겨요.”

그들은 혁대에 자기 몸을 매고 잡아당겼다. 나귀는 눈을 조금 뜨고 그들의 몸이 매여졌나 보기 위해서 조금 머리를 들었다. 교활한 여우는 나귀가 머리를 든 것을 보고 자기네를 속이려고 한 것을 알고 가죽을 풀지 않으면 위험하다는 것을 깨달았다.

"에르믈린, 빨리 풀어. 나는 저 꼬리 밑의 구멍의 썩은 냄새가 구려서 못 견디겠어. 정말 정신이 나갈 것 같아. 끌어 잡아당길 수가 없어. 앞에다 매어주었으면 끌 수 있지만 여기서는 안 돼. 거짓말이라고 생각하면 여기 와서 냄새를 맡아봐. 빨리 풀어줘. 죽을 것 같아."

에르믈린은 정말 그가 죽는 줄 알고 풀어주었다. 그러자 여우는 바로 소리쳤다.

"용케 벗어났구나. 나귀 녀석, 죽은 시늉을 하다니. 살아 있는 나를 잡아가려고. 죽지 않은 것은 내가 알지. 하마터면 리에탈에게 끌려갈 뻔했어."

"여보, 당신은 토끼 콰르보다도 겁쟁이군요. 죽은 짐승을 무서워하다니" 하고 에르믈린이 말했다.

"이 바보야! 저놈이 눈을 뜨고 고개를 드는 것을 보았단 말야."

"겁이 나서 그렇게 보인 거지요. 당신은 겁쟁이군요. 모자라도 쓰고 자지 그래요. 다른 일이라고는 할 줄을 모르니."

"나는 명예와 이익이 되는 일에 대해서는 용감해질 수 있어. 이처럼 까딱 잘못했다가는 죽을지도 모르는 일에 대해서는 사정이 달라."

에르믈린은 그 말을 듣지 않았다. 그녀는 나귀 꼬리에 맨 혁대에 자기 몸을 매었다. 그녀는 아주 꼭 매었다. 그러자 여우를 잡은 데 만족한 나귀는 갑자기 일어나 그녀를 끌고 달리기 시작했다.

여우는 괴로워서 소리쳤다.

"내 말을 믿지 않았으니 할 수 없지. 너의 오만은 비싸게 대가를 치르게 되었어. 만일 살아서 돌아오면 내 말을 믿게 되겠지. 하지만 이제는 희망이 없어. 하느님에게 빌어주지. 이제는 다시 볼 수도 없을 테니까."

티메르는 리에탈의 집까지 달려갔다. 리에탈은 발소리를 듣고 그가 에르믈린을 잡아 온 것을 보고 몹시 좋아했다. 그는 그것이 바로 그 여우인 줄 알았다. 그는 날이 무딘 녹슨 칼을 가지고 와 여우의 목을 베려고 했다. 에르믈린은 날쌔게 몸을 피했기 때문에 칼이 빗나가 티메르는 꼬리와 궁둥이 살을 베어버렸다. 에르믈린은 티메르의 몸 일부를 끌며 마르베르띠로 돌아왔다. 그녀는 남편 여우가 슬픔에 잠겨 있는 것을 보았다. 그때 그녀가 티메르의 꼬리와 살코기 한 조각을 끌고 온 것을 보고 웃으며 말했다.

"정말 뜻밖의 일이군! 너는 성모 마리아에게 감사해야지. 너를 구해준 것은 마리아니까. 하지만 거짓말쟁이 티메르가 우리의 손을 벗어났다고 생각하면 오산이야. 나는 그놈을 정말로 혼내줄 테니까."

"당신 같은 비겁자가 무슨 일을 해요. 그놈에게 덤벼들 만한 용기도 없을 텐데" 하고 에르믈린이 말했다.

"이 바보야! 내가 그놈 집으로 가는 줄 아니? 그런 짓을 했다가는 세 마리 개에게 혼나게. 나는 그놈이 혼자서 숲에 있을 때 일을 처리하려고 생각하고 있어."

"그럼 좋아요. 하지만 농부가 하는 말은 절대 믿어서는 안되지요."

이튿날 여우는 밭에 가서 농부를 엿보았나. 무더운 날씨라 농부는 땀을 흘렸다. 그는 졸려서 관목 밖에 가 잠시 잠이 들었다. 여우는 농부가 잠든 사이에 그의 소와 쟁기를 숲으로 가지고 가 덤불 속에 그것을 감추었다. 그러고 나서 단단한 몽둥이를 가지고 농부에게 가 그것이 부러질 정도로 몹시 내리쳤다. 농부는 너무나 아파서 벌떡 일어났다. 소도 쟁기도 보이지 않고 저쪽에 여우만이 보였다. 그는 소와 쟁기를 여우에게 도적맞은 줄 알고 매우 걱정했다.

"여우야, 나의 소와 쟁기를 가지고 갔구나. 제자리에 갖다 놓아주면 수탉 브랑쇼를 줄 것이다."

"그걸 어떻게 믿죠?"

"내일 꼭 줄 거야."

여우는 소와 쟁기를 끌고 왔다.

농부는 너무나 좋아서 여우에게 말했다.

"여우야, 내일은 수탉과 함께 많은 영계를 줄 것이야."

여우는 마르베르띠에 돌아가 자기가 한 일을 마누라에게 이야기했다.

"수탉도 영계도 얻지 못할 거예요. 리에탈은 약속을 지키지 않으니까요" 하고 에르믈린이 말했다.

"이번에는 지키겠지!" 하고 여우는 말했다.

리에탈은 집에 돌아오자 먹지도 않고 잠들어버렸다.

"여보. 왜 그러우!" 하고 마누라가 물었다.

"나는 몸이 아파. 옆구리가 몹시 아프지."

부인은 무슨 말 못할 사연이 있다고 깨달았다. 그녀는 그의 곁에 와서 누웠으나 그는 잠을 이루지 못하고 부인에게 고백하고 싶은 생각도 나지 않았다. 그는 부인이 이 일을 알면 모든 일이 반대로 된다는 것을 잘 알고 있었다. 그녀는 잠자는 시늉을 했으나 사실은 잠자지 않고 남편이 앓는 일을 알아내려고 애썼다. 리에탈은 부인이 잠들어버린 줄 알고 소리 없이 일어나 닭장에 가서 그 수탉과 영계를 잡아 주머니에 넣어 가지고 침대 밑에 갖다 놓았다. 부인은 일거일동을 말없이 바라보고 있더니 다시금 잠든 척했다.

이윽고 부인은 일어나 주머니를 열어보니 그 속에 수탉과 영계가 있는 걸 보고 그것을 꺼내고 그 대신 개를 세 마리 넣어놓고 나서 다시 잠들었다.

아침이 되자 리에탈은 주머니를 들고 소를 몰고 밭으로 나갔다. 그가 주머니를 놓고 소에 쟁기를 매고 일을 하고 있을 때 여우가 왔다.

"여우야, 약속대로 맛있는 닭을 주지. 이 주머니 속에 있어" 하고 리에탈은 말했다.

여우가 주머니를 열고 그 속에 머리를 처박자마자 개가 그를 물었다. 그는 겨우 빠져나와 도망쳤으나 마르베르띠에 돌아왔을 때는 피투성이로 절룩거리며 거의 다 죽게 되었다.

그는 에르믈린에게 말했다.

"리에탈 녀석, 나를 조롱했군!"

"웬일이지요? 닭과 영계는 어디 있지요?"

여우는 닭 대신에 개가 주머니 속에 들어 있었다고 말했다.

"하지만 내일은 복수를 해주어야지" 하고 그는 말했다.

이튿날 그는 아침 일찍 일어나서 리에탈의 밭에 갔다. 그는 리에탈을 보자 소리쳤다.

"이놈, 너는 지하실에 훔쳐간 짐승고기를 감추어두었지. 내가 나리에게 이르면 너는 교수형을 당해! 금화를 제아무리 가지고 가도 교수형이야. 영주는 자기의 짐승을 훔친 놈은 용서 없이 목을 조르니까. 절대로 용서는 없지."

리에탈은 놀라 벌벌 떨면서 말했다.

"나를 불쌍히 여겨줘! 나의 말 좀 들어봐! 나는 정말 너한테 잘못했어! 용서해줘! 나를 동정해줘! 그런 짓을 한 것은 나의 마누라니까. 이제는 안 할 게. 앞으로는 너의 종이 되지. 내가 가지고 있는 것은 다 너에게 줄게."

"나는 네가 우선 그 세 마리의 개를 죽일 때까지는 너의 요구를 받아들일 수가 없어. 앞으로는 절대로 나를 골탕 먹이지 않고 브랑쇼와 나머지 영계를 나에게 바치고 나에게 무릎을 꿇고 사과해."

"무엇이든지 네 말대로 하지. 내일 개는 네 앞에서 죽이마. 그리고 너의 친구가 되지. 너는 이제 먹을 것을 염려할 필요가 없어. 내가 돌보아줄 테니까. 매일 거세된 닭이건 수탉이건 오리건 영계건 줄 테니. 약속한 브랑쇼와 영계를 당장 주지. 제발 고소는 하지 마. 원한다면 우리 집에 와서 살아도 좋아. 그러면 나를 교수형에 처하거나 나의 마누라를 감옥에 넣을 필요는 없지. 나의 것은 다 너에게 주겠네."

"그건 두고 봐야지. 이번에도 내 말을 듣지 않으면 반드시 후회하게 만들 테니까. 영주한테 고소할 테야. 성의만 보이면 용서해주지. 그러나 그 세 마리의 개만은 꼭 죽여야 해" 하고 여우가 말했다.

리에탈은 집에 가서 마누라에게 말했다.

"집의 개는 여우가 원하므로 세 마리 다 죽여야 해. 그리고 브랑쇼와 영계도 열 마리 줘야 돼. 그놈이 숲에서 기다리며 그의 원대로 해주지 않으면 영주에게 나를 고소한다고 했으

니까. 둘 다 화형이나 교수형을 당하고 애들은 감옥에 들어가
게 돼."

그러자 블랭 마르탱은 말했다.

"할 수 없군."

리에탈은 브랑쇼와 영계를 가지고 숲으로 갔다. 하인이 개
를 끈에 묶어 끌고 왔다. 여우는 그들이 오는 것을 멀리서 보
고 농부에게 외쳤다.

"개는 끌고 오지 말고 거기서 죽여!"

리에탈은 개를 참나무에 매놓고 무거운 곤봉으로 때려 죽
였다.

"힘이 꽤 세군요. 당신이 나에게 가한 모욕은 용서해주겠
어요" 하고 여우가 말했다.

그리고 그는 브랑쇼를 잡아서 그 자리에서 먹어버렸다. 그
다음에 영계를 등에 걸치고 인사를 하고 나서 마르베르띠로
돌아갔다. 배를 주리고 있었던 그의 부인과 아이들은 멋진 먹
이를 가지고 온 것을 보고 좋아했다.

"어, 저 리에탈 녀석은 인색하지 않군" 하고 에르믈린이 말
했다.

그녀는 한 마리의 영계를 먹고 나머지를 새끼에게 나누어
주었다. 이튿날 여우는 리에탈과 블랭 마르탱을 방문했으나
그들은 그를 유쾌하게 접대하고 거위를 대접했으며 블랭 마

르탱은 시종 떨면서 여우를 쓰다듬어주거나 아첨을 하면서 여우의 요구를 다 들어주었다. 여우는 그녀가 보지 않을 때는 얼굴을 찡그렸다.

여우는 리에탈에게 강한 우정을 느끼고 자주 그의 집을 방문했다. 마침내 농부는 거위도 오리도 거세된 닭도 수탉도 영계도 다 잃고 말았다. 여우가 다 먹어버린 것이다.

38. 여우, 다시 사자왕의 은혜를 입은 일

몇 개월이 지나자 여우는 마르베르띠에 있는 것이 권태로워졌다. 어떻게 하면 왕의 마음을 사서 다시 왕궁에 출입할 수 있을까 하고 생각했다. 그러나 그는 왕에게 너무나 큰 반항을 했기 때문에 이제 와서는 은혜를 입을 도리가 없었다.

어느 날 여우는 자신에 대해서 화가 나서 불쾌한 듯 숲속을 방황하고 있었다.

"사람들은 나를 교활하다고 하지만 정말 교활해야 할 때에 가서는 그런 생각이 안 떠오르는군."

탄식하면서 걷고 있을 때 갑자기 몇 걸음 안 되는 곳에서 왕이 소나무 밑에서 자고 있는 것이 보였다. 여우는 뒤로 물러났으나 왕이 꼼짝 안 하는 것을 보고 그 자리에 멈추었다. 왕은 깊이 잠이 들어 있었는데 이윽고 짖는 것처럼 크게 코를 골기 시작했다. 그때 여우는 양치 덤불 속에 어느 농부가 장작을 묶으러 왔다가 놓고 간 단단한 끈을 보았다. 그는 그 끈을 집어서 유사시에는 도망칠 각오로 살살 걸어가 끈 끝을 소나무에 매었다. 한쪽 끝에는 굴레를 만들어 매듭을 느슨하게 하여 왕의 목에 걸고 살살 잡아당겼다. 그리고 일이 어떻게 진행되는지 보기 위해서 양치 덤불 속에 숨어 있었다.

이윽고 끈을 잃어버린 농부가 그것을 찾으러 왔다. 그는 사자를 보자 놀라서 소리치며 도망갔다. 이 소리에 잠이 깬 노블 왕은 벌떡 일어났다. 그때 그의 한쪽 다리가 우연히 매듭에 걸리지 않았더라면 그의 목은 졸려졌을는지도 몰랐다.

무슨 일인지도 모르고 그는 도망가려고 했으나 나머지 세 다리로 도망가려고 하면 할수록 매듭은 점점 그의 목을 조이는 것이었다.

여우는 그가 꼼짝 못하는 것을 보고 좀 멀리 가서 머리에 화관을 쓰고 새로 유행하는 멋진 유행가를 부르면서 왕과 그 재난에 대해서 모르는 것처럼 돌아왔다. 노블은 노랫소리를 듣고 그를 불렀다.

"여우야! 나를 살려다오."

여우는 그때서야 그를 본 척하면서 도망가는 시늉을 했다.

"여우야! 여우야! 겁내지 마라. 이때까지의 잘못과 앞으로의 잘못도 다 용서해줄 테니까, 나를 살려줘. 끔찍한 올가미에 걸렸어."

"폐하, 저는 폐하를 도와드릴 짬이 없습니다. 개가 짖어대며 사냥꾼이 뿔피리를 부는데 제 일도 생각해야죠."

"여우야! 내 일도 생각해다오. 나는 너의 왕이지 않느냐. 너와는 평생 친구가 되겠다. 나와 함께 왕궁에만 가면 너에게 해를 끼친 자를 후회하도록 만들어줄 테다."

"폐하, 저는 언제나 폐하를 존경합니다. 그런데 폐하는 저를 비방하는 자의 말만 듣더군요."

"아냐. 앞으로는 절대 그들의 말을 듣지 않고 너의 말만 듣겠어. 자, 개나 사냥꾼이 오기 전에 빨리 나를 살려줘."

여우는 끈을 이로 갉아서 잘랐다. 그리고 개가 오기 전에 둘은 도망갔다. 밤이 되자 그들은 왕궁에 이르렀다. 여우는 왕에게 이루 말할 수 없는 대우를 받았다. 제후들은 그가 돌아온 것을 불만스럽게 여겼으나 감히 말을 할 수가 없었다.

39. 여우는 재난 속에서 울고 있다

어느 날 여우와 이장그랭은 장기판 앞에 앉아서 금화 일 마르씩 걸고 장기를 두었다. 이장그랭은 장기를 잘 두기 때문에 보병으로 탑을 빼앗고 다음에 여왕을 빼앗았다. 이리하여 제 삼의 근무 시간이 시작될 때 이장그랭은 백 루블이나 벌었다. 여우는 더 이상 걸 것이 없자 이장그랭에게 말했다.

"내 말 좀 들어봐. 난 한푼도 없어. 난 내 몸에 털밖에 없으니 돈 대신 이것을 걸지."

"그러세" 하고 이장그랭은 대답했다.

결국 여우는 져서 가죽까지 뺏기게 되었다. 만족한 이장그랭은 긴 못을 가져와 여우를 장기판에 찔러 박고서 가버렸다. 여우는 견딜 수 없는 고난을 겪으며 울부짖었다.

휘에르가 그 소리를 듣고 달려왔다. 그녀는 여우의 모습을 보고 가슴이 아팠다. 그녀는 애를 써 겨우 장기판에서 떼어 놓았다. 여우는 아픔을 견디지 못하고 기절했다. 그는 정신을 잃고서 고해성사를 하고 싶다고 말했다.

"대사제 베르나르를 불러주세요. 그에게 죄를 고백하고 싶어요."

베르나르는 필요한 물건을 가지고 달려와 침대 다리 밑에 있는 의자에 앉았다.

"여우님, 당신이 죄를 후회한다면 멋지게 죽을 수 있죠. 현명하게 회개하고 오랫동안 몸을 너럽혔던 죄를 씻어버리세요."

"사제님. 실제로 저는 그렇게 대단한 죄를 지은 것은 아니에요. 지금까지의 색정도 다 상대방을 위한 것이지, 나의 아내를 배반한 적은 없죠. 왕의 목숨을 구한 것밖에는 죄 지은 게 없어요. 그것만이 큰 죄가 되겠죠. 하여튼 죄를 사함받기 위해서 선서를 하지만 상처가 낫게 되면 그 선서를 지키지 않을 테니까 그런 줄 아세요."

성유골(聖遺骨)을 가져오자 여우는 거기에 맹세하고 사제가 묻는 대로 대답했다. 고백이 끝나자 여우는 몸의 고통이 심해져 의식을 잃고 말았다. 휘에르가 향유를 가지고 와서 그의 다리와 얼굴에 발라주었으나 헛일이었다. 여우가 의식을 잃고 있었기 때문에 모두 죽은 줄로 알았다. 여왕은 몹시 슬픈 표정을 했다. 왕은 그 소동을 듣고 무슨 일이 일어났는지 보려고 달려왔다.

"여우로군! 아깝구나. 이렇게 좋은 하인을 잃다니" 하고 그는 눈물을 흘렸다. 궁중의 여러 제후가 왕을 위로하러 와서 그와 같이 위대한 왕에게 별로 어울리지 않는 신하가 죽었다고 해서 그렇게 울 필요는 없다고 말했다.

그러나 왕은 그들의 말에 귀를 기울이지 않고 계속 울었다. 시체는 왕궁에 집합소가 되어 있는 살롱에 운반되었다. 저녁에 왕비 휘에르는 왕이나 제후의 장례식에서도 볼 수 없는 정도로 많은 촛대를 가지고 왔다. 촛대에 불을 붙이자 방 안은 아주 화려해졌다.

상복을 입은 그랑베르가 관 쪽에 앉아서 왕에게 말했다.

"폐하, 밤샘의 노래를 불러야지요?"

"그래야지. 베르나르. 이리 오게. 사제들을 데려와서 여기에 죽은 여우를 위해서 밤샘의 노래를 부르게."

베르나르는 고양이 띠베르, 솔개 유베르, 고슴도치 에리송, 귀뚜라미 프로베르, 닭 샹트크레르, 개 로노, 말 페랑, 숫양 블랭, 송아지 브르이양, 늑대 이장그랭, 사슴 브르쉬메르, 산돼지 파우상을 데리러 갔다. 그들은 수도복을 입고 밤샘의 노래를 부르기 위해서 광장으로 갔다.

그 일이 끝나자 일동은 수도복을 벗으러 나갔다. 그리고 나체로 등불에 빛나는 살롱에서 도박을 하며 마시고 노래하고 농담을 하고 토론을 하면서 즐겁게 지냈다.

새벽이 되자 각기 옷을 입기 위해서 집으로 돌아갔다.

대사제가 종을 치자 시체는 교회로 운반되었다. 그것은 성 코페의 제단 앞에 운반되었다. 이 성녀는 뇌전증이나 치통이나 그 밖의 여러 가지 병을 고치거나 기적을 일으켰는데 가장 멋진 기적이 여우의 시체를 안치하는 순간에 일어났다.

시체는 제단 앞에 안치되었다. 왕국의 제후는 왕명에 의해서 모두 거기에 모였다. 아무도 감히 이 모임에 빠질 수가 없었다. 모두 왕을 둘러싸고 있었다. 왕에게 경의를 표하기 위해서 그들은 가장 아름다운 의복을 입고 왔다.

금욕과 단식으로 창백해진 베르나르가 설교를 했다.

"내가 놀라는 것은 당연하죠. 어제까지 살아 있던 여우가 오늘 죽었으니까요. 모든 것이 죽음으로 끝나니, 누구나 죄를 깨달아야죠. 나쁜 짓이나 교활한 짓을 하는 자여! 요새지도 탑도 성벽도 죽음에 대해서는 아무런 방비가 되지 않는다는 것을 생각하세요. 우리는 누구나 죽죠. 그러기에 훌륭하게 살도록 노력해야 합니다. 죽은 여우는 성스러운 사도와 순교자다운 일생을 보냈습니다. 우리도 이와 같이 선량한 임종을 하기를 원합니다. 그리고 여우처럼 멋지게 자기의 과오를 후회해야 할 것입니다. 그에게서 불신이나 무분별을 비난할 수는 없죠. 그는 악의가 없고 오만하지도 교활하지도 않고 고귀했습니다. 그러나 이제 세상을 떠났습니다. 아멘."

대사제는 설교가 끝나자 성무를 시작했다. 그는 고백의 기도를 드리고 여우에게 말했다.

"여우야! 그대는 배를 불리고 가족에게 닭과 거위를 가져오기 위해서 숲과 들에서 수많은 모험을 했지. 이제는 그 용감한 행위도 허무로 돌아갔구나. 슬퍼하는 그의 가족도 그대가 무엇을 갖다주기를 바랄 수 없으며 그들을 떠났기 때문에 사과 하나도 얻지를 못할 것이로다."

브르쉬메르와 말 페랑도 각기 조사를 읊었다.

대주교가 미사를 노래하자 왕은 블랭에게 말했다.

"자! 이 나무 밑에 여우를 묻을 구멍을 파도록."

그러고 나서 그는 덧붙여서 말했다.

"샹트크레르, 향노의 향불을 피우게. 브르쉬메르와 블랭은 관을 들어주게. 이장그랭은 십자가를 들어주게. 산양은 북을 울려주게. 페랑은 현금을 울리며 쾌활한 노래를 불러주게. 콰르, 띠베르, 유베르는 불 붙은 초를 들고 가게. 쥐에게는 종을 끌게 하고 원숭이에게는 얼굴을 찡그려달라고 부탁해야지. 시체를 묻는 일은 베르나르에게 맡겨야지."

모두 왕의 명령에 따랐다. 블랭은 큰 발로 구멍을 팠다. 시체는 얼굴만 나오고 헝겊으로 덮었다. 그때까지 많은 시체를 묻은 일이 있는 베르나르가 브르쉬메르에게 어깨를 들라고 하고 산양에게는 다리를 들라고 했다. 그들은 그것을 구멍 속에 안치했다. 대주교가 급히 성수를 뿌려 악마를 쫓았다.

블랭이 시체에 흙을 덮으려고 할 때 여우는 갑자기 눈을 떴다. 그는 자기가 어떻게 됐는지 알 수가 없어서 생각에 잠겼다. 마술에 걸렸거나 산 채로 매장을 당한다고 생각했다. 그러나 왕과 제후를 보고 용기를 되찾았다. 그는 두 발을 모두어 구멍 속에서 나오자 샹트크레르에게 덤벼들었다. 샹트크레르는 그만 향로를 떨어뜨렸다.

화가 난 왕이 외쳤다.

"모두들 저놈을 잡아라."

모두 여우에게로 달려갔다. 그는 숲속으로 도망가버렸다.

샹트크레르는 전에 여우를 속여서 그를 꾀여낸 일이 있기 때문에 이번에도 말을 걸려고 했다. 그러나 여우도 그 일을 알고 있기 때문에 아무 말도 하지 않았다.

도망가던 여우는 장작을 패고 있는 농부를 만났다. 농부는 굶어서 메마른 개를 자기 옆 쇠사슬에 묶어놓고 있었다. 그는 여우를 보고 그 개를 풀어놓았다. 여우는 개와 쫓아온 왕의 부하 사이에 끼어버렸다. 선두에 선 달팽이 타르디스가 왕의 깃발을 들고 있었다. 개가 접근했기 때문에 여우는 닭을 문 채로 덤불 속으로 뛰어들었다.

그는 달리면서 생각했다. 만일 내가 샹트크레르를 놓치면 밤에 먹을 것이 없어. 하지만 개에게 물리면 몹시 아프겠지.

이 닭보다는 나의 피부가 더 중요해. 저쪽에서도 타르디스가 많은 패거리를 끌고 오니까. 그들에게 붙잡히면 왕에게 끌려가서 혼날 거야.

그래서 그는 샹트크레르를 놓아주며 말했다.

"자 놓아줄 테니 왕궁에 돌아가거든 내가 너에게 피해를 주지 않았다는 것을 왕에게 말해야 해."

"그러세요" 하고 샹트크레르는 대답하고 나무 위로 날아갔다.

여우는 계속 도망갔으나 개가 덤벼들어 여우의 등가죽을 꼬리 있는 데까지 벗겨버렸다. 개가 여우를 물어 죽이려고 했을 때 타르디스가 와서 생포하도록 권했다. 여우는 붙들려서 노블 왕이 추격하기 위해서 파견한 짐승들 앞으로 끌려왔다.

왕은 그를 보고 미친 듯이 외쳤다.

"고문해라, 화형에 처하라. 껍질을 벗겨라. 차로 치여 발기발기 찢어라."

"폐하, 재판을 하세요. 신분이 높은 사람을 재판에 걸지 않고 처형할 수는 없죠. 누가 저를 고소하면 제가 변호하죠. 저를 구멍에 넣은 자는 저에게 호의를 가지고 있지 않은 자죠. 무엇 때문에 저를 생매장하려고 했죠. 도적질이라도 했나요? 이러한 모함을 한 것은 샹트크레르죠. 저를 생매장하려고 한 자 말입니다. 저는 단정합니다" 하고 여우가 말했다.

"여우야, 그건 그렇지 않아. 허튼소리 하지 마."

"성녀 코페여. 여우가 그대를 죽인 것이 명백한 것처럼 나의 죄가 없다는 것도 명백합니다" 하고 샹트크레르가 말했다.

"거짓말 마. 이 배신자야. 나를 묻으려고 했지. 해가 지기 전에 자백시키고 말 테야" 하고 여우가 말했다.

샹트크레르는 왕에게 말했다.

"폐하, 이야기를 들어주시고 진 쪽을 처벌해주세요."

"그래 듣지. 진 쪽은 사형에 처할 테니까" 하고 노블이 말했다.

그래서 양자는 서로 마주 보고 싸웠다.

여우가 먼저 공격했다. 그는 샹트크레르에게 덤벼들어 다리로 세게 찼다.

샹트크레르는 주둥이로 여우를 쪼아 뺨에 상처를 내 피가 흘렀다.

샹트크레르가 그에게 말했다.

"감히 나에게 덤벼들다니…… 바보…… 맛 좀 보여주어야지. 너 같은 놈은 졌다고 고백하고 교수형을 당해 마땅하지……."

여우는 피를 씻고 나서 대답했다.

"거짓말쟁이. 내가 이기고 말 것이다."

그리고 맹렬하게 발로 차 이번에는 샹트크레르의 허리에

서 피가 흐를 정도로 상처를 입혔다. 샹트크레르도 용기를 잃지 않고 여우 몸에 뛰어올라 발톱으로 긁고 주둥이로 물어뜯고 귀를 할퀴고 눈을 찢었다.

"아, 여우 나리, 기분이 좋지 않지요. 살아서 돌아가지는 못할 거예요. 코페 부인의 복수를 할 수 있군요. 상처에 약을 바르려면 왕의 의사 에피나르가 있어야지. 어차피 의사는 필요가 없을 테니까."

여우는 도저히 당할 수 없다고 생각하고 죽은 척했다. 쓰러져서 샹트크레르가 쪼는 것을 숨을 죽이고 참고 있었다. 그러자 샹트크레르는 상대방의 꼬리를 물고 구멍 속으로 끌고 갔다. 여우는 자기는 누구에게나 미움을 받기 때문에 도움을 기대할 수 없다는 것을 알고 있었다. 만일 죽지 않은 것이 발각되면 그 자리를 벗어나지 못한다는 것을 알고 있었다.

모두 샹트크레르 주위에 모여서 축하하고 왕 근처로 돌아갔다.

까마귀 코르네이유와 코르보는 모두 간 다음에 여우의 시체에 다가갔다. 코르네이유가 말했다.

"죽었으니까 마음 놓을 수가 있지" 하고 둘이서 여우에게 덤벼들었다. 코르보가 먼저 여우에게 덤벼들자 여우는 갑자기 그녀의 넓적다리를 물고 급히 마르베르띠로 돌아갔다.

코르보는 슬픈 듯 코르네이유에게 말했다.

"어떻게 왕궁으로 돌아갈 수 있을까."

"내가 안고 갈게" 하고 코르네이유는 말했다. 그녀는 소매를 걷어 올리고 코르보를 안고 왕에게로 갔다. 그녀의 이야기를 들은 왕은 화가 불같이 나 여우에 대해서 온갖 저주를 퍼부었다.

40. 여우, 로노를 목 매단 일

여우는 샹트크레르에게서 입은 상처가 낫자 집을 나와 먹을 것을 찾아 나섰다. 그는 폭이 넓고 깊은 도랑에 이르렀다. 그 밑에는 딸기가 잔뜩 널려 밑이 보이지 않았다. 여우는 이렇게 많은 열매를 본 적이 없었다.

"아, 딸기를 좋아하는 자에게는 참 좋은 주택이로다."

그는 딸기를 따려고 도랑의 주위를 한 바퀴 돌았다. 그러나 손이 닿지 않아 불만스러웠다. 그는 할 수 없이 안에 뛰어들었는데, 속이 깊어서 좀처럼 나올 수가 없었다. 겨우 기어올라 와서 이렇게 말했다.

"웬일일까? 열매를 딸 수 없다니. 밤까지 기다려서라도 따고 말아야지."

그는 몸을 오그렸으나 손이 닿지가 않았다. 이번에는 돌을 주워서 딸기를 향해 던졌다. 그러나 열매는 다 도랑 밑으로 떨어지는 것이었다. 그러나 올라오기가 힘들어서 내려갈 생각은 하지 않았다.

그는 다음과 같이 불평하며 돌아갔다.

"이런 곳에 오래 있을 필요가 없지. 이런 일은 잊어버려야 해. 이제는 딸기는 먹지 않기로 하겠어."

한데 그는 숲속에서 로노가 나뭇가지에 누워 있는 것을 보았다. 로노는 한 농부에게 걸려서 거의 죽을 뻔한 것이다. 가련한 그 개는 이미 다리 하나도 움직일 수가 없었다.

그는 여우에게 인사했다.

"여우님, 안녕하세요. 일어나서 인사하지 못할 정도로 얻어 맞았어요. 혼이 났죠."

"움직이지 말게. 왜 그렇게 됐지?"

"농부에게 얻어맞았어요. 그의 손을 벗어날 수가 없군요." 여우는 그 목소리를 듣고 크게 상처 입은 것을 알고 좋아했다. 왜냐하면 전에 로노가 그를 괴롭힌 적이 있기 때문이다.

그는 자기가 잘 아는 근처의 우물에 끈을 가지러 가 올가미를 만들어 가지고 왔다. 그는 아무도 보지 않는 것을 확인한 후 그 올가미를 로노의 목에 걸었다. 그리고 끈을 잡아당겼다. 개가 공중에 뜨자 그는 말했다.

"하느님에게 도움을 청하쇼. 무슨 말이고 하세요. 꽤 높이 올라갔군. 웬일인가? 하늘에 올라가고 싶은가. 바보군, 성인의 티를 내기가 부끄럽지 않은가. 언제 너는 네가 원하는 하느님 곁에 가기 위한 봉사를 했지?"

로노는 줄에 꽉 죄어서 말도 하지 못했다. 여우는 그의 발을 잡아서 흔들려 하였으나 그때 왕과 신하들이 오는 것을 보고 급히 도망갔다. 왕과 신하들은 공중에 걸려 있는 로노를 보고 멈추었다. 왕은 그를 내려놓고 풀 위에 눕혔다. 로노는 눈을 뜨고 말했다.

"감사합니다. 죽을 뻔했습니다."

왕은 그의 말을 듣고 말에서 내려 곁에 앉아서 그의 머리를 가슴에 대고 눈물을 흘리며 물었다.

"몸은 어떤가?"

"괴로워 못 견디겠습니다. 하지만 당신은 누구십니까? 잘 보이지 않지만 누구십니까?" 하고 로노가 말했다.

"나는 국왕이다."

로노는 얼굴을 들고 그를 보았다.

"폐하, 감사합니다. 언제부터 여기에 와 계십니까?"

"지금 막 왔지. 누가 이렇게 했지?"

"폐하, 여우가 그랬습니다."

그는 한숨을 쉬며 혈기 없는 안색으로 말했다.

"정말 큰일이로다. 여우만 잡으면……" 하고 왕이 말했다.

"지금은 그놈 생각은 하지 마세요."

"그보다는 로노를 나르는 들것을 만드세요" 하고 제후가 말했다. 그들은 들것을 만들어 개를 눕혔다.

"로노야, 그대가 그렇게 병든 것을 보니 내 심장이 터질 것 같구나" 하고 왕이 말했다.

그는 하인에게 명해서 부상자가 잘 잘 수 있도록 했다. 들것은 말에 실려서 천천히 계곡을 내려왔다. 모두가 왕의 명령을 잘 따랐기 때문에 로노는 기분이 좋았다. 결국 모두 왕궁에 도착했다. 브르쉬메르와 블랭이 로노를 살롱으로 운반했다. 로노의 얼굴은 창백했다. 왕은 수많은 의사를 불러 로노를 왕 자신의 몸을 돌보듯 잘 보아달라고 의뢰했다. 그밖에도 님므, 몽페리에, 또 더 먼 곳에서 많은 의사가 와서 로노를 돌보았다. 한 달이 지나 그의 병은 완치되었다. 그를 사랑한 왕은 매우 만족하고 제후도 좋아했다. 사자 왕은 자기의 흡족한 모습을 신하들에게 보이기 위해서 얼굴을 흔들었다.

41. 여우, 의사가 된 일

노블 왕은 병이 들었다. 여우 때문에 화가 나서 그렇게 된 것이다. 자리에 누운 후로도 오한이 계속되고 열이 났다. 중병으로 어찌 할 도리가 없었다.

그는 온 세상을 뒤져 의사를 구했다. 수많은 의사가 왔다. 그는 귀족들에게도 문병을 오도록 했다. 여러 나라의 왕들도 왔으나 아무도 병을 고치지는 못했다.

그래서 곰 그랑베르는 사촌동생 여우가 뛰어난 학식이 있다는 것을 생각해냈다. 그는 왕과 여우가 화해하기를 바라면서 마르베르띠로 갔다. 아홉시 종이 울릴 때가 되어서야 여우 집에 도착했다.

여우는 그가 오는 것을 담 너머로 보고 방으로 맞이했다.

"너와 이야기할 일이 있지. 노블 왕이 병으로 꼼짝 못해. 매일 쉬지 않고 신음하고 있어. 죽을지도 모른다고 생각하고 있지. 너도 알다시피 왕은 너에게 몹시 화가 나 있지만 그의 병만 고친다면 다시 그의 마음에 들 수가 있어. 나는 그 말을 하려고 왔네. 아무에게도 그런 말은 말게. 아무도 모르니까. 나는 급히 왕궁으로 돌아가겠네."

이튿날 여우는 가족을 모아놓고 집을 잘 지키고 누가 어떠한 구실로 찾아와도 집에 들이지 말고 습격을 당하지 않도록 밤이나 낮이나 잘 감시하라고 당부하고 집을 나왔다. 그는 들을 지나가면서 왕의 병을 고칠 수 있는 약을 발견하게 해달라고 계속 빌었다. 저녁이 되자 피곤이 몰려와 아침까지 목장에서 잤다.

해가 뜨자 그는 여전히 기도드리면서 다시 출발했다. 그리고 잘 아는 약초밭으로 갔다. 거기에는 모든 병에 잘 듣는 약이 있다는 것을 잘 알고 있었기 때문이다. 그는 풀을 많이 뽑아서 정원에 있는 우물에서 씻었다. 그중 약간을 두 장의 기와로 짓찧어서 가지고 온 통에 넣었다. 그는 그 통을 말 앞에 매어달았다. 황야를 지나 잘 아는 숲으로 들어갔다. 거기에는 한 순례자가 잣나무 밑에서 잠자고 있었다. 그는 물건이 가득 든 보시 주머니를 혁대에 차고 있었다. 여우는 그것을 훔치고 순례자의 외투도 벗겨 그 옷과 보시 주머니를 매고 왕궁으로 급히 갔다. 그는 왕궁 정문 계단에 이르러 말에서 내렸다.

여우가 왔다는 소리를 듣고 모두 그를 놀리려고 달려왔다. 그에게 흙을 던지는 자도 있었으나 그는 얼굴을 찡그리고서 왕의 방까지 갔다. 왕은 심한 두통 때문에 안색이 창백해 있었다. 그는 여우를 보자 더욱 창백해졌다.

여우는 공손하게 인사를 했다.

"아무쪼록 이 세상에서 가장 좋은 왕을 보호해주시기를. 폐하, 나는 로마, 살레르노 그밖의 여러 나라를 여행하다 돌아왔습니다. 폐하를 위한 약을 구해 왔습니다."

왕은 더 이상 듣지 않고 소리쳤다.

"이 여우 놈아, 쓸데없는 소리 마라. 가서 죽어라. 뻔뻔스럽게 내 앞에 나타나다니. 놓치지 않을 테니까, 혼날 줄 알아라."

"폐하, 폐하를 고칠 수 있는 약을 가져왔는데 그러시다니. 무척 애를 써서 이 약을 구해 왔죠. 폐하, 제 말을 듣고 진정하세요. 저는 폐하를 위해서 고생을 하며 여행을 했죠. 아르덴, 롬바르디아, 토스카나 등의 나라들을 하루도 똑같은 장소에서 자지 않고 돌아다녔어요. 폐하를 위해서 도움이 될 수 있는 의사는 아무데도 없었죠. 마침내 살레르노에서 폐하를 고칠 수 있는 약을 발견했습니다."

"그게 정말이냐?" 하고 왕은 소리쳤다.

"네, 폐하. 약은 여기에 가져왔습니다. 교황의 이름을 걸고 만일 폐하께서 제가 말한 것을 지켜준다면 저는 폐하를 사과처럼 건강하게 해드리죠."

"정말 내 병을 고친달 말인가?" 하고 노블이 말했다.

"네 당장 고쳐 드리죠" 하고 그는 조금 전에 채취한 약초가
든 통을 내려놓았다.

그때 로노가 나타나서 소리쳤다.

"폐하, 저의 말을 들어보세요. 이놈이 몽펠리에나 살레르노
에 갔을 리가 있겠습니까? 폐하, 집에서 나온 것뿐이죠. 교수
형에 처해야 합니다."

"폐하, 이 개는 늙어서 미쳤습니다. 저는 삼 개월 전부터 외
국에 나갔다가 어제 돌아왔습니다."

그때 여우의 적이면서 로노를 미워한 고양이 띠베르가 일
어나 말했다.

"닭장의 심술궂은 개야. 너는 도대체 누구의 허가를 받고
여우 같은 나리를 역적으로 모느냐. 한 달 전에 내가 그의 집
앞을 지날 때 에르믈린 부인을 만났는데 나리의 동정을 물으
니 남편이 왕의 약을 구하러 백 루블의 돈을 가지고 살레르노
로 떠났다고 말했다."

여우가 덧붙여 말했다.

"폐하, 그것은 사실입니다. 고양이가 저를 싫어하는 것을
아시죠. 저를 비방할 수도 있는데 그는 영리하고 정직합니다.
그의 말을 믿어주세요."

"글쎄, 띠베르를 알긴 하지. 빨리 여우야, 치료를 해라. 내

몸을 너에게 맡기겠다. 눈이 아파서 아무것도 안 보이고 머리는 터질 것 같다. 무엇을 먹어도 쓰고 맛이 없다. 온몸이 아프지만 특히 가슴이 터질 것 같다" 하고 왕이 말했다.

여우는 대답했다.

"삼 일 안에 고쳐드리죠. 오줌을 좀 검사해야겠습니다."

소변기가 대령되었고 노블은 거기에 오줌을 누었다.

여우는 말했다.

"시원하시겠습니다."

그는 변기를 손에 잡고 햇빛에 비쳐 보았다.

"폐하, 열이 많군요. 열 내리는 약을 드리죠."

그는 왕의 팔을 잡고 배에다 손을 대어보았다.

"폐하, 늦었다간 큰일 날 뻔했어요. 회복을 바라시죠?"

"물론이지. 고쳐주면 이 나라의 반을 주겠네."

"폐하는 운이 좋으시죠. 아무도 못 나가게 문을 닫고 제가 말하는 것을 가져오도록 하세요. 금주 안에는 고쳐드리죠. 복통도 호흡 곤란도 곧 사라집니다."

"필요한 것은 무엇이든지 주겠다" 하고 왕이 말했다.

"폐하, 뇌를 고치는 데는 무엇보다도 늑대 가죽이 필요합니다."

이 말을 듣고 무서워진 이장그랭은 하느님에게 열렬한 기도를 드렸다. 도망가려 했으나 문이 닫혀 있었다. 노블이 그를 보고 말했다.

"아, 네가 나를 고쳐주다니."

"오 이분은 가죽을 폐하에게 드릴 것입니다. 곧 털이 자랄 테니까요. 게다가 봄이라 춥지도 않죠."

"폐하 그런 일은 제발 하지 마시기를 빕니다" 하고 이장그랭이 말했다.

이 말을 듣고 왕은 화가 나서 외쳤다.

"아 늑대야, 너는 나를 사랑하지 않는구나, 아무도 없느냐. 늑대를 잡아서 가죽을 벗겨라!"

사방에서 달려와 늑대를 잡아 가죽을 벗겨버렸다. 불행한 늑대는 가죽 없이 도망가버렸다.

여우는 또 말했다.

"폐하, 오줌 검사로 약의 조합법을 생각해냈습니다. 이번에는 사슴뿔과 그 신경이 필요합니다. 사슴 가죽도 많이 필요하죠. 그것을 폐하가 몸에 감으면 열이나 통증이 사라지죠."

"그럴지도 모르지" 하고 왕은 말했다.

사슴이 놀라 쓰러지자 가죽을 벗겼다. 사슴은 뿔이 부러진 채 방에서 쫓겨났다.

"그리고 띠베르, 너도 너의 것을 나에게 남겨놓게. 노블 폐하가 발을 넣을 수 있도록 너의 가죽을 벗겨야지."

띠베르는 불만을 말했으나 소용없었다. 그는 문 위에 구멍이 있는 것을 보고 말없이 도망가버렸다.

"저주받을 놈, 도망가도 언제고 잡힐 테니까" 하고 여우는 말했다.

여우는 주위를 바라보았다. 제후들은 슬픔에 잠겨서 자기 차례를 두려워하고 있었다. 여우는 로노를 불렀다.

"이 병든 개야, 빨리 불을 붙여서 늑대 가죽을 씻어 말려라. 그랑베르도 이리와 무릎을 꿇어라. 그리고 블랭도 와라. 왕을 운반해야 할 테니."

"폐하, 괴롭더라도 좀 참으세요."

"하느님, 나를 도우소서" 하고 왕은 말했다.

여우는 왕을 운반해 눕히고 콧구멍에 풀을 한 움큼 넣었다. 독한 약초라 노블은 몸이 부풀고 신음하기 시작했다. 그는 재채기를 하며 땀을 흘리기 시작했다. 몸이 터질 것 같다고 그는 말했다.

"걱정 마세요. 곧 나아질 거예요" 하고 여우가 말했다.

왕은 계속 재채기를 하고 몸도 조금씩 가라앉았다. 여우는 그를 늑대 가죽으로 싸 불 옆에 눕히고 다른 약초를 먹였다. 왕이 그것을 혀에 대기가 무섭게 아픔이 사라졌다. 그는 완쾌되어 일어났다.

"여우야, 나는 나았다. 정말 고맙다. 이제부터 너를 해치는 자는 내가 가만두지 않겠다. 너는 나의 고문이며 친구지. 내가 나았으니 네 소원도 들어주어야지."

여우는 대답했다.

"병이 낫게 된 것은 저를 사자로 보낸 하느님 덕택입니다. 폐하, 삼 개월간 만나지 못한 처자를 만나고 싶습니다. 그러나 이장그랭과 브르쉬메르가 저를 죽이려고 합니다. 저는 폐하에게 도움이 되는 일밖에는 한 일이 없으니 제가 집에 갈 수 있도록 호위병을 붙여주세요."

"그러지" 하고 왕이 말했다.

왕은 기병 백 명을 붙여서 마르베르띠까지 여우를 바래다주었다.

42. 여우, 황제가 된 일

그런 일이 있은 지 얼마 후 낙타 샤모의 지휘 하에 이교도 떼가 노블 왕국을 쳐들어왔다. 이 소식이 왕에게 전해졌을 때는 이미 적은 견고한 성 두 군데를 탈취한 뒤였다. 왕은 부하를 모아서 말했다.

"너희들을 부른 것은 힘이 필요하기 때문이야. 이교도가 우리나라에 쳐들어와 이미 성을 둘이나 뺏겼어. 낙타가 지휘하는 그들은 전갈, 코끼리, 호랑이, 들소, 낙타, 독사, 도마뱀들의 대군이지. 하지만 우리 기독교 신자도 수가 많고 힘이 강력해. 그러한 놈이 나에게 덤벼들지는 못할 거야."

"폐하, 폐하의 허가를 받아 신하들의 회의를 열고 싶습니다" 하고 양 블랭이 말했다.

왕이 귀여워하며 옆에 둔 여우가 일어나 말했다.

"블랭 나리, 회의는 필요 없습니다. 병력을 모아 싸우면 되지요."

"여우의 말이 옳지. 한데 기수인 타르디스가 숲속에서 죽었으니 대리인을 정해야지. (그를 죽인 자는 여우이지만 아무도 그것을 모르고 있었다.) 그러한 살인자에게는 신의 벌이 내려야 해. 하지만 죽은 자를 소생시킬 수는 없으니 다른 기수를 골라야겠다. 누구를 골라야 할까?"

이때 여우의 세 아들이 제일기상(第一期喪)의 복장으로 들어왔다. 그들은 왕에게 경례를 하고 부동자세를 취한 후 장남 페르세이유가 말했다.

"폐하, 우리들 집안에 불행이 일어났습니다. 허락을 받고 아버님께 말씀드리고 싶습니다."

"말해봐!" 하고 왕이 대답했다.

"어머님이 돌아가셨습니다."

"뭐?" 하고 여우가 말했다.

"네. 열병으로 이 세상을 떠났습니다."

"명복을 빌겠네" 하고 왕이 말했다.

왕은 셋에게 입을 맞추고 자신의 옆에 앉혔다. 여우는 슬퍼서 가슴이 터질 듯했다.

"아! 에르믈린, 네가 죽으면 나는 어떻게 살지?"

"명복을 빌겠네" 하고 왕은 계속 말했다.

"여우야, 에르믈린이 죽은 것은 슬픈 일이지만 그녀는 천국에 있지. 지금 우리는 쳐들어오는 이교도를 막아야 해. 누구를 가수로 뽑아야 하나?"

"폐하, 우리 가운데서 여우가 제일 적임자라고 생각합니다. 여우는 대담하고 용기도 있고 친척도 부하도 많으니까요" 하고 그랑베르가 말했다.

"그럼 여우를 기수로 삼지" 하고 왕은 말하고 나서 여우의 발에 입을 맞추었다.

"폐하, 저의 자식도 힘이 셉니다. 이 싸움에서 폐하에게 도움이 될 수 있도록 내일부터 기사에 끼워주시기 바랍니다."

"그럼 내일 기사로 임명하지" 하고 왕이 말했다.

그들은 왕궁을 작별하고 교회에서 밤을 새웠다. 이튿날 왕은 그들을 기사로 임명하고 각자 칼을 갖도록 했다. 그들이 기수가 되자 왕은 여우를 불렀다.

"여우야! 우리는 이교도를 정복하러 가야 한다. 나는 너의 아들 르나르도와 말브랑슈와 여기에 남아 나의 땅을 지키도록 하겠다. 또 너에게 충성을 맹세하는 신하들도 여기에 있도록 하지. 왕비의 일도 맡기겠다. 띠베르야, 이리 오너라. 그랑베르야, 이리 오너라. 너희들은 병사를 거느리고 여우와 같이 남아서 여우에게 충성을 다하라."

그들은 대사제 베르나르의 십자가에 걸고 충성을 맹세했다.

왕은 트렁크에 자물쇠를 채우고 몇 대의 마차에 금을 싣고 천막을 접어 넣고 어느 날 아침 원정을 떠났다. 그것은 일만 이상의 멋진 군세였다. 들을 지나서 마차는 전진했다. 페르세이유는 바람에 휘날리는 군기를 들고 있었다. 그는 아버지 여우와 헤어지는 것이 괴로웠다. 군대는 어느덧 하나의 성을 포위한 이교도군에게 접근했다. 왕은 전투태세를 갖추라고 말하고 전군을 열 개 부대로 나누었다. 페르세이유는 바람에 휘날리는 군기를 들고 있었다. 토끼 콰르는 제1부대를 지휘하고, 양 블랭은 제2부대를 지휘했다. 까마귀 체르슬랭은 제3부대, 곰 브랑은 제4부대, 샹트크레르는 제5부대, 고슴도치 에피나르는 제6부대, 산돼지 파우상은 제7부대, 개 로노는 제8부대, 귀뚜라미 프로베르는 제9부대, 그리고 왕은 제10부대를 지휘했다. 대사제 베르나르가 일동에게서 고백을 받고 연설했다.

"모두 두려워할 것 없소! 저주받은 이교도들은 우리에게 대항할 수가 없지. 용감하게 전진하시오! 적이 대군을 갖추기 전에 그들을 전멸시켜야 하오."

"그렇고말고! 베르나르는 좋은 사제로군! 만일 내가 운 좋게 무사히 돌아오면 사교로 해주어야지."

"감사합니다. 폐하!" 하고 베르나르가 말했다.

부대는 움직이기 시작했다. 제1부대의 콰르 군(軍)이 적의 허를 찌르고 전진했다. 수많은 적군이 무기를 손에 쥐기도 전에 포로가 되었으나 잔여 병력이 공격해왔으므로 콰르 군이 열세에 놓이게 되었을 때 체르슬랭이 도착했다.

끔찍스러운 혼전이 벌어졌다. 체르슬랭은 전갈의 목을 베었다. 낙타가 화가 나서 체르슬랭에게 덤벼들어 창으로 그를 쓰러뜨렸다. 블랭이 두 이슬람교도를 타도한 후 구조하러 왔다. 그는 또 하나의 머리를 자르고 계속 세 명의 머리를 잘랐으나 상대방이 대군이라 위험에 직면하게 되자 블랭이 육탄전 속에 뛰어들었다.

저쪽 계곡에서도 만 명 이상의 적이 쳐들어오고 반대쪽에서도 샹트크레르가 군대를 몰고 와 혈전이 벌어졌다. 샹트크레르는 민첩하게 행동하여 수많은 공을 세웠다. 그는 정말 용감했으며, 자기편을 열 명 이상이나 죽인 들소에게 달려들었다. 들소도 뿔로 받았으나 그의 사슬 옷을 찢을 수는 없었다. 샹트크레르는 들소를 찍어 죽여버렸다. 들소가 죽은 것을 보고 오백 명 이상의 이교도가 샹트크레르에게 덤벼들었다. 그는 칼을 뽑아 베었으나 적이 너무 많아 전사하고 말았다. 에피나르, 바사롱, 로노가 달려왔을 때는 이미 늦었다. 에피나르는 난군 속에 뛰어들어 낙타에게 덤벼들어 낙타의 머리를 베고 수많은 이교도를 학살했으나 그도 또한 전사했다.

이교도가 우세하고 기독교도는 힘이 모자랐으나 그때 프로베르가 부하를 이끌고 와 잠시 동안에 이만 이상의 적을 학살했다. 그때 페르세이유가 지휘하는 왕의 대대가 왔다.

그러자 낙타는 소리쳤다.

"자 더 이상 당할 수 없으니 물러가자."

이교도들은 쫓겨서 아군의 배가 있는 해안까지 도망쳐 급히 배를 타고 도주해버렸다. 낙타는 거기에 이르지 못했기 때문에 프로베르에게 잡혀 왕 앞으로 끌려왔다.

"폐하 용서해주십시오. 저는 폐하의 포로라 마음대로 하실 수 있겠지만 이번만은 용서해주시기를!"

"아니, 너는 죽어야 돼. 반역자처럼 화형을 당해야지" 하고 왕이 말했다.

그리고 신하에게 물었다.

"이놈을 어떻게 벌을 주면 좋겠느냐?"

"산 채로 가죽을 벗겼으면 합니다."

프로베르가 그렇게 말했고 다른 제후들도 같은 의견이었기 때문에 낙타를 눕힌 채로 꼬리서부터 가죽을 벗겼다.

왕은 적에게 이겨 매우 만족했으나 한편 많은 병력을 잃어서 슬펐다. 그는 죽은 자를 매장했다. 다만 에피나르와 샹트 크레르는 어쩔 수가 없어서 관에 넣어가지고 왔다.

그동안 여우는 제멋대로 행동하고 있었다.

그는 한 통의 편지를 써놓고 종자를 불러 말했다.

"내 명(命)은 절대 비밀로 해라. 알겠느냐."

종자는 명에 복종하기로 맹세를 했다.

"그럼 내일 왕궁에 가서 제후에게 왕이 죽었다고 해라. 그리고 이 편지를 여러 사람 앞에서 나에게 다오."

"네."

이튿날 해뜨기 전에 종자는 말을 타고 성을 나가 들을 지나 돌아왔다. 왕궁에 들어와 말에서 내려 제후들이 모여 있는 넓은 방으로 들어갔다. 그는 여우와 왕비에게 인사했다.

"왕비마마, 왕은 전쟁에서 돌아가셨습니다. 신하가 이 편지를 가지고 왔습니다."

"돌아가셨다고? 가만있어! 이 거짓말쟁이야! 우리의 소중한 왕이 죽었다고!"

그러고 나서 그는 곤봉으로 종자의 머리를 뇌가 터져 나올 정도로 세게 쳤다. 이리하여 종자는 여우의 반역을 폭로할 수 없게 되었다.

여우는 편지를 띠베르에게 주고 읽으라고 했다. 띠베르는 구레나룻을 세우고 편지를 처음부터 끝까지 읽고 말했다.

"왕은 전사(戰死)하도다! 죽기 전에 왕후 휘에르는 여우를 남편으로 삼고 여우가 전국의 왕이 되라고 명하셨습니다."

왕비는 간단하게 대답했다.

"나는 분부를 따라야지요. 왕국은 당신의 것입니다. 여우가 그것을 승인할는지 어떨지는 모르지만……."

"왕비마마, 나는 당신의 명을 따르겠습니다."

"좋습니다" 하고 왕비가 말했다.

제후들은 슬퍼하기도 했고 기뻐하기도 했다. 그들에게 있어서 그처럼 좋은 왕이었던 노블을 잃은 것은 슬펐으나 여우를 왕으로 삼은 것이 기쁘다고 그날 밤부터 노래하고 춤추며 아침까지 아무도 잠을 자지 않았다.

이튿날 여우는 왕비의 남편이 되고 제후들도 충성을 맹세했다.

그는 금관을 쓰고 멋지게 행동하며 춤도 추고 놀며 마음껏 마시고 먹고 잔치를 베풀었다. 다음 날 여우는 창고를 열어 금은을 아낌없이 신하에게 나누어주고 그 대부분을 마르베르띠로 운반했다. 거기에는 수많은 무기와 칠 년간을 지낼 수 있는 식량이 저장되어 있었다.

그러는 동안에 왕은 샹트크레르와 에피나르의 시체를 싣고 말을 타고 돌아왔다. 그는 다람쥐 에뀌르이유를 시켜 귀국 보고를 하도록 했다. 다람쥐는 성으로 들어가는 다리가 들어 올려져 있는 것을 보았다.

여우는 성벽 위에서 그가 오는 것을 보았다.

"아! 어디서 왔지? 무슨 일이요?"

"국왕의 군대의 사신이요. 승리는 거두었으나 에피나르와 샹트크레르가 죽어 왕이 슬퍼하고 있소. 시체는 가지고 왔지만……."

여우는 대답했다.

"왕이 보고 싶으면 와도 좋아. 하지만 여기에 들어올 수는 없소. 왕에게 그렇게 전하게. 내가 국왕이라고."

"뭐 여우가! 정말! 농담이겠지."

"노블은 평생 이 문으로 들어올 수 없어" 하고 여우는 말했다.

다람쥐는 더 이상 듣지 않고 근처에 있는 국왕에게 가서 그 이야기를 전했다. 왕은 노발대발하여 신하에게 말했다.

"자, 들었느냐? 여우가 나를 배반했어! 나의 나라를 빼앗았다! 자기가 국왕이라고 하다니……."

"폐하 내일부터 공격해야 합니다. 무구를 갖추고 돌격을 해야지요. 잡으면 교수형에 처하지요" 하고 곰이 말했다.

"물론이지!" 하고 왕은 대답했다.

그들은 걸음을 재촉하여 성 앞에 이르렀다. 천막을 치고 돌, 활, 그물, 올가미 등의 도구를 준비했다.

"히! 놈들이 나를 잡을 생각인가보군. 먼저 도망칠까" 하고 여우가 말했다.

그는 두 아들과 사촌형 그랑베르와 함께 군의 선두에서 다리를 내리려 밖으로 나갔다. 그것을 본 페르세이유도 힘을 모아 그들에게 합류했다.

놀란 왕은 무장을 갖출 틈도 없이 방패와 칼을 잡고 구원을 청했다. 브랑, 브르이양, 베르나르, 파우상 등이 달려갔다. 브랑은 페르세이유에게 잡혔다. 대사제 베르나르가 그를 도우려고 달려왔으나 르나르도와 말브랑슈가 나타나 브랑은 포로가 되었다. 여우도 있는 힘을 다하여 브르이양을 쳐 브르이양은 항복했다. 그들은 포로를 데리고 성 안으로 들어갔다. 왕후가 그들을 맞이하러 오자 여우는 말했다.

"곰 브랑과 송아지 브르이양을 데리고 왔으니 인질로 해둡시다. 만일 우리 편이 잡히게 되면 교환하도록 하지요."

궁중은 다시 소동이 벌어지고 왕이 이처럼 큰 피해를 입고 있는 것을 보고 모두 놀랐다.

이튿날 여우는 왕비에게 작별하며 말했다.

"오늘 밤은 노블을 포로로 해야겠는데요."

그리고 나서 그는 성 문을 열어 다리를 내리고 자기 군의 선두에 서서 왕의 군대와 싸웠다.

격전을 벌인 후 수많은 기사가 말에서 떨어졌다. 혼전으로 인해 양군 모두 신분이 높은 용사들이 죽었다. 르나르도는 수많은 적을 무찔렀으나 칼과 창이 부러져 마침내 왕에게 체포되었다.

여우는 침울한 표정으로 성으로 돌아왔다. 왕비는 그에게 힘을 북돋아주고 나서 말했다.

"여보, 왕에게 르나르도를 돌려주지 않으면 브르이양과 브랑을 교살하겠다고 말하는 것이 어떨까요?"

여우는 성벽에 올라가 소리쳤다.

"노블, 자네는 나의 아들을 생포했지만 나도 브랑과 브르이양을 생포했으니 내 아들을 돌려주면 나도 브랑과 브르이양을 탑 위에서 내려 보내겠소."

노블은 대답했다.

"이제 아들을 못 볼 줄 알아라. 네 마음대로 하렴."

여우는 반쯤 미쳐서 포로를 탑 위에 세우고 눈을 가리고 목에 끈을 매고서 말했다.

"너희들의 최후의 순간이 왔다. 너희들 대장 노블에게 나의 자식을 돌려주도록 부탁해라. 그렇지 않으면 둘 다 목을 벨 테니까."

브르이양은 있는 힘을 다하여 노블에게 소리쳤다.

"폐하? 좀 생각해서 우리를 살려주소서!"

노블이 이 소리를 들었다. 자기 부하가 둘이나 눈이 가려진 채 끈이 목에 감긴 것을 보고 그는 외쳤다.

"오, 하느님, 르나르도를 돌려주지 않으면 그들은 죽고 말 것입니다!"

"그러니 돌려주세요!" 하고 파우상이 말했다.

이리하여 교환이 이루어졌다.

르나르도는 전신에 부상을 당해 몹시 괴로워했으나 의사가 잘 치료했기 때문에 회복되어 한 주가 지난 후 다시 무기를 손에 쥘 수 있게 되었다.

그때 여우는 다시 성을 나왔다. 왕은 여우가 나온 것을 보고 북과 나팔을 울리며 대오를 정비하고 그를 치러 왔다. 격렬한 전투가 벌어져 많은 귀족과 제후가 죽었다. 말브랑슈도 죽었기 때문에 여우는 다시 성으로 돌아가야만 했다.

노블은 성벽 근처에 천막을 쳤다. 밤이 되자 여우는 두 아들과 그랑베르를 불렀다.

"적의 군대가 잠든 것 같구나. 무장을 하고 왕에게 접근하여 그를 죽여버리자" 하고 그는 말했다. 그들은 성을 나왔다. 네 명의 보초를 소리 없이 죽이고 왕의 천막 근처까지 갔다. 암흑 속에서 그들은 문을 맨 끈을 자를 생각으로 천막을 친 끈을 잘라버렸다. 천막이 쓰러졌다. 잠에서 깬 왕이 천막에 감겨서 큰소리를 질렀기 때문에 군대가 눈을 뜨고 일제히 일어났다. 네 명이 성 입구까지 가는 데는 매우 힘이 들었다.

그때에 왕의 군사가 떼를 지어 몰려왔기 때문에 여우가 붙들렸다. 사람들은 여우를 왕에게 데리고 와서 외쳤다.

"이놈아! 너는 내 부하를 많이 죽였지. 교수형에 처할 테다."

"인자하신 노블 왕 폐하. 이번만은 제발 용서해주세요. 저는 폐하의 열병을 고치지 않았습니까. 저는 폐하를 위해서 일곱 번이나 아르덴, 롬바르디아, 살레르노로 바다를 건너서 사라센의 나라와 그보다 더 먼 나라를 돌아다니며 폐하의 약을 구했습니다. 그 일을 생각해서라도 용서해주세요. 하느님과 마리아에게서 그 복을 받으실 겁니다."

왕은 오랫동안 생각한 후 마침내 말했다.

"자! 다들 들어라. 이 여우 녀석은 죽여 마땅하지만 내 병을 고쳐주었다고 하는구나. 그러니 어떤 일이 있어도 내가 그를 해칠 수는 없구나. 나는 이놈을 용서하겠다."

이리하여 평화가 성립되었다. 왕은 천막과 짐을 정리하고 성으로 들어갔다. 왕비는 미소를 지으며 당연한 것처럼 남편을 맞이했다. 왕은 그녀에게 입을 맞추고 아무 일도 없었던 듯이 여우가 그를 배반한 것을 잊은 것처럼 행동했다. 왕비도 거기에 대해서는 한마디도 하지 않았다. 그 후 노블과 여우의 우정은 아주 두터워졌다.

43. 여우의 임종

　오랫동안 왕 곁에 있던 여우는 마르베르띠로 돌아갔으나 그 후 소식이 끊겼다. 왕은 그를 만날 수 없어서 점점 우울해졌다. 아무도 이 슬픔을 위로할 수가 없었다. 숲과 들에서 여우를 만난 자가 없기 때문에 걱정이 되었다. 어느 날 왕은 그랑베르를 불러서 말했다.

　"그랑베르야, 마르베르띠에 가서 여우에게 보고 싶다고 전해다오. 솔개 유베르도 같이 보낼 테니 빨리 여우를 데리고 오너라."

　"폐하, 알겠습니다" 하고 그랑베르는 말했다. 그들은 출발했다. 마르베르띠에 이르자 그들은 소리쳤다.

　"왕의 사자입니다! 문을 여세요."

　털이 많이 자란 긴 꼬리를 가진 늙은 여우 문지기가 물었다.

　"누구십니까?"

"노블 왕 폐하의 사자입니다. 여우를 보러 왔습니다."

문지기는 급히 문을 열러 갔다.

그랑베르는 솔개에게 말했다.

"자 몸을 굽히고 들어가세요."

"나는 들어갈 수 없으니 밖에서 기다리지" 하고 유베르가 말했다.

그랑베르가 들어가자 여우는 무슨 일로 왔느냐고 물었다.

"사촌동생, 왕이 자네를 못 만나서 슬퍼하고 왕비도 권태를 느끼니 돌아와주게" 하고 그는 말했다.

여우는 대답했다.

"사촌형, 나는 왕궁에 갈 수 없어요. 왕과 왕비에게 내가 죽어서 매장됐다고 전하세요. 문 밖에 나가면 내 무덤이 보일 거예요. 무덤 위에는 십자가와 안상나무의 가지가 있지요. 르나르라고 불리는 천한 이름도 새겨져 있을 거예요. 새로 만든 무덤에서 나는 자고 있을 테요. 아들 르나르도가 당신을 안내하겠지요."

목소리는 사라지고 그랑베르는 밖으로 나갔다. 그는 유베르를 만나 르나르도의 안내로 무덤에 갔다.

"여우는 이 무덤 속에 있습니다. '여우는 여기 잠들다'라고 써 있지 않습니까? 명복을 빌어주세요."

르나르도는 마르베르띠로 돌아가고 사자들은 왕궁으로 돌

아갔다.

그들은 왕 앞에 무릎을 꿇었다. 그랑베르는 눈에 눈물이 가
득했다. 유베르가 말했다.

"폐하, 마르베르띠에 갔다 왔습니다. 여우는 죽었습니다.
우리는 그의 이름이 비석에 새겨져 있는 것을 보았습니다. 성
령에 의해서 그의 영혼이 천국 아니 천국보다 더 먼 곳에 갈
수 있기를!"

노블은 머리를 숙이고 슬픈 듯이 말했다.

"내 나라를 반이라도 줄 만한 친구였는데…… 제일 좋은
신하를 잃었구나!"

오늘은 무엇을 먹을까 평생을 고민하던
위대한 가장이자 지혜로운 여우.
그렇게 살다가 여기에 잠들다.

800년간 프랑스인들이 사랑한 우화
여우 이야기(Le Roman de Renart)

민희식

『여우 이야기』는 프랑스 지성인의 정서로 넘치는 인간사회의 모든 것을 동물의 이미지로 재미있게 실제의 이야기를 풍자하여 쓴 세계적으로 유명한 일화집이다. 이 책 뒤에 실린 이솝, 라퐁텐의 우화와 비교해보면 좋을 것이다.

우선 다음 페이지에 나오는 다른 동물의 비난을 받으면서 그들을 무시하고 자기 일을 멋대로 한 여우가 보잘 것 없는 자리에서 왕으로 재판하는 재주꾼의 계략이 바로 『여우 이야기』의 대표적 이야기이고 여우의 사고의 원적이 나타나 있다.

중세 풍자문학의 대표작인 『여우 이야기』는 11세기 이래 민간에 전해진 동물 우화를 12세기경 몇 사람의 시인이 쓴 8음절 2압운의 운문으로 된 이야기이다. 이솝의 전통이나 동양의 구비 전승의 문학을 테마로 한 것이지만 작자의 의도는 풍자나 교훈이 아니고 여우를 주인공으로 한 동물의 사회를 인간의 사회로 보고 당시의 귀족 무사계급, 서민계급의 생활을 그려냈다. 따라서 이 이야기는 여러 군(郡)과 가지(branche)로 구분되며 르시앙 프레는 이 기편(技篇)의 연대를 다음과 같이 나누었다.

제1군(郡) 기편(技篇)	2.5 (1174~1177)
	3.4.14 (11/8)
	1 (1179)
제2군(郡) 기편(技篇)	10 (1180~90)
	6.8.12 (1190)
제3군(郡) 기편(技篇)	7.11.12 (1190)
	9 (1200)
	16 (1202)
	17 (1205)

현재 이 이야기의 작자는 세 사람이 알려져 있으나 피엘 드 생 끄르의 작품이 가장 생생하다(기편 2, 5). 그밖에 크르와 앙 브리의 한 사제(3군 기편 9) 리샤르 드 리종(기편 16)이 있다. 13세기 전반기에 많은 독자의 요구에 의해서 21편 정도 만들어진 것이 있다. 이 이야기는 동물 서사시로 당시 사회의 인간의 심리를 반영한 수많은 동물들이 등장하지만 그 속에 여우와 늑대의 싸움이라는 중요

한 주제가 중심이 되어 있다.

여우 이야기의 두 가지 예(1150~1200)

❶ 왕과 다른 동물을 농락하는 늑대

여우 르나르는 다른 동물을 지배하며 살고 특히 늑대 이장그랭과는 사이가 나쁘다. 간계를 써 늑대의 처 에르상을 여러 번 농락하여 화가 난 늑대는 동물의 왕인 노블에게 르나르(여우)를 고소한다. 왕은 모든 짐승을 왕궁에 소집했으나 여우만 거기에 참석하지 않았다. 그에게 피해를 입고 살아온 많은 동물이 여우가 안 온 것을 기회로 모두 여우를 비난한다.

왕은 늑대의 부인에게 여우가 농락한 장면을 보이라고 해 그대로 따랐더니 모든 동물이 구경하면서 즐거워한다. 늑대는 창피해서 견딜 수가 없었고 왕은 그것을 재치 있다고 하고 여우가 안 와서 모두 과장한다고 말하며 여우의 꾀를 칭찬한다.

화가 난 곰 브랭은 여우를 불러오러 갔으나 문 앞에서 쫓겨난다. 황소 브라앙이 여우를 잡아온다. 곰은 여러 짐승을 대표하여 여우의 평소의 못된 행위를 비난하자 다른 짐승도 이에 가담하여 결국 동물들의 고발로 왕은 여우를 교수형에 처하기로 한다.

여우는 할 수 없어서 왕의 발 앞에 몸을 던지고 자기의 죄를 씻기 위해 십자가를 메고 성지순례를 하고 오겠다고 한다. 왕의 허락을 받고 여우는 당당한 모습으로 왕에게 여비도 받고 집으로 돌아간 여우는 며칠간 몸을 감추고 집 안에 틀어박혀 부인과 사랑하며 지내고 수행을 간 것처럼 꾸몄다. 여우는 결국 왕의 칭찬을 받는다.

이것은 27가지의 소시군(小詩郡)이 21편의 지편으로 되어 12세기 중엽에서 13세기 후반에 생겨난 여우 이야기다. 이것은 여러 동물이 등장하는 이솝 식의 교화 의도(教化意圖)가 전혀 없는 교활한 여우의 이야기이다.

❷ 여우의 개관(Le conrontmem de Renard)

『여우 이야기』의 제11과 제23 지편은 토마 드 칸틴프레(Thomas de Cantinppre)의 사물의 본성에 대해서 Cra naturta rerum(1240)의 영향으로 프랑드르 백작이 팡프리웅에게 바친 흥미있는 유머 이야기이다.

주인공인 여우(르나르)가 미인을 이용해 사랑도 하고 지위도 얻는 이야기로 여우가 돌아다니며 여러 동물을 속여 왕위에 오른다. 동물사회에서 익살로 성공하게 되는 풍자 이야기이다.

여우는 여기저기 돌아다니며 예언자로 소문을 내고 비밀리에 수많은 사람을 속여 세상이 바뀐다고 소문 낸다. 세상이 어지러워 훌륭한 왕이 나와야 한다면서 자기가 왕이 돼야 한다고 설득한다. 결국 여우는 왕이 되어 모든 부귀영화를 얻는 아주 유머가 넘치고 인간이 얼마나 어리석은지를 풍자한 것이다.

여우에 해당되는 자가 사제사회에서 현명하게 성공하는 이야기이다. '여우'는 머리가 뛰어난 짐승으로 고도의 지혜를 가진 동물이다. 인간의 어리석음을 이용해 고도의 권모술수로써 성공하는 당시의 교황, 황제, 귀족, 관민의 생활에 대해 멋지게 풍자하고 있다. 여기에 동물사회가 끼어드는데『여우 이야기』에 나오는 줄거리는 그 당시의 현실을 그린 점에서 악랄하고 현실적인 실제의 이야기가 바탕이 되고 있다.

이러한 이야기는 12세기 후반에서 13세기 중엽에 걸쳐 북 프랑스에서 만들어진 이솝 우화의 변종(變種)이다. 단순한 작품이기에 앞서 맥락도 없는 수많은 독립된 기편(杖篇)으로 작자에 따라 그 내용도 다르고 교황청, 황제, 귀족, 서민의 여러 가지 지혜로운 이야기가 후에『여우 이야기』로 만들어진다. 다만 그 주인공은 공통적으로 동물사회의 여우로 상징된다.

인간사회에서 일어나는 일을 동물사회에 비추어 여우를 중심으로 늑대, 사자, 고양이, 곰 등 수많은 동물이 배치되어 있다. 여우 '르나르'가 자기보다 강한 늑대의 부인을 어떻게 강탈하는지(Ⅲ Ⅳ) 사제나 백성을 속이는 기술(Ⅵ Ⅸ ⅩⅥ)이 비판보다는 흥미로운 기지로 그려진 것이 특색이다.

당시 봉건사회의 종교 도덕에 대한 중세 서민들의 유머를 담고 있으며 매우 악랄하지만 미워하기보다 한편 웃을 수밖에 없는 이야기이다. 수단과 방법을 가리지 않고 모든 것을 손에 넣는 세태에 대한 풍자이기도 하지만 다른 면에서 여기에 조심하라고 경고를 주는 반면교사가 되는 것이다. 이솝의 도덕교훈적 설교와는 전혀 다르지만 반면 인간이 남의 노리개가 되기 쉬운 점을 재미있게 가르쳐주고 있다.

『여우 이야기』의 전통은 불문학에서는 17세기의 라퐁텐의 우화를 볼 수 있다. 이것은 브르봉 왕조의 루이 14세의 너무나도 재미있는 사회풍속도로 루이 14세 시대의 사상의 핵심이 된다. 인간의 어리석음을 유머로 즐기면서 그 이면에 정신 차리라고 인간에게 경고하는 면, 이것이 프랑스의 에스프리이다.

끝으로 여기에 몇 개의 이솝 우화와 라퐁텐의 우화를 소개했으니 가능하면 비교하며 읽어보는 것도 의미가 있다.

이솝 이야기와 비교

1. 여우의 지혜

사자가 양을 불러서 자기 입에서 고약한 냄새가 나는지 물었다. 양은 냄새를 맡아본 후 "냄새가 고약한데요"라고 말했다. 사자는 화가 나서 "이 똥항아리 같은 놈!" 하고 양을 물어 죽였다.

이어 사자는 늑대를 불러서 똑같은 질문을 던졌다. 늑대는 눈치를 살피면서 "아무 냄새도 안 나는데요"라고 말했다. 사자는 화가 치밀어 "이 아첨꾼!" 하고 물어 죽였다.

이번에는 사자가 여우를 불러 똑같은 질문을 던졌다. 그러자

여우는 대뜸 "죄송합니다만 전 지금 감기에 걸려서 아무 냄새도 맡을 수가 없군요" 라고 말했다.

현명한 사람은 위기를 미리 알고 대처한다.

2. 곰과 여우

하루는 곰이 여우에게 큰소리를 쳤다.

"나는 죽은 사람은 절대로 안 먹어. 내가 얼마나 인간을 사랑하는지 알겠지?"

여우가 쏘아붙였다.

"난 네가 산 사람보다 죽은 사람을 뜯어먹게 되기를 하늘에 빌겠어."

탐욕스러운 사람은 위선과 허영으로 무장한다.

3. 병든 사자와 여우

늙은 사자가 혼자 힘으로는 먹이를 구할 수 없게 되자, 속임수를 쓰기로 작정했다. 사자는 동굴 속으로 들어가 병든 척했다. 그리고 자기를 방문하는 짐승이 굴 안으로 들어오면 모조리 잡아먹었다.

수많은 짐승이 사라지고 나자, 여우는 무슨 일이 벌어지고 있는지 사태를 알아차렸다. 그는 사자를 방문했지만 굴 입구에 선 채 사자에게 어떻게 지내는지 안부를 물었다.

"별로 잘 지내지는 못하고 있어. 그런데 넌 왜 들어오질 않느냐?"

그러자 여우가 대답했다.

"당신의 굴 속으로 들어가는 발자국은 수없이 많은데 나오는 발자국은 하나도 없다는 것을 제가 보았거든요. 그렇지만 않았다면 저도 들어갔을 거예요."

지혜로운 사람은 위험을 미리 알아본다.

라퐁텐의 우화시에서 루이 14세 시대를 풍자한 것

1. 까마귀와 여우

까마귀 나리가 주둥이에 치즈를 물고 나뭇가지 위에 앉아 있었다. 여우 나리가 치즈 냄새를 맡고 와서 다음과 같이 말을 붙였다.

"안녕하세요? 까마귀 님. 당신은 정말 잘생겼군요! 당신이 저에게 얼마나 아름답게 보이는지요! 만일 목소리까지 깃털만큼 아름답다면 당신이 이 숲에서 최고입니다!"

이 말을 듣고 까마귀는 아주 기뻐서 황홀해졌다. 그는 자신의 아름다운 목소리를 들려주려고 큰 주둥이를 열었다. 그러자 치즈가 땅에 떨어졌다. 여우는 얼른 그것을 줍고 말했다.

"까마귀 님. 모든 아첨꾼은 그의 말에 솔깃하는 자들에게 빌붙어 산다는 걸 알아두세요. 이 교훈은 확실히 치즈만큼 가치가 있겠지요."

까마귀는 부끄럽고 당황해서 좀 늦긴 했으나 앞으로는 그런 일에 걸려들지 않겠다고 맹세했다.

2. 사자와 늑대와 여우

늙은 사자가 중풍에 걸려, 힘이 다 빠져서 신하들에게 노쇠(老衰)에 듣는 약을 찾아오라고 했다. 왕에게 안 된다고 말하는 것은 불가능했다. 왕은 모든 짐승 가운데서 의사를 불러들였다. 모든 분야의 의사가 도처에서 왔다. 사방에서 온 의사들은 각기 처방을 내렸다.

모두 병문안을 왔으나 여우만은 게으름을 피우고 집에서 꼼짝도 안 했다. 늑대는 문병을 와서, 왕이 편찮으신데도 나타나지 않는 그의 친구를 헐뜯었다. 사자는 바로, 누구든지 가서 연기로 여우를 집에서 쫓아낸 뒤에 끌고 오라 했다.

여우는 끌려와서 왕을 배알했다. 이것이 늑대가 자신을 모략한 탓임을 알아차리고 여우가 말했다.

"폐하께 아뢰오니, 누군가 거짓 진술을 하여 병문안이 늦은 것을 구실로 저를 죄인으로 몰려는 것입니다. 사실 저는 성지순례를 떠나 폐하의 건강을 빌고 돌아왔습니다. 또한 여행 도중에 전문가와 학자들을 만나, 폐하가 지금 그 결과를 두려워하는 쇠약에 대해 말했습니다. 폐하는 다만 열이 부족한 것뿐이며 그것은 나이를 먹은 탓이랍니다. 늑대를 산 채로 껍질을 벗겨 김이 무럭무럭 나는 그 가죽으로 몸을 데우십시오. 틀림없이 그 묘약이 쇠약한 몸에 효험이 있을 것입니다. 폐하께서 원하신다면 늑대가 기꺼이 방에서 입을 옷을 마련해주겠지요."

왕은 이 말이 마음에 들어 늑대의 가죽을 벗기고 고기를 자르고, 팔다리를 잘랐다. 왕은 저녁으로 고기를 먹고, 가죽을 몸에 둘렀다.

궁중의 신하들이여, 서로 해치지 마시오.

되도록 서로 모략하지 마시오.

당신들은 복의 네 배가 되는 화를 입을 것이라오.

헐뜯기 좋아하는 사람은 어떻게든지 그 보복을 받으니 당신네들은 서로를 조금도 용서하지 않는 직업을 가졌소.

3. 여우와 늑대와 말

한 여우, 아직 젊고, 아주 교활한 놈이 태어나서 처음으로 말이라는 것을 보았다.

이 여우, 세상물정 모르는 어느 늑대에게 이렇게 말했다.

"달려가게. 어떤 짐승이 우리 목장에서 풀을 먹고 있는데 크고 멋지다네. 황홀한 그 모습이 아직도 눈에 선하네."

"우리보다 강한 놈일까?" 하고 늑대는 웃으며 물었다.

"어떤 놈인가 말 좀 해보게."

"만약 내가 화가나 학자였다면" 하고 여우는 대답했다.

"자네가 그놈을 직접 보기 전에 그 기쁨을 전하련만. 하지만 가보세. 누가 아는가? 운명의 여신이 우리에게 보내준 선물일지."

그들은 갔다. 풀을 먹고 있던 그 말은 이런 친구들에 대해서는 흥미가 없어서 이제 막 거기를 떠나려고 하던 참이었다.

"나리" 하고 여우가 말했다.

"나리의 미천한 종들이 나리의 이름을 알고 싶어합니다."

이 말은 생각이 없는 녀석이 아니라서 이렇게 대답했다.

"내 이름을 읽어보시게. 나리들이라면 읽을 수 있을 테니. 내 구두장이가 구두 바닥에 써놓았다네."

여우는 자기의 무식함을 핑계댔다.

"제 양친은 조금도 저를 공부시켜주지 않았지요. 가난해서 재산이라곤 굴 하나뿐이었죠. 늑대의 양친들은 높으신 분들이니 읽는 법도 가르쳐주었을 겁니다."

늑대는 이 아첨에 기뻐하며 가까이 갔다. 그러나 이 허영심이 그의 이를 넷이나 부러뜨리게 했다. 말은 발로 한 번 차고는 도망가고, 늑대는 불쌍하게 땅에 뻗었다. 피투성이에 크게 다친 채로.

"형제여" 하고 여우는 말했다.

"아, 이제야 알았네. 똑똑한 사람들이 나에게 가르쳐준 것을. 저 동물은 자네 턱에다 이렇게 써놨네. 현자는 낯선 이를 믿지 않는다고."

4. 여우와 칠면조들

여우의 공격에 대비하며 칠면조들은 나무 하나를 요새로 삼았다. 신의 없는 짐승이 성벽을 한 바퀴 돌더니 모두가 보초를 선 꼴을 보고는 소리쳤다.

"뭐야! 이놈들이 나를 놀리는 건가? 자기들만 세상의 법칙을 벗어나보겠다고? 안 되지. 절대로 안 되고말고."

여우는 자신의 말을 실천에 옮겼다.

마침 달이 밝아서 여우 나리에게는 불리하게도 칠면조 무리의 편을 드는 듯했다. 요새를 포위하는 데 경험이 많은 여우는 간악한 계략으로 가득 찬 꾀주머니의 힘을 빌리기로 했다. 기어올라가는 척하며 뒷발로 일어서고, 죽은 척하다가는 다시 살아나는 흉내를 냈다. 아를레캥[1]도 여우처럼 여러 인물을 연기하지는 못했으리라.

꼬리를 들어 그것을 달빛에 반짝이게 하고 그밖에 수많은 다른 장난을 쳤다. 그러는 동안, 어느 칠면조도 잠을 잘 수 없었다. 적은 같은 대상에 계속 시선을 붙들어둠으로써 그들을 지치게 만들

---

1 이탈리아 희극의 정형적(定型的) 인물로, 여러 가지 색이 들어간 옷을 입고 검은 가면으로 얼굴을 가렸다.

었다. 불쌍한 새들은 결국 홀려서 하나 둘씩 떨어졌다. 떨어지는 족족 잡아가니, 반 가까이 굴복한 셈이다. 여우는 그들을 전부 자신의 식량 저장소로 가져가버렸다.

위험에 대해 지나치게 조심 하면 도리어 거기에 빠지게 마련이다.

5. 여우와 파리와 고슴도치

숲속의 오랜 주민, 영리하고 음흉하고 교활한 여우가 사냥꾼에게서 상처를 입고 깊은 늪에 빠지자 그 핏자국에 날개 달린 저 기

식자(嗜食者), 우리들이 파리라고 부르는 녀석들이 꾀었다.

여우는 하늘의 신들을 비난했다. 그리고 운명이 이처럼 자기를 괴롭히려 하고, 파리가 몸을 뜯어먹게 하는 것을 아주 뜻밖이라고 생각했다.

"뭐! 나에게 덤벼들다니. 숲속의 모든 주민들 가운데 가장 영리한 나에게! 언제부터 여우가 이처럼 좋은 음식이 되었던가! 나의 꼬리는 무슨 소용이지? 필요 없는 무거운 짐인가? 꺼져라! 하늘의 저주를 받아라. 귀찮은 벌레들아. 왜 평민들을 뜯어먹지 않느냐?"

이웃에 사는 고슴도치 한 마리, 나의 시에서는 신인배우가 여우를 탐욕스럽고 귀찮은 떼거리에서 구해주려고 했다.

"내가 가서 이 바늘로 그놈들을 수백 번 찔러주겠네. 이웃 여우양반." 고슴도치가 말했다.

"이것으로, 괴로움을 그치게 해주지."

"가만히 있게나" 하고 여우가 말했다.

"친구여, 그러지 말게. 제발 그놈들이 식사를 하게 내버려두게. 이놈들은 물릴 정도로 먹었지. 새로 달려들 파리 떼는 더 욕심 많고 잔인할 거라네."

이 세상에는 기생하는 자가 너무나 많다. 궁전의 신하들이 그렇고, 재판관들이 그렇다. 아리스토텔레스는 이 우화를 인간에게 적용했다. 이런 예는 흔하다. 특히 우리가 사는 이 나라 안에는.

6. 농부와 개와 여우

늑대와 여우는 끔찍한 이웃이다!

나는 그들이 사는 곳 근처에 집을 짓지 않을 것이다. 그들 가운데 여우는 항상 농부의 암탉을 노리고 있었다. 여우가 매우 교활하기는 하지만, 아직 닭이나 오리 따위를 습격할 수가 없었다. 한편 입맛도 당기지만, 다른 한편 위험하기도 하여 녀석은 적잖이 곤란했다.

"뭐?" 하고 여우가 말했다.

"이 천한 놈이 날 놀리고도 무사할 줄 알고? 나는 왔다 갔다 하며, 애를 써서 백 가지 책략을 생각하고 있는데, 농부는 집 안에서 편안히 돈 벌 궁리만 하면서 자신의 수탉과 암탉을 돈으로 바꾸고 있구나. 게다가 그것들을 맛있게 먹지. 그런데 나로 말하면, 멋진 솜씨를 가지고도 늙은 수탉 한 마리만 잡아도 너무나 좋아 펄펄 뛰는 신세로구나! 무엇 때문에 유피테르 나리는 나에게 여우의 운명을 주었을까? 나는 올림포스나 스틱스의 위인(偉人)을 불러 한번 생각해달라고 말하고 싶구나."

마음속에 이러한 복수심을 품고서 여우는 잠의 신이 양귀비[2]를 뿌려놓는 밤을 골랐다.

모두 깊은 잠에 빠져 있었다. 집주인과 하인과 개까지. 암탉과 병아리와 수탉도 모두 잠들어 있었다. 농부는 닭장을 열어놓는 이

---

2 그리스 신화에 나오는 잠의 신 힙노스는 양귀비로 만든 침대에서 자는데, 사람의 얼굴에 이것을 뿌려 잠들게 했다. 수면과 진정 등의 효과를 발휘하는 모르핀(morphine)은 그의 아들인 꿈의 신 모르페우스에서 유래한 말이다.

루 말할 수 없이 어리석은 짓을 저질렀다. 도둑은 한 바퀴 돌아본 뒤에 노리고 있던 곳으로 들어가 주민을 멸종시키고, 도시를 시체로 가득 채웠다.

새벽이 되자 그 잔인한 흔적이 드러났다. 피로 물든 학살당한 시체들이 보였다. 태양도 그 잔인함에 놀라 바다의 저택으로 되돌아가고 싶을 정도였다.[3]

이와 비슷한 광경을 보았던 아폴론은 하늘을 두려워하지 않는 아트리드[4]의 짓에 화가 나 그의 진지를 시체로 뒤덮었다. 그리스 군은 거의 전멸했다. 그것은 하룻밤의 일이었다. 또, 성미 급한 아이아스[5]는 자기 천막 주위에 양과 염소의 시체로 산을 쌓았으니, 이것은 그것들을 자신의 경쟁자 오디세우스와 오디세우스에게 상을 준 불공정한 판결의 주모자들로 착각했기 때문이다.

이 여우, 닭들에게 불행을 가져온 또 다른 아이아스는 훔쳐갈 것은 다 가져가고, 시체만을 남겨두었다. 집주인은 하인과 개에게 악을 쓸 뿐 다른 도리가 없었다. 이건 늘 있는 일이다.

"이런! 저주받을 녀석. 죽어도 시원찮을 녀석. 왜 학살이 시작

---

3 그리스 신화에 따르면 미케네의 왕 아트레우스는 동생 티에스테스와 왕위를 다투었다. 그의 세 아들을 죽인 다음 요리로 만들어 동생에게 먹게 하였다. 그러자 이것을 본 태양이 오던 길을 되돌아갔다고 한다.

4 아트레우스 왕의 자손을 말하는데, 여기서는 아가멤논을 가리킨다. 그가 아폴론의 사제 크리세스의 딸을 몸종으로 삼고 아버지에게 돌려주지 않자. 아폴론은 그리스 군의 진영에 전염병을 퍼뜨렸다.

5 트로이 전쟁에 참가한 그리스의 영웅. 아킬레우스가 죽은 뒤 그의 갑옷을 두고 오디세우스와 다투었으나, 다른 장군들이 오디세우스의 편을 들어 지고 말았다. 그러자 분한 나머지 머리가 이상해져, 양 떼를 오디세우스와 그의 동료들로 착각하고 모두 베어 죽였다.

되는 것을 알리지 않았지? 왜 너는 이것을 막지 않았느냐? 쉬운 일이잖아."

"주인이며 농부이자, 그 일을 책임진 당신은 문이 닫혔는지 어떤지 보지 않고 잠들어 아무 상관도 없고 아무 이익도 없는 내게 잠자지 않고 지키란 말입니까?"

이 개는 아주 적절하게 대답했다. 이 이론이 주인의 입에서 나온 말이라면 아주 정당했을 것이다. 하지만 겨우 한 마리의 개에 지나지 않았기에 아무 소용이 없었다. 가련한 개는 가죽 회초리로 매를 맞았다.

그러니 그대, 그대가 누구든지, 한 집안의 주인이여, (나는 결코 가장의 명예를 부러워한 적은 없다) 자고 있을 때 남의 눈을 믿는 것은 잘못이다. 제일 늦게 잠자리에 들고, 문이 닫힌 것을 확인하라. 만약 그대에게 중요한 일이라면 대리인에게 맡기지 마라.

7. 고양이와 여우

고양이와 여우가 훌륭한 작은 성인(聖人)처럼 순례의 길을 떠났다.

두 놈들은 타르튀프[6]와 파틀랭[7] 못지않은 위선자들…… 두 위

---

6 몰리에르의 희곡 《타르튀프》(Le Tartuffe)에 나오는 주인공. 위선자의 대명사.

7 15세기 프랑스 소극(笑劇)의 대표적 걸작 《파틀랭 선생》(Maître Pathelin)의 주인공. 사기꾼 변호사.

선자는 여비를 아끼려고 많은 닭과 오리 따위를 잡아먹고, 치즈를 훔쳐 먹으며 서로 다투어 경비를 보충했다.

길은 멀고 지루해서 기분전환도 할 겸 말씨름을 했다. 말씨름은 큰 도움이 되어 그것이 없었더라면 늘 졸렸을 것이다. 두 순례자는 목이 쉬었다. 마음껏 떠든 뒤에 계속 다른 말씨름을 벌인 탓이다. 이윽고 여우가 고양이에게 말했다.

"자네는 굉장히 영리하다고 자부하지만 어디 나만큼 아는가? 내 꾀라면 주머니에 백 개나 있지."

"그래" 하고 고양이가 대답했다.

"나의 주머니에는 꾀가 하나밖에 없지. 하지만 그것 하나로도 천 가지 꾀에 해당할 걸세."

둘은 다시 말싸움을 크게 벌였다. 서로 옳거니 그르거니 싸울 때 한 떼의 사냥개들이 나타나 싸움이 멈췄다.

고양이가 여우에게 말했다.

"형제여! 주머니를 뒤져보게. 교활한 자네의 뇌에서 확실한 꾀를 찾아보게나. 내 꾀는 이것이지."

말하기가 무섭게 고양이는 당장 나무로 기어올라갔다.

여우는 백 가지 꾀를 다 써봤지만 모두가 헛일. 백 개의 구멍에 들어가봤으나, 백 번 다 개들이 쫓아왔다. 사방으로 피난처를 찾았으나 어딜 가나 제대로 되지 않고 때로는 연기에 몰리고, 다리

짧은 사냥개에 쫓겼다. 여우가 어느 구멍에서 나올 때 재빠른 두 마리가 뛰어들어 물어 죽였다.

너무 많은 책략이 때로는 중요한 일을 망쳐버린다. 선택하는 동안에 시간이 지나가며 모든 것을 시도하다 마느니 한 가지만, 좋은 것 한 가지만 가지는 것이 낫다.

8. 여우와 두루미

여우 나리께서 어느 날 호의를 베풀어 두루미 마님을 점심에 초대했다.

요리는 많지 않고 차린 것도 별로 없었다. 교활한 여우는 모든 음식과 맹물 같은 묽은 국을 접시에 가득 담았다. 주둥이가 긴 두루미는 한 모금도 마시지 못했으나 간사한 여우는 순식간에 마셔버렸다.

이 속임수에 복수하기 위해 얼마 뒤 두루미는 여우를 초대했다.

여우가 말했다.

"물론 가겠어요. 친구끼리 체면 차릴 건 없으니까."

정해진 시간에 여우는 두루미의 집으로 달려갔다.

주인의 예의 바른 행동을 매우 칭찬하고, 요리도 먹기 좋게 익은 것을 보았다. 게다가 배도 매우 고파, 잔뜩 눈독을 들였다. 고기 굽는 냄새도 코를 찌르고 잘디잘게 썰어놓은 고기도 맛있어 보였다.

주인은 손님을 괴롭히려고 음식을 목이 길고 구멍이 좁은 물병에다 넣었다. 두루미의 주둥이는 쉽게 통과했으나 여우는 콧등이 커서 들어가지 않았다.

여우는 배를 주린 채 집에 돌아가는 수밖에 없었다. 암탉에게 꼬리를 물린 여우처럼 부끄럽게 귀를 축 내린 채 가버렸다.

사기꾼들아, 이 이야기는 자신이 한 대로 똑같은 꼴을 당한다는 것을 너희들에게 알리기 위해서 쓴 것이다.

9. 여우와 염소

여우 대장은 의젓하게 뿔이 난 친구 염소와 같이 길을 갔다.

염소는 자기의 코보다 더 먼 곳은 보지 못하고 여우는 사기를 치는 데는 선수였다.

몹시 목이 말라서 둘이서 같이 우물에 들어갔다. 거기서 제각기 마음껏 물을 마셨다. 둘 다 실컷 마신 다음에, 여우는 염소에게 말했다.

"친구, 어떻게 하면 좋을까? 마시는 것만이 다가 아닐세. 이제부터 밖에 나가야지. 다리를 높이 들고 뿔도 좀 들어봐. 다리와 뿔을 벽에 대면 네 등뼈를 밟고 먼저 올라갈게. 다음에 뿔 위에 올라서, 그 힘으로 나는 밖으로 나가는 거야. 그다음에 내가 너를 잡아 당겨줄게."

염소가 말했다.

"내 수염에 걸고서 말하는데, 참 좋은 생각이야. 정말 너같이 영리한 동물은 처음 보았어. 나 같으면 결코 그런 꾀를 생각하지 못했을 거야."

여우는 우물에서 나와 친구를 버려두고서 좀 참고 있으라고 설교했다.

"만일 하늘이 네게 수염을 주었듯이 분별하는 힘을 주었더라면 우물 속에 무심코 들어가지는 않았겠지. 자, 안녕! 나는 안전하니 너도 있는 힘을 다해서 올라와봐. 나는 다른 일이 있기 때문에 지금 여기 머무를 수는 없어."

모든 일에서 결말을 한 번쯤 생각하라.

10. 여우와 흉상

위인은 대부분 연극의 가면과 같다. 그들의 겉모습은 우상을 받드는 속인을 위압한다.

당나귀는 눈에 보이는 것만으로 판단하지만, 여우는 이와 반대로 속속들이 검토하여 모든 면에서 살펴보고, 그 현실이 다만 겉모습에 불과한 것을 알아채기가 무섭게, 누가 영웅의 흉상을 보고 적절하게 말한 것을 그들에게도 적용한다.

그것은 텅 빈, 자연의 인간보다 더 큰 흉상이었다. 여우는 조각의 기술을 칭찬하며 말한다.

"머리는 잘생겼으나 뇌가 없도다."

얼마나 많은 귀족들이 이 점에서 그 흉상과 비슷한가!

11. 여우와 원숭이와 짐승들

살아 있을 때 짐승의 왕이었던 사자가 죽자 짐승들이 왕을 뽑고자 모였다.

왕관을 상자에서 꺼내 토굴에 넣고, 용이 지켰다. 모두 왕관을 써보았으나 아무에게도 맞지 않았다. 대부분 머리가 너무 작거나 또는 너무 크고, 쓸데없는 뿔까지 달린 놈도 있었다.

원숭이도 웃으면서 한번 써보았다. 장난삼아 왕관을 썼으나 그 꼴은 우습기 짝이 없었다. 경쾌한 곡예와 수많은 흉내를 내며 왕관 사이를 곡예사처럼 빠져나왔다 들어갔다 했다. 동물들은 재주를 부리는 것이 재미있어서 원숭이를 왕으로 뽑아 신하로서 충성을 맹세했다.

여우만이 선거에 불만이 있었지만 속마음을 결코 드러내지 않았다. 여우는 인사를 짧게 하고 왕에게 말했다.

"폐하, 보물 있는 곳을 저 혼자만 알고 있습니다. 그 모든 보물은 왕의 권리에 따라서 폐하께 속하는 것입니다."

새로운 왕은 돈에 욕심을 품고 누구에게도 빼앗기지 않으려고 직접 달려갔다.

그것이 함정이었다. 원숭이는 속임수에 걸렸다. 여우가 모두를 대신하여 당선자에게 말했다.

"그러고서 우리를 다스린다고? 자기 일도 제대로 하지 못하는 놈이?"

원숭이는 왕 자리를 빼앗겼다. 그리고 왕관을 쓰는 일이 평범한 사람들에겐 어렵다는 것을 깨달았다.